OLAF MÜLLER

Asche im Venn

ASCHE ZU ASCHE In Aachen wird ein Anwalt der Reichen und der Schönen erschlagen. In der Eifel bei Nideggen gerät ein bekannter Zeitungsfotograf in einen tödlichen Hinterhalt. Zeitgleich erschüttern Skandale und Krisen das politische System im Dreiländereck: Rücktritt der Provinzregierung in Maastricht, Selbstmorde in Lüttich, Panik in der Aachener Oberschicht. Was weiß der niederländische Kunstsammler? Welches Geheimnis verbirgt Immo-Heinz, der Immobilienmakler aus Rollersbroich? Wer erpresst die feinen Leute, die Reichen, die Schönen, die Angeber, die Politiker? Wer bedroht Kommissar Fett und Kollegin Conti? Können Inspektorin Chantal Kalumba aus Lüttich und Brigadier Petro van den Burg aus Maastricht helfen? Fett verliert fast die Kontrolle, als die Mafia ins Spiel kommt – und Anwälte, die ein fürchterliches Geheimnis hüten, während sie der Asche ins Hohe Venn folgen.

© privat

Olaf Müller wurde 1959 in Düren geboren. Er ist gelernter Buchhändler und studierte Germanistik sowie Komparatistik an der RWTH in Aachen. Seit 2007 leitet er den Kulturbetrieb der Stadt Aachen. Sprachreisen führten ihn oft nach Frankreich, Italien, Spanien sowie Polen und Austauschprojekte in Aachens Partnerstädte Arlington (USA), Kostroma (Russland) und Reims (Frankreich). Als junger Segelflieger erlebte er die Eifel aus der Luft, als Wanderer heute vom Boden. »Adiós, Aachen« ist sein neunter Kriminalroman im Gmeiner-Verlag.

OLAF MÜLLER

Asche im Venn

KRIMINALROMAN

GMEINER

Immer informiert

Spannung pur – mit unserem Newsletter informieren wir Sie
regelmäßig über Wissenswertes aus unserer Bücherwelt.

Gefällt mir!

Facebook: @Gmeiner.Verlag
Instagram: @gmeinerverlag

Besuchen Sie uns im Internet:
www.gmeiner-verlag.de

© 2023 – Gmeiner-Verlag GmbH
Im Ehnried 5, 88605 Meßkirch
Telefon 07575 / 2095 - 0
info@gmeiner-verlag.de
Alle Rechte vorbehalten
2. Auflage 2025

Lektorat: Claudia Senghaas, Kirchardt
Herstellung: Mirjam Hecht
Umschlaggestaltung: U.O.R.G. Lutz Eberle, Stuttgart
unter Verwendung eines Fotos von: © Herbert Aust / pixabay
Druck: Custom Printing Warschau
Printed in Poland
ISBN 978-3-8392-0325-5

»Vergangenheit ist nie tot;
sie ist noch nicht einmal vergangen.«

William Faulkner, *Requiem für eine Nonne*

1

KEINE ERDBEERMARMELADE

Der erste heiße Tag im Mai 2021. Es sollte, was die Temperatur betrifft, vorerst der letzte bleiben. Fett saß auf seinem kleinen Balkon mit Blick auf die Türme des Aachener Rathauses. Sonntagmorgen, die Sonne brannte durch einen milchigen Schleier. Er fühlte bereits um 10 Uhr große Müdigkeit und beginnende Kopfschmerzen. Die Anstrengungen der letzten Wochen und Monate saßen in seinen Knochen, dazu das Hin und Her der Corona-Politik. Mal musste er mit Maske recherchieren, dann wieder ohne Maske. Er war noch nicht geimpft und verspürte wenig Lust auf den Pieks im Oberarm. Die Sprechstundenhilfe des Hausarztes hatte ihn barsch abprallen lassen. Er sei noch lange nicht dran. Dagegen berichteten Kollegen, dass sie und ihre jüngeren Ehefrauen bereits geimpft worden seien, zumeist mit dem Mittel, dessen zweite Dosis nach vier Wochen verabreicht werden konnte. All das ging Fett durch den Brummschädel. Zudem wurde er mit dem Alter wetterfühliger; das behauptete er. Seit 5 Uhr war er wach. Er hatte sich lange rasiert, denn beim Rasieren kamen die kreativen Gedanken. Manchmal wollte er sich einen ganzen Tag lang rasieren, um immer weiter zu denken. Doch er fürchtete um seine Gesichtshaut und den hervorspringenden Adamsapfel. Ein kurzer Gang in Richtung Lousberg. Er spürte wieder sein linkes Knie. Gelaufen war er lange nicht mehr. Mit der dritten Tasse Kaffee saß er auf dem Minibalkon der Etagenwohnung am Templergraben in Aachen. In der Küche hing der Geruch von gebratenem Bacon und Spiegeleiern. Sonntags gönnte er sich ein Westernfrühstück. Trotz der beginnenden Kopfschmerzen verspürte er Lust auf eine Zigarette. Je mehr die Raucher verbannt wurden, umso mehr Lust bekam er auf *Camel ohne Filter* oder *Sweet Afton*, *Lucky Strike* oder *Gitanes*. Immer mehr Verbote, immer mehr Handlungsanweisungen oder Ächtungen derjenigen, die anders lebten. Er schob die Gedanken beiseite, denn in seiner Wohnung lag nirgends eine Packung Glimmstängel.

Von Düren nach Aachen; was für eine Karriere, was für ein großer Sprung in die Welt! Er griff zum Kaffee, vertrieb Gedanken über sein Leben, seinen Lebensweg, verpasste Chancen, schloss die Augen und hielt sein Gesicht in die Morgensonne, die über Dom und Rathaus ihre Strahlen zu ihm schickte.

Der April war ungewöhnlich kalt gewesen. Von Erderwärmung keine Spur. Der Mai war nicht besser. Regen, Kälte, grauer Himmel. Dieser Sonntag war eine Ausnahme. Trotzdem hatte Fett auf nichts Lust. Worauf auch? Kein Kino, kein Theater, Museen wieder geschlossen, keine Gaststätte in der Eifel geöffnet. Als ob sogar die Mörder pausieren würden. Zusammen mit Kollegin Conti hatte er alte Fälle bearbeitet, Fortbildungen besucht, einen Bogen um den Polizeipräsidenten gemacht, der mediensüchtig jede Woche eine Pressekonferenz abhielt. Das Kommissariat Einbruch hatte Konjunktur. Kollege Arno Wassong, der singende Kommissar, von den Kollegen Knödel-Arno genannt, weil seine Texte kaum zu verstehen waren, stöhnte in der Kantine über die vielen Fälle und die Professionalität der Banden und Einzeltäter. Zudem flogen fast täglich Geldautomaten in die Luft.

Fett nahm seine Tasse, blickte in Richtung Rathaus und dachte an Conti, die ihm nicht geglaubt hatte, dass eine Vorschrift für gendergerechte Sprache ihre Kommunikation ins Absurde führen würde. Nun war sie da, die Vorschrift. Und Klein-Krämer, so nannte er Polizeipräsident Krämer, wollte sie mit Feuereifer umsetzen und Haltung zeigen. Neidvoll las Fett, dass der französische Bildungsminister die Verwendung gendergerechter Sprache verboten hatte. »Vive la France!«, dachte er im Sommer 2021, in dem der 200. Todestag von Napoleon Bonaparte begangen wurde.

Das Streuselbrötchen von *Nobis* hatte er in Ober- und Unterseite geteilt, mit Margarine bestrichen und der obligatorischen Erdbeermarmelade garniert. Das war sein Dessert zum Gabelfrühstück. Das letzte Glas Erdbeermarmelade! Er hatte den Nachschub am Samstag beim Einkauf vergessen. Erdbeermarmelade! Er konnte nicht ohne Erdbeermarmelade auskommen. All seine Freundinnen hatten von Fetts Crêpes geschwärmt, die er mit Erdbeermarmelade bestrichen hatte. Kochen war nicht seine Stärke. Nur Crêpes, Champignonsoße an Spaghetti oder umgekehrt, das gelang ihm meistens; als Nachtisch Mousse au Chocolat, als Vorspeise Parmaschinken mit Melone. Für 14 Uhr hatte er Daniela

Conti eingeladen. Um 12 Uhr erklang die Musik von
›House of Cards‹, der Klingelton seines Handys. Arno
Wassong war am Apparat, Kommissariat Einbruch.

2

GOTT GIBT

»Kollege Fett, wir wurden heute Morgen zu einem
Einbruch in die Nizzaallee gerufen. Vornehmes Haus,
Hanglage mit Blick auf die Innenstadt.« Arno Wassong
klang kurzatmig, wahrscheinlich war er mehrfach durch
die Zimmer gelaufen.

»Schön für Sie. Ich möchte gerade meine Herdplat-
ten aktivieren.« Fett blinzelte in die Sonne und ahnte,
was kommen würde.

»Lassen Sie die kalt. Wir haben einen Toten. Johannes Dieudonne.«

»Dieudonne? Dieu heißt Gott. Donne heißt gib. Den
hat Gott nun zu sich genommen? Also eher Dieuprend:

Gott nimmt. Da könnten Sie ein Lied draus machen, Kollege.«

»Verschonen Sie mich mit Ihren Sprachspielen, Kompositionstipps und dem lieben Gott. Johannes Dieudonne war Anwalt der Reichen und Schönen von Aachen. Die können ein Lied von ihm singen.« Er atmete etwas ruhiger. War gut für seine Stimme. »Nun, der liegt hier übel zugerichtet in seinem verwüsteten Arbeitszimmer. Stumpfe Gewalt, sagt der Doc.«

»Haben Sie Kollegin Conti informiert?« Fett wollte in Ruhe ein zweites Streuselbrötchen verzehren.

»Ihr Job, Fett. Wollte Sie schnell benachrichtigen, bevor Sie irgendwo eine Currywurst bestellen.« Arno Wassong kannte wie alle Kollegen die Lieblingsspeise von Fett.

»Danke, für die Eingruppierung bei den Feinschmeckern. Heute stand das Restaurant *La Becasse* auf dem Speiseplan. Auch Französisch, wie Dieudonne. Salut, mein Lieber.« Dann rief er Daniela Conti an.

Beide trafen zeitgleich ein. Sie kam mit ihrem Fiat 595, Fett mit seinem Klapprad. Vom Templergraben zur Nizzaallee brauchte er wenige Minuten. Alle Beamten am Tatort trugen die verdammten Schutzmasken, die jedes Gespräch schwierig gestalteten.

»Das Essen bei mir ist nur verschoben, nehmen Sie das zu Protokoll, Kollegin. Schnelle Schuhe heute. Aber Sie haben ja jeden Tag schnelle Schuhe.« Er blickte auf ihre Sneaker in italienischen Nationalfarben, dunkelblaue Jeans, Rollkragenpulli und schwarze Lederjacke. Conti lächelte so, dass er es nicht sehen konnte.

»Lassen Sie das meine Sorge sein. Sich vor dem Essen drücken durch ein Tötungsdelikt, das ist ein starkes Stück, Herr Fett. Den Crémant verwahre ich nicht bis zum Sankt Nimmerleinstag.« An dem Termin hatten sie wochenlang gebastelt. Beide waren enttäuscht, Fett ein bisschen froh, denn mit Brummschädel hätte er heute keinen guten Gastgeber abgegeben und die Soße zweifellos versalzen.

Arno Wassong holte sie mit raumgreifenden Schritten am Eingang des unscheinbaren Hauses in Hanglage ab. Nichts deutete auf großen Reichtum hin, wenn man von der Lage in der Nizzaallee absah. Ein dezentes Klingelschild: Rechtsanwalt Johannes Dieudonne. Keine Kamera über der Klingel. Die Kriminaltechnik packte bereits Koffer und Taschen mit den Instrumenten und Fundstücken ein.

»Johannes Dieudonne, 73 Jahre alt, Rechtsanwalt, alleinstehend. Seine Putzfrau hat die offene Tür bemerkt und an Einbruch gedacht. Darum sind wir hier.« Arno Wassong war müde. Am Vorabend war er als Alleinunterhalter beim 80. Geburtstag von Tante Käthe aufgetreten. Die Alten hatten Sitzfleisch und verlangten eine Zugabe nach der anderen, bis er sich schließlich mit »Griechischem Wein« verabschiedete.

»Warum kommt die Putzfrau am Sonntag, wie heißt sie?« Die Aspirintabletten wirkten, Fett konzentrierte sich.

»Yvonne Reinartz, sie hatte gestern ihre Jacke hier vergessen. Sie macht immer samstags von 15 Uhr bis 18 Uhr sauber. Putzt hier seit fünf Jahren. Die Tür stand offen, niemand reagierte auf ihr Klingeln, darum zuerst die Streife, dann wir und jetzt ihr.«

Kollegin Unsleber, Leiterin der Kriminaltechnik, betrat den Raum, in dem das Gespräch stattfand.

»Mahlzeit. Der Tote liegt in seinem Arbeitszimmer. Alles durchwühlt, Safe ohne Gewalteinwirkung geöffnet. Der Doc sagt, das Opfer habe sich kaum gewehrt. Augen verbunden, Mund zugeklebt. Tür zum Garten stand offen. Ich vermute, Täter ist über den Lousberg geflüchtet, als die Putzfrau unten klingelte und nach Dieudonne rief.«

»Todesursache?« Fett unterbrach sie ungern.

»Ich sagte doch, der Tote hat sich nicht gewehrt, der Safe wurde nicht mit Gewalt geöffnet. Mit stumpfem Gegenstand auf den Hinterkopf, also der Tote, das heißt der lebende Tote. Ach, was erzähl ich. Sie bringen mich durcheinander! Näheres nach der Obduktion, sagt Doktor Schunkert.«

»Wo ist Frau Reinartz?« Conti fragte Wassong, der gerade ansetzte, ein Gähnen zu unterdrücken.

»Sitzt in der Küche.« Wassong zeigte mit dem Kopf in die Richtung.

»Na, Frau Conti, dann wollen wir.« Fett ging vor.

3
SIE KAM ZU SPÄT

Auf dem Stuhl saß eine Frau, Mitte 60, braune Augen, gewellte blonde Haare, dunkelblaue Jeans, Laufschuhe und leichte Daunenjacke. Die Mundwinkel zogen nach unten, ob aus Trauer, Lebensunlust oder charakterlicher Disposition, woher sollte Fett das wissen. Nervös wirkte sie nicht, eher etwas müde und irritiert von all den Beamten, die in der Wohnung umherschwirrten. Sie erinnerte Fett an eine Person des öffentlichen Lebens, wie man so sagt. Er verdrängte den Gedanken.

Fett stellte Conti und sich vor.

»Was hatten Sie vergessen, Frau Reinartz?« Er zog einen Stuhl heran, setzte sich auf die Kante und versuchte, freundlich zu wirken. Conti stellte sich hinter ihn und beobachtete Frau Reinartz.

»Hab' ich den Kollegen schon gesagt. Meine Jacke.« Sie fühlte sich sichtlich unwohl.

»Die Daunenjacke, die Sie jetzt tragen?«

»Ja, das gute Stück. In der Hektik am Samstag vergessen. War noch nie passiert. Als ich sie holen wollte, da stand die Haustür offen.«

»Warum sind Sie nicht reingegangen? Waren Sie sonntags öfters hier?«

»Sonntags putz ich nicht, nur samstags. Die Tür war

immer zu. Nie stand die auf. Ich hab' geklingelt und gerufen, niemand antwortete.«

»Da geht man hinein, schaut nach. Sie kennen sich aus.«

»So bin ich nicht, Herr Kommissar. Das war anders, beängstigend. Ich war nicht drin, habe nur gerufen, niemand antwortete, da habe ich die Polizei angerufen.«

»Wer außer Dieudonne hätte antworten können?«

»Weiß ich nicht. Sie bringen mich durcheinander mit Ihren Fragen.«

»Wurden Sie gut bezahlt?«

»Ja, Dieudonne zahlte gut. 200 Euro jeden Monat.«

»Bar?«

»Ja. Und vor Weihnachten noch mal 200.«

»Zusammen 2.600 Euro im Jahr für samstags drei Stunden putzen. Guter Schnitt.«

»Hab' ich mich beklagt?« Sie wirkte gereizt.

»Er war nicht verheiratet?«

»Keine Frau, keine Kinder. Der Dieudonne war nicht gerade eine Schönheit, wenn Sie wissen, was ich meine.« Sie schaute zu Daniela Conti und suchte mit ihren Augen Bestätigung.

»Wie meinen Sie das?« Conti stellte sich unwissend.

»Mein Typ war das nicht. Die Haare fast gelb, er ließ sich einmal im Monat goldene Strähnen machen, immer diese buschigen Augenbrauen, die Anzüge meistens so mit einem Stich ins Gelbe und Braune.«

»Hatte Herr Dieudonne Verwandte?«

»Nein, das ist es ja. Er stand allein. Also keine, niemanden, der war ganz allein auf der Welt.«

»Verheiratet, Geliebte, Kinder oder bevorzugte er Männer? Frau Reinartz, lassen Sie sich nicht alles aus der Nase ziehen. Sie müssen mehr über ihn gewusst haben.« Fett versuchte es auf die harte Tour. Sie blickte auf ihre Hände, knetete die Finger, rang mit sich.

»Er hat mich so gut bezahlt, weil ich schweigen kann, Herr Kommissar.«

»Ich entbinde Sie davon. Er hätte bestimmt Gerechtigkeit gewollt. Schließlich war er Anwalt.«

»Lieber nicht, Herr Kommissar.«

»Lieber nicht, Herr Kommissar? Frau Conti, die Perle von Herrn Dieudonne, der soeben erschlagen wurde, möchte den Sonntag auf dem Präsidium verbringen. Nehmen Sie sie mit, Frau Conti. Sie wird so schnell keine Putzstelle mehr finden.« Fett wurde ungehalten und ärgerte sich über die gut bezahlte Putzfrau, die bockig vor ihm saß.

Es arbeitete in Frau Reinartz. Wurde ihr mulmig? Sie spürte, dass die Staatsmacht nach ihr griff. Dass sie, das Kind einfacher Eltern aus dem Aachener Ostviertel, dem nicht gewachsen war. Dieudonne, dieser alte Drecksack, der sie gut bezahlt hatte. Nun war er tot. Warum schweigen? Schweigen über Dieudonne, seine Neigungen, diese merkwürdigen Besuche, diesen Altmännergeruch, diese schrecklichen Anzüge, diese Kügelchen von Papiertaschentüchern in allen Ecken. Ständig hatte Dieudonne auf Papiertaschentüchern gekaut und sie in Ecken gespuckt. Überall fand sie samstags diesen Dreck. Eine Macke, eine seiner fürchterlichen Macken. Diese Reisen nach Thailand, wo er irgendein Waisenhaus unterstützte. Waisenhaus, sie konnte sich denken, wen er da förderte. Sie wollte es aber nicht wissen. Schmutz, Dreck, Abschaum. Das Schweigegeld hatte sie genommen. Er zahlte bar, der Umschlag lag immer auf dem Küchentisch.

»Ich erzähle Ihnen, was ich weiß. Aber von Feinden, Mördern oder so kann ich nichts sagen.« Sie zog die Augenbrauen nach oben, die eben noch weichen Gesichtszüge wurden hart.

»Berichten Sie, Frau Reinartz. Nur zu. Wir hören. Dann ersparen wir uns einen Sonntag im Präsidium.« Und Frau Reinartz erzählte, was sie in den letzten Jahren mitbekommen hatte. Das half nicht weiter. Sie wusste nicht genug.

4
DER FUCHSMAJOR UND DIE KNEIPE

»Wir müssen die Nachbarn abklappern. Sie auf dieser Straßenseite, ich auf der anderen. Das können wir nicht unseren Kollegen in Uniform überlassen.« Fett zeigte auf die Gründerzeitvilla gegenüber. »Da fang ich an.«

»Okay, ich hör mich rechts von Dieudonne um.«
Conti lief die Treppe hinunter.

Fett klingelte am Tor des Stadtpalais mit gepflegtem Vorgarten, Vorfahrt, einer Garage und einem Mast, an dem die Flagge einer studentischen Verbindung flatterte. Der Rasen war akkurat gemäht, kein Rost auf dem Zaun, die Flagge nicht ausgefranst, vor der Garage ein schwarzer Audi A4.

»Ach du Scheiße, eine Burschenschaft«, dachte Fett und besann sich, um nicht sofort mit seinen gepflegten Vorurteilen ins Haus zu stolpern.

»Ja?«

»Fett, Kripo Aachen, ich habe ein paar Fragen.«

Der Türöffner summte, und Fett schritt über den säuberlich angelegten Weg zum Hauseingang. Ihm öffnete ein smarter Student, Anfang 20, farbentragend, mit dem Spruch: »Willkommen beim Corps Aquis – Mens Agitat Molem, kurz AMAM. Mein Name ist Siegfried Hohenstein. Ich bin der Fuchsmajor der Verbindung. Treten Sie ein, Herr Kommissar. Was kann ich für Sie tun? Ich warne Sie, ich promoviere in Maschinenbau. Psychologie oder Kriminologie sind nicht meine Stärken. *Tatort* eher.«

Fett folgte dem schlanken Fuchsmajor in den Vortragssaal der Burschenschaft, wo um diese Uhrzeit zahlreiche Füchse alte beleibte Herren bedienten. Wie selbstverständlich setzte Siegfried von Hohenstein voraus, dass Fett mit dem Begriff »Fuchsmajor« etwas anfangen konnte. Fett konnte. Hohenstein war für die Betreuung der neuen Corps-Studenten verantwortlich, für die »Füchse«. Fett hatte vor Jahrzehnten einen Mord in einer schlagenden Verbindung bearbeitet. Er kannte den Tonfall, die Verbindlichkeit und das Trinkverhalten der »Füchse« und der »Alten Herren«, die ein für alle Beteiligten segensreiches Netzwerk bildeten.

»Danke für den Empfang und viel Erfolg bei Maschinenbau. *Tatort* trifft es.« Fett schaute sich um. Alles blitzblank, in der ein oder anderen Ecke eine leere Kölschstange, wahrscheinlich vom Vorabend.

»Wie können wir Ihnen weiterhelfen?«

»Ist Ihnen, Ihren Füchsen oder den Alten Herren heute Morgen zwischen 6 und 10 Uhr etwas am Haus gegenüber aufgefallen?«

»Bei mir hat sich niemand gemeldet, Herr Kommissar. Wir hatten gestern Kommers gemeinsam mit unseren Alten Herren zum Thema ›Zukunft braucht Herkunft‹. Da ist reichlich Bier geflossen. Silentium war erst gegen 3 Uhr in der Früh. In der Zeit, von der Sie sprechen, da garantiere ich Schnarchpause.«

»Schlagen Sie oder sind Sie eine gemischte Verbindung?«

»Ich sehe keinen Zusammenhang zu Ihren Ermittlungen. Wir sind nichtschlagend, aber auch nicht gemischt.« Hohenstein stand Fett Rede und Antwort, er hatte ihm keinen Platz angeboten.

»Dann waren nur Männer gestern Abend hier?«

»Ja, so war es. Und ich war der Erste heute Morgen in der Küche. Nach so einer Nacht braucht es viel Rührei mit Speck. Sie verstehen?« Hohenstein lächelte und deutete an, dass so manches Fass geleert worden sei.

»Sie und Ihre ›Füchse‹ wohnen hier. Kennen Sie den Nachbarn von gegenüber?«

»Muss passen, Herr Kommissar. Wir sind, im positiven Sinne, selbstbezogen. Unsere privaten Zimmer liegen hinten, vorne die Gesellschaftsräume. Ich glaube, niemand kann Ihnen helfen.«

Fett schaute sich um. Einige Füchse schlichen sichtlich angeschlagen durch den Flur, grüßten ihn und den Fuchsmajor. Die großräumige Villa war bestens in Schuss.

»Bitte sprechen Sie trotzdem bei der nächsten Kneipe oder dem nächsten Kommers die Tötung Ihres Nachbarn von gegenüber an. Er wurde heute Morgen erschlagen aufgefunden. Sie, als zukünftige Elite unseres Landes, sollten sich der Verantwortung bei einem Tötungsdelikt bewusst sein.«

»Selbstverständlich, Herr Kommissar. Sie können sich auf mich verlassen. Ich werde heute unserer Charge vorschlagen, eine außerordentliche Kneipe mit der gesamten Corona und ohne Kantus im Haus einzuberufen. Nur geringer Alkohol, versteht sich. Ich melde mich, wenn einer von uns helfen kann.« Schneidig antwortete Hohenstein, er stand fast stramm.

»Von mir aus können Sie am Ende wieder ein Fass leeren, bitte vorher nicht. Und falls ich noch Fragen habe, wäre es schön, wenn wir uns irgendwo setzen könnten, ansonsten lade ich Sie ins Präsidium ein.« Fett verabschiedete sich kurz. Der Sprachgebrauch und die eigene Welt gegenüber vom Haus des Ermordeten irritierten ihn. Ihm fiel auf, dass der junge Hohenstein keine Fragen gestellt, überhaupt empathielos auf die Erwähnung des Tötungsdeliktes reagiert hatte.

5

ED VAN UIEN HAT NICHTS GESEHEN

»Conti, Kriminalpolizei, nur ein paar Fragen.« Sie hatte bei dem Kunstsammler Ed van Uien geklingelt. So stand es auf dem bronzenen Klingelschild, worüber sich Conti wunderte, denn Kunstsammler bedeutet Einladung zum Einbruch. Sie sah einen Schatten hinter der milchigen Scheibe der massiven Glaseingangstür.

Eine schüchterne Endsechzigerin, so filigran, dass ein Windstoß sie in den Wintergarten befördert hätte, öffnete die Tür, schaute irritiert, die langen grauen Haare mit Mittelscheitel erinnerten an die Hexen in *Macbeth*, der Mund stand verdächtig lange offen, sie trug etwas aus Leinen, das sackhaft an ihr herabfiel. Zweifellos aus einer edlen Boutique, dachte Conti. Ein starker Parfümduft wehte aus der Haustür, die ersten Bienen in den Blüten des Vorgartens nahmen Reißaus.

»Ed!« Sie rief lang gezogen, mehr klagend als freudvoll. »Eeeeed!« Ihr Mund verzog sich, das Gesicht glich einer Grimasse.

»Jammer! Wat is nu schon wieder los.« In einer englischen Breitcordhose, weißem Markenhemd von Hilfiger, grauem Haarschopf, dichtem Bart auf den Wangen kam eine voluminöse Erscheinung, der Mensch, der Ed van Uien sein musste, aus der Tiefe eines dunklen Flurs zur Tür. Der 70-Jährige wirkte wie ein alter Seebär, Indiensegler oder Walfischfänger, ein Kapitän Ahab aus den Niederlanden, ein Ahab mit erloschenen Augen, kein Feuer, keine Neugier, vielleicht hatten sie zu viel gesehen. Hände wie Pratzen eines Bären, karierte Pantoffel an den großen Füßen und eine Brille an einem Schnürsenkel um den Hals hängend, tapste er auf Conti zu.

»Conti, Kriminalpolizei Aachen.« Sie zeigte ihren Dienstausweis. »Darf ich reinkommen?« Sie war von dem riesigen Schatten vor ihrer Nase überrascht, vor allem nach dem Luftgeschöpf, das die Tür geöffnet hatte.

»Binnen! Binnen! Nu lass die Kommissarin nach binnen, Inge!« Also Inge, dachte Conti. Inge im Leinensack, na dann.

»Frau van Uien, nehme ich an?«

»Ja, bitte sehr, Inge van Uien. Mein Mann kommt aus Maastricht …« Weiter kam sie nicht. Sie schlug die Augen zur Decke, sie war Unterbrechungen gewöhnt.

»Simpelveld, jammer, Simpelveld! Ik kom uit Simpelveld, hab in Maastricht gearbeitet bei die *TEFAF*, die Kunstmesse. Immer vergisst du, dass ich aus Simpelveld komme. Inge, Inge! Immer hab' ich 24/7 gearbeitet, 24 Stunden, 7 Tage. Immer, immer. Maastricht gearbeitet. Simpelveld geboren.« Er brummte wie ein hungriger Bär, murmelte was in seinen Bart, schüttelte verärgert den Kapitänskopf.

Spannung lag in der Luft, an den Wänden hingen abstrakte Gemälde. Conti folgte Inge und Ed van Uien in ein geräumiges Wohnzimmer mit breiter Fensterfront zum Lousberg. Großer Esstisch aus Tropenholz, Skulpturen aus Afrika, ein Emil Nolde an der Wand, Teeservice aus China, Freischwinger à la Mies van der Rohe, exklusive Kunstmagazine und Schälchen mit Erdnüssen auf dem Beistelltischchen, im Regal Whisky, Cognac, Genever, Grappa.

»Ming«, knurrte Ed van Uien, zeigte auf das Porzellan. »Alles Ming.«

»Oh!« Conti staunte über die hauchdünnen Teeschalen.

»Tee?«

Ed van Uien schien vornehmlich aus Einwortsätzen zu bestehen und Antworten nicht zu erwarten. Bei jedem Wort zuckte die langhaarige Inge zusammen, ihre Augen flackerten unruhig. Gereiztheit lag in der Luft, konstatierte Conti und rechnete mit dem Erscheinen eines ungarischen Hirtenhundes von einem handverlesenen Züchter aus dem Großraum Plattensee. Jedenfalls roch es nach Hund.

»Inge, Hund!« Der Bär brummte, grunzte.

Na bitte, dachte Conti. Inge huschte aus dem Zimmer, und Ed van Uien wies Conti einen Stuhl an dem schweren Holztisch zu, schlurfte in der Breitcordhose und mit seinen Schluppen in die Küche. Durch eine Wandöffnung sah die Kommissarin ihn dort hantieren. Zwei Teetassen und eine Flasche mit irgendwas jonglierend, kehrte Ed van Uien zurück.

»Ming«, hauchte Conti.

»Goed, ihr kennt euch aus«, brummte er mit fünf Wörtern, und Conti bemerkte den Kommunikationsfortschritt. Ed van Uien stellte alles auf den Tisch. Conti schaute auf einen Haufen Schaumstoffobjekte in einer Ecke des Wohnzimmers, die an Verpackungsmaterial erinnerten.

»Eine spannende Arbeit.« Conti zeigte auf die Installation.

»Ja, ja. Sehr spannend. Sehr, sehr. Hab' ich günstig bekommen. Es heißt ›Save the planet number 3‹. Das ist von die, warten Sie, wie heißt er noch? Oder war das die von die tschechische Performerin? Inge!« Er rief so laut, dass die Mingtassen wackelten.

»Ed?« Inge stöhnte mehr, als sie fragte.

»Von wem ist die da noch in die Ecke, die mit die Kunststoff?«

»Ed, das ist das Geschenk von der Galerie Myers aus Amsterdam.«

»Ja, ja. Myers. Das ist von die Myers, Frau Kommissar. Ja, ja.« Zufrieden plumpste der Seebär auf den Freischwinger, der sich verdächtig tief durchbog. Der Künstlername blieb verschollen; Galerie Myers halt.

»Ed sammelt alles, müssen Sie wissen. Ed sagt immer, die Kunst, ja die Kunst, das ist die Religion des 21. Jahrhunderts.« Inge lächelte, weil sie glaubte, etwas Kluges gesagt zu haben.

»Das Heilige, Inge! Das Heilige! Immer verwechselt du das. Immer, jammer, jammer. Kunst, Frau Kommissarin, Kunst, das ist nämlich die Wahrheit, Frau Kommissarin, das ist das Heilige, das ist der Ersatz für die Jesus an die Kreuz. Dat hebben wir in Maastricht gewisst. Omdat wir die beste Messe in die Welt waren. Die beste Messe. Alles voll, alles. Die ganze Flugplatz von Maastricht voll. Und die Autos. Alles: Bentley, Maibach, Jaguar, Ferrari, Maserati, Lotus. Alles, alles.« Ed sackte in sich zusammen, wie ein Sitzball mit Einschussloch.

»Sie sammeln lange, nehme ich an?« Conti weckte ihn.

»Ja, ja. Künste, bildende Künsten. Das ist wichtig. Das ist wertvoll. Ja, ik sammel lange. Doch. Ik heb direkt gezien, dat kann. Dat ist ein Geschäft. Die Leute wollen das hebben. He, Jongens, komm gucken. Ik heb een Monet, ik heb een Picasso, ik heb een Dali. Ja, dat klopt. Niet so eine dicke Auto oder Jacht oder so. Künste, dat is in die Milieu van Belang, dat is wichtig. Da kriegst du Respekt von die andere Jongens mit die dicke Portemonnaie. Und die Frauens, die sind jeck nach die Bilder. Die wollen immer mehr hebben. Die kommen mit die oude Jongens nach die *TEFAF*. Die Frauens, die kopen die Künsten, want die Frauens, die haben so entsetzlich Langeweile, ennui, die langweilen sich. Dann kopen die Bilder, alles, Skulpturen. Die kopen und die zeigen das einander. Dann kannst du wieder Champagner trinken und so. Ja, ja. Eine gute Geschäft mit die Kunst, die oude Kunst. Ook die moderne Kunst. Dann kann die Künstler kommen in die Haus von die Käufer. Champagner, Kaviar und eine richtige Künstler. Dat hebt nicht jeder vor sein Party. Also die Künsten, da moet je investieren. Kaufen, kaufen. Sammeln, sammeln. Dann biste van Belang, dann biste in die Welt wichtig. Egal, wat je sammelt. Nur bekannt, dat moet. Immer lecker Wein trinken dabei. Immer lecker eten. Eten ook. – Inge, boterham met kaas!« Er wollte ein Butterbrot mit altem Gouda. Ed spürte Hunger, er hatte viel referiert.

»Der ökologische Fußabdruck bei der *TEFAF* steht dann wohl auf Dunkelrot. So viele Flugzeuge, all die Reisen, die Kunsttransporte, die Kuriere, die klimatisierten Hallen. Passt das alles zusammen? Überall wird der Klimanotstand ausgerufen«, bemerkte Conti kritisch.

»Klima, Klima. Jammer. Immer Klima. Das ist typisch deutsch. Wie Inge? Immer Scheißklima. Künsten, es geht um Künsten. Da kann je niet immer Klima zeggen. Dat moet, dat moet. Künsten und Klima. Ne, ne. Die Menschen wollen die Künsten. Künsten sind dat Klima. Künsten, das ist heilig. Da kan je niet kommen mit schlechte Luft oder so. Künsten, die sind die Ampel, die sind die Seismograf. Dann moet eben eine Klimabox kommen uit New York oder so.«

»Wer kann sich das leisten? Bestimmt die sehr reichen Menschen. Die, die investieren, die sich unterscheiden wollen.«

»War immer so! Immer! Die Fürsten, die Adel, die Medici. Immer. Stets. Ja, ja. Klima. Ne, ne. Dat is niet van Belang voor die Künsten. Nicht wichtig für die Kunst. Klimaanlage, die ist wichtig. Schön kühl. Dat moet. Schön kühl für die oude Meister.« Ed schlurfte zur Toilette, ohne sich zu entschuldigen. Wenn er über die heilige Kunst sprach, da verließ ihn alles, sogar der Anstand.

6

ALTE KUNST UND ALTER KÄSE

Ed van Uien dachte bei der Rückkehr an oude Gouda, an alten Gouda, an ein boterham, ein Butterbrot. Irgendwie war durch die Kommissarin nicht nur sein Vormittag durcheinandergeraten, sondern auch sein Denkvermögen. Inge hatte nie so mit ihm über den Klimakäse gesprochen. Auch nicht die Direktoren der Museen, die nach Maastricht pilgerten wie die Gläubigen nach

Mekka. Sie küssten ihm die Füße, tranken den Schampus, die kleinen Direktoren von den kleinen Museen mit ihren Einstecktüchlein und Schuppen auf dem Sakko. Sie lachten über Witze, die keine waren, schwafelten dummes Zeug über Kunst, schleppten mit Botox veredelte Pseudosammlerinnen zu den Galeristen, zwinkerten mit kleinen Äuglein und erhielten Provision von Verkäufen, deren Echtheitszertifikate seit dem Kunstfälscher Beltracchi rauf und runter geprüft wurden. Zu viele waren auf die Nase gefallen, von lachenden Galeristen und vermeintlichen Experten um viel Geld erleichtert worden. Ed betreute einige reiche Privatsammler, ehemalige Manager, pensionierte Botschafter, er gab Hinweise, checkte Werte und handelte mit den Galeristen einen Preis aus, bevor er seine Sammler antriggerte, sie heißmachte, sie zum Kauf drängte. Alle waren zufrieden. Er plumpste auf den Freischwinger und setzte zu einer weiteren Ausführung an:

»Wenn du nicht nach *TEFAF* kommst, dann gibt es dich nicht! Das zeggen die Direktoren von die Museen. Du musst kommen nach *TEFAF* und nach Art Basel. Sonst gibt es dich nicht. Verstehen Sie, Frau Kommissarin? Das ist van Belang. Das ist wichtig. Dabei sein. Ganz, ganz wichtig. Sonst gibt es dich nicht in die Welt von die Künsten. Scheiß auf Klima. Künsten, die überleben. Dat ist heel wichtig. VIP und very VIP. Dat kan. Ook von die arabische Welt.«

»Interessant, Herr van Uien, oder spannend, wie man ständig in der Kunstwelt sagt. Kommen wir zurück zum Anlass meines Besuchs. Haben Sie heute Morgen zwischen 6 und 10 Uhr nebenan etwas bemerkt? Oder Ihre Frau?« Conti gewann den Eindruck, dass Ed und Inge in einer abgeschotteten Welt von Ming bis Warhol lebten. Und diese Abschottung tat ihnen nicht gut.

»Nebenan? Links oder rechts, Frau Conto?« Ed warf den Kopf von links nach rechts.

»Conti«, verbesserte die Kommissarin »Rechts.«

»Rechts, Inge!«

»Ja, Edilein, ich komme.« Sie bestrich noch das Weißbrot und suchte den alten Gouda im unteren Schubfach des Designerkühlschranks.

Edilein, das wird ja immer toller, dachte Conti.

»Inge. Nebenan. Heute Morgen!«

»Ja, ja. Da wohnt der Herr Dieudonne und links nebenan Professor Kaschurke, der macht was mit Strom.« Sie fand nur jungen Gouda.

»Nicht Kaschurke«, knurrte Ed.

»Dieu wie?«

»Dieudonne, Herr van Uien.«

»Nix. Gar nix. Oder, Inge?«

»Nein Edilein, nichts. Wir haben gefrühstückt um 9 Uhr. Edilein frühstückt immer um 9 Uhr boterham met kaas. Danach zählt er alle Gemälde im Haus. Dann schläft er ein wenig. Bis Sie gekommen sind, Frau Kommissarin.« Der Hund bellte im Garten unaufhörlich.

»Kusch, Inge! Quatsch. Frau Conto will weten, will wissen, ob wir was gesehen haben bei die Dieu da. Und mach die van Gogh kusch. Immer bellt van Gogh.«

»Sie haben beide nichts bemerkt?«

»Nee, wat denn auch?« Ed langweilte sich. Künsten war sein Ding, nicht dieser Dieu irgendwie.

»Die Putzfrau oder Gäste am frühen Morgen oder Einbrecher.«

»Einbrecher. Ha, lat die Jongens mal kommen. Nicht mit Ed. Ed hat was für die Jongens.« Er riss die oberste Schublade einer antiken Anrichte vom Trödelmarkt in Tongeren auf und zog einen *Smith & Wesson* Trommelrevolver Kaliber 38 hervor.

»Gut, Herr van Uien. Weglegen«, befahl Conti und hob ihre rechte Hand zur Abwehr.

»Da bekommen die Jongens eine auf die Pelz, wenn die meine Kunst anpacken.« Er jonglierte mit dem Trommelrevolver.

»Herr van Uien, Waffe weg oder ich muss ruppig werden. Dann geht das Ming-Porzellan in die Brüche, und Sie brauchen Pattex.«

»He, he. Langsam, langsam. Ich leg schon weg. Ich kenn die Jongens von die Koninklijke Marechaussee, der Kommandant ist ein oude vriend.« Er lächelte wie ein Bub mit einer Spielzeugpistole.

»Waffe weg!« Conti griff zu ihrer automatischen Pistole im Holster.

Ed van Uien steckte den Trommelrevolver in die Schublade und verdrehte die Augen.

»Waffenschein?«

»Ja, heb ik. Sag ich doch. Vriend. Die General von die Koninklijke Marechaussee.«

Conti wusste von Zusammenarbeit mit dieser polizeiähnlichen Einheit der niederländischen Streitkräfte.

Sie war vergleichbar mit Militärpolizei, unterstützte die Nationale Politie und kooperierte mit der Bundespolizei an der Grenze zu den Niederlanden.

»Wat is nu mit der Dieu? Hund bellt, Inge! Kusch, van Gogh, kusch!« Ed erinnerte sich an den Anlass des Besuchs von Conti. Inge schlich in einen der hinteren Räume mit zwei Bockwürstchen für van Gogh.

»Es gab ein Tötungsdelikt heute Morgen nebenan. Herr Dieudonne, Ihr Nachbar, wurde tot aufgefunden. Darum befragen wir Sie. Noch mal: Haben Sie nebenan oder auf der Straße vor dem Haus oder am Lousberg irgendetwas bemerkt? Personen, Auto, weglaufende Menschen?«

»Nix!« Ed van Uien schien auch für Inge van Uien zu sprechen. »Nix!«, wiederholte er. »Die wollten bestimmt bei mir einbrechen. Wissen Sie, ik heb da viele Kunstwerke. Schöne Stücke. Wäre was für die Ludwig Forum. Kriegen die aber nicht. Habe ich alles geregelt. Wenn Ed tot ist, dann gibt es eine Ed-van-Uien-Stichting, also Stiftung. Da wird jede Jahr eine Ed-van-Uien-Preis verliehen vor die Kunsten, vor die Avantgarde. Da wird der Karelspreis bald in die Schatten kommen. Auch die Orden van die Tiere.«

Mit Karneval schien sich Ed van Uien nicht auszukennen, und vom *Orden wider den tierischen Ernst* hatte er gar keine Ahnung.

»Wohnt hier sonst noch jemand?«

»Ja, die jonge Ed. Ed junior, aber der ist weggegangen. Inge, wann ist die Ed weg?« Inge war ohne Bockwürstchen zurückgekehrt und stand hinter einem Freischwinger. Inge überlegte und Ed antwortete.

»Ed junior ist gistere, gestern Abend weg, Ed. Also Ed junior ist schon über 30 Jahre alt, aber er bleibt unser Junior und studiert bald fertig. Kunstgeschichte studiert er in Düsseldorf und fährt jeden Tag. Ja, ja. Gisteren. Also kann der ook nichts zeggen.« Da Ed van Uien von Zeit zu Zeit aus der mitgebrachten Flasche etwas in seinen Tee kippte, flossen zunehmend niederländische Wörter über seine Lippen. Er hatte sich endgültig aus der Einwortsatzphase verabschiedet. Vollständige Sätze entströmten seinen Lippen, die unter dem grauen Bart des Kunstsammlers verborgen lagen.

Inge blickte zu einem Jesus am Kreuz aus der Schule des Bildschnitzers Tilman Riemenschneider, bekreuzigte sich und fragte naiv: »Noch Tee? Echter Flugtee. Oder etwas Wärmendes wie bei Ed?«

»Die Frau ist in die Dienst, Inge. Da kann sie nicht drinken. Stimmt doch, Frau Conto?«

»Conti. Ja. Danke. Mir ist schon warm. Ed junior war gestern Abend weg und kehrt heute nicht zurück?«

»Er ist zu unserem Haus nach Domburg. Da haben wir so ein kleines Wochenendhaus. Der bleibt zehn Tage oder so.« Inge unterstrich ihre Antwort mit Kopfschütteln und wallenden grauen Haaren. Ed hatte am Abend zuvor tief in das Geneverglas geschaut und nicht gehört, dass Ed junior noch mal zu Mutter Inge gekommen war. Sie steckte ihm, wie immer, noch ein paar Scheine zu, weil der alte Ed so knauserig war zu seinem Ed junior.

»Ja, ja. Prettig. Schön, schön. Middelburg ook«, knurrte Ed van Uien.

»Okay, das war es.«

»Zeggt mal. Wie ist er tot gekommen, der Dieu?«

»Dieudonne, Herr van Uien. Er wird obduziert. Mehr kann ich nicht sagen. Sie verstehen das bestimmt: ermittlungstaktische Gründe.«

»Jammer. Die wollten uns, Inge. Meine Kunst. Die echte Warhol, die echte Nageluecker, die echte Chuck Close. Da muss ich eine Revolver hebben für wenn die Jongens kommen. Inge, wo ist der Althamer?«

»Welcher Hammer, Ed?«

»Stel je niet zo aan, Inge! Althamer! Der war bei uns bei. Wo ist der Althamer?«

»Ik weet et niet, Ed.«

»Welche ›Jongens‹, Herr van Uien?« Conti kam sich vor wie im Kabarett.

»Na, die Kameraden von die Mafia oder so. Oder 'Ndrangheta. Die kommen. Die wollen meine Kunst hebben.«

»Hatten Sie denn einen Einbruch?«

»Nee. Aber dat kommt noch. Oppassen, moet ik. Van Gogh, die muss bellen!« Er schüttete die Tasse voll Rum oder Genever oder weiß der Teufel was, setzte an und trank die Tasse in einem Zug aus. Inge van Uien verdrehte die Augen.

»Dann können Sie ja jetzt gehen, nicht wahr, Frau Conti.«

»Ja, Frau van Uien, ich gehe.«

Ed van Uien stieß kurz auf, dachte an den polnischen Künstler Althamer, den er vor Wochen bewirtet hatte, vergaß den Althamer, schüttete die Tasse voll und dachte wieder an die Jongens von der Mafia, wie er sie nannte.

»Tot ziens!«, brummte er Conti in den Flur hinterher.

»Meine Karte, Frau van Uien, wenn Ihnen noch etwas einfällt. Sie haben schöne lange Haare.«

Verlegen murmelte Inge van Uien »Danke, Frau Conti. Das hat mir noch nie jemand gesagt. Ed möchte nicht, dass ich sie abschneide. Ihn erinnern sie an die Südsee. Da war er, bevor er zur *TEFAF* kam.«

»Was hat er da gemacht?«

»In der Südsee suchte er naive Künstler, die er in Europa in Galerien brachte. In Maastricht war er in der Geschäftsführung, hat die *TEFAF* groß gemacht. Er badete in Champagner, Austern, Kaviar und Hummer ohne Ende. Ja, der Ed. Nun ist er Pensionär, kauft ab und an ein Werk, berät einige Sammler.«

»Inge! Komm binnen! Wo ist der oude Genever?« Sein Hals war trocken wie eine Scheune im Hochsommer. Inge verzog den Mund, und Conti dachte: auch ein Leben – mit Ming-Tassen. Nur nicht alle im Schrank. Van Gogh bellte im Garten.

Am späten Sonntagnachmittag speicherte Conti den Bericht. Keiner der Nachbarn hatte etwas bemerkt. Das Original ging an die Staatsanwaltschaft, eine Kopie an ihren Vorgesetzten Kosslowski. Fett und Conti ahnten, dass dieses kein leichter Fall werden würde. Jedenfalls verabschiedeten sie sich, ohne vorher einen Nachholtermin für das Essen in Fetts Wohnung ausgemacht zu haben.

Als Fett gegen 19 Uhr in seinen Kühlschrank schaute, fand er 800 Gramm braune Pilze, die er für die Champignonsoße gekauft hatte. So brutzelten zur *Tatort*-Zeit die Champignons mit klein gehackten Frühlingszwiebeln in der gusseisernen Pfanne. Er dachte an die gebratenen Pilze, die seine Mutter früher zubereitet hatte, dann gab er ordentlich Salz und Pfeffer hinzu.

7

DER FALL DIEUDONNE

In der vornehmen Nizzaallee herrschte devisengeschützte Ruhe. Das Wesen der Großstadt: Reserviertheit, Anonymität, Abwesenheit, Geheimnisse. Aachen war kein Dorf, Aachen war nicht Rott oder Mulartshütte. Am Montag trugen Fett und Conti die gesammelten Informationen zusammen. Mehrere Beamte hatten am Sonntagmittag die weitere Nachbarschaft abgeklappert, allerdings keine brauchbaren Hinweise erhalten. Die meisten Menschen waren unterwegs, machten einen Tagesausflug. Die Nizzaallee, erst vor wenigen Tagen frisch geteert, habe am Sonntag wie ausgestorben gewirkt, so die wenigen Daheimgebliebenen. Von den Tiefbauarbeiten genervt, suchten die Anlieger Erholung in der Eifel, im Aachener Wald oder in Domburg, De Haan, Knokke, Middelburg.

Der KTU-Bericht zeigte eindeutig, dass Dieudonne mit der Buddha-Figur erschlagen worden war. Die Haustüre musste er selbst geöffnet haben, da sie keine Einbruchspuren aufwies. Er kannte vermutlich den Täter oder die Täterin. Jetzt denke ich schon gendergerecht; Fett schüttelte über sich selbst den Kopf. Er blickte auf die Autowaschanlage mit dem Namen *Niagara*, sah, wie zwei Opel-Fahrer sich um die Zufahrt stritten, griff zur Kaffeetasse und bemerkte, dass die beste Bohne bereits kalt war. Kalter Kaffee am Montagmorgen mit Obduktionsbericht und nutzlosen Befragungen. Wer verbarg sich hinter Dieudonne? Conti sortierte alle Infos, saß nebenan und starrte auf den Computer, drückte die Taste für den Ausdruck, und der Drucker spuckte neues Papier aus. Fett sah, dass die Kollegin sich ärgerte.

»Dieser beidseitige Ausdruck nervt. Wer hat das programmiert? Frau Hof, die Sparnudel vom Präsidium? Wie soll ich da Markierungen anbringen. Mist, Mist, Mist.«

Die Standardeinstellung war auf beidseitigen Ausdruck eingestellt; eine Maßnahme zur Rettung des Regenwaldes, des Planeten, des Universums, so hatte es Frau Hof in der letzten Dienstbesprechung verkündet, bei der Fett und Conti mit einem Ohr zugehört hatten und Frau Hof zum Schluss Flyer für einen Zumba-Kurs der VHS Aachen für die Zeit nach Corona verteilt hatte. Conti und Fett hassten beidseitig bedruckte Blätter. Sie kennzeichneten Namen, Aussagen, Orte mit roten und grünen Markern, die auf der Rückseite durchschimmerten und dort ebenfalls alles hervorhoben. Conti druckte noch mal aus, diesmal einseitig. Sie tackerte die einzelnen Blätter nach Themen und betrat mit dem Aktenordner unterm Arm Fetts Büro.

»Dieudonne war nicht irgendein Anwalt.«

»Ach, sagen Sie bloß.« Fett schob den kalten Kaffee beiseite.

»Er vertrat in seiner aktiven Zeit interessante Klienten aus der Aachener Oberschicht. Klienten, die stets hart an einer Verurteilung vorbeischrammten.«

»Die Wahrheit ist konkret, Frau Conti. Butter bei die Fische.«

»Immobilienmakler und Projektentwickler, die die Handwerker nicht bezahlten. Er paukte sie raus. Auch Vorstände von kommunalen Töchtern, die ohne Ausschreibung Aufträge vergeben hatten. Manchmal Kommunalpolitiker, die gar nicht in Aachen ihren ersten Wohnsitz hatten. Seine Klienten können Sie im Fernsehen betrachten.«

»Frau Conti, bitte nicht so geheimnisvoll. Mir reicht der kalte Kaffee.« Fett reagierte ungehalten.

»Wenn ich richtig liege, sitzen seine Kunden stets beim *Orden wider den tierischen Ernst* in der ersten Reihe, im Kameraschwenk.«

»Hilft uns das weiter? Was sagt uns das? Haben Sie sich so gut in die Aachener Gesellschaft eingearbeitet, um das zu beurteilen? Wer arbeitete in seiner Kanzlei? Er wird kaum selbst getippt und die Rechnungen geschrieben haben.«

»Es sagt uns, dass Johannes Dieudonne in Kontakt zu sehr wohlhabenden, einflussreichen und politisch mächtigen Kreisen stand. Ja, die Aachener Gesellschaft habe ich mir in den letzten Monaten angeschaut, während Sie ab 15 Uhr komatös auf dem Stuhl hingen. Meinen Sie, hier merkt niemand, dass Sie um diese Uhrzeit fast in den Tiefschlaf fallen? Wäre ich Verbrecher in Aachen, ich würde um 15 Uhr morden. Sie kämen eh zu spät. Dieudonne hat mit 65 Jahren aufgehört zu arbeiten. Damals hatte er einen Assistenten namens Hugo Brunel und eine Sekretärin namens Simone de Deyne. Beide sind nach Schließung der Kanzlei verzogen. Hugo Brunel laut unseren Unterlagen nach Bordeaux und Frau de Deyne nach Ostende. Beide hatten die deutsche Nationalität, sprachen fließend Französisch und Niederländisch. Alles nun acht Jahre her. Sollen wir die beiden kontaktieren?«

»Danke für die Infos und die Blumen, Miss Italia. Sehr nett von Ihnen, diese Fettpsychologie und besonders die Rechercheergebnisse. Meine Frage war, was Sie über die feine Aachener Gesellschaft erfahren haben. Konkret, bitte.«

»Hochschule, Rotarier, Lions, Parteien, Kulturterroristen, katholische Sekten, Unternehmer. Vom Printenjesus bis zum sozialen Bauunternehmer. Man kennt sich. Man hilft sich. Man singt die Hits der *Amigos* und trifft sich auf dem Golfplatz am Schneeberg, bei einer

Premiere im Theater oder Ausstellungseröffnung im Ludwig Forum. Soll ich die ehemaligen Mitarbeiter nun kontaktieren oder nicht?« Conti mochte den schlecht gelaunten Fett nicht.

»Schöne Aufzählung. Hilft uns nicht weiter. Was war im Safe? Die Mitarbeiter später.«

»Gute Frage. Bargeld, Akten, Dossiers? Ich weiß es nicht. Es lagen keine Wertgegenstände auf dem Boden.«

»Was haben Sie sonst noch?«

»Ein Flugticket hat die Kriminaltechnik gefunden.«

»Liebe Frau Conti, bin ich heute bei Jauch, oder was? Etwas kompakter, bitte, bitte.«

»Dieudonne hatte einen Flug nach Bangkok gebucht. One way. Nur Hinflug. Kein Rückflug. Er wollte am Donnerstag von Frankfurt mit Lufthansa starten.«

»Wusste Frau Reinartz davon?«

»Ich habe Sie eben angerufen. Sie druckste zunächst rum. Dann gab sie zu, dass er eine Geschäftsreise angekündigt hatte. Sie sollte regelmäßig in der Wohnung vorbeischauen. Das Licht und die Rollladen wollte er programmieren. Sie ging davon aus, dass er, wie oft, für drei bis vier Wochen verschwinden wollte. Noch etwas. Er hieß nicht Johannes.«

»Hieß er etwa Schängche oder was?«

»Er hieß Jean, Jean Dieudonne, 1948 in Lüttich geboren, hat in Bonn Jura studiert, nach dem zweiten juristischen Staatsexamen die deutsche Staatsbürgerschaft angenommen. Von da an nannte er sich Johannes Dieudonne. War vielleicht für seine Kunden vertrauter, deutscher, mit einem Hauch Euregio. Übrigens habe ich nichts über seine Eltern oder Herkunft gefunden. Vermutlich war er ein Waisenkind.«

Fett stellte sich ans Fenster. Der Kampf der Opel-Besitzer war beendet.

»Jean Dieudonne aus Lüttich, möglicherweise Vollwaise. Er kannte die Happy Few aus Aachen. Er wollte nach Thailand. Keine Ehefrau, keine Kinder. Lebte er mit einem Mann zusammen?« Fett sah, wie eine Blondine versuchte, das Verdeck ihres Mini Cooper zu schließen.

»Frau Reinartz hat dazu nichts gesagt.«

»Wir laden Frau Reinartz vor. Sie soll heute Nachmittag hier erscheinen. 14 Uhr. Nach der Kantine, nicht 15 Uhr. Dann ist mein toter Punkt. Haben Sie ja erkannt. Da können Sie direkt das Gespräch führen. Was sagt die Staatsanwaltschaft?«

»Frau Regauer kommt am Mittag ins Büro. Sie wird sich bei Ihnen melden.«

»Presse?«

»Wilfried Schuster vom Medienhaus hat angerufen. Aus ermittlungstaktischen Gründen liefern wir keine Infos. Staatsanwaltschaft kann das übernehmen. Sprechen Sie Ihre Freundin Regauer darauf an.«

»Sehr gut. Wir fahren noch mal in die Wohnung.«

8

KLEIN FRANKREICH UND DER
ITALIENISCHE SCHATTEN

Johannes Dieudonne liebte die Kombination aus Moderne und asiatischer Kultur. Fett und Conti staunten über die Qualität der Inneneinrichtung, moderne italienische Designermöbel und Mitbringsel aus Thailand, die zu einer kruden Mischung aus Eleganz und Kitsch führten. Thailändische Jungen auf vielen Fotos, darunter ein Bild von einem Wohnblock. *Orphanage*, stand in Englisch über dem Eingang: Waisenhaus. Moderne Vasen, Bilder, Skulpturen und ein Minibuddha; alles wirkte lieblos zusammengestellt.

»Etwas stilverloren?« Conti stand im Wohnzimmer und versuchte, diese Mischung zu analysieren.

»Stilverloren ist gut. Ein alleinstehender Mann, keine Kontakte, Prozesse, Thailand. Checken Sie dieses Waisenhaus. Wir beide denken in dieselbe Richtung: Pädophilie. Vielleicht tun wir ihm unrecht. Trotzdem checken.«

Der Inhalt des Kühlschranks erinnerte Fett an seine eigene Mangellage. Männer und ihr Einkaufsverhalten. Im Haus Dieudonne fanden sie nirgends Deponien von leeren Weinflaschen oder schärferen Getränken. Der Hausherr war offensichtlich kein Alkoholiker. Drogen? Sie entdeckten nichts, weder im Schlafzimmer noch im Bad. In der Schreibtischschublade fanden sie einen Schlüssel zu einem Wochenendhaus in Schmidt in der Eifel. Stand zumindest auf dem Schlüsselanhänger: Schmidt, Eifel.

»Hat die Reinartz etwas von einer Hütte erzählt?« Fett schaute zu Conti.

»Niente. Vielleicht weiß sie nichts davon.«

»Die ist ausgeschlafener, als sie verrät. Gibt es irgendwo einen Kalender, ein Notebook, einen Computer?«

»Die KTU hat nichts gefunden.«

In den Aktenordnern im Arbeitszimmer entdeckten sie Unterlagen über das Wochenendhaus in Schmidt.

»Das Haus steht in ›Klein Frankreich‹ in Schmidt. Googeln Sie das.«

»Sehr schön gelegen. Fast neben der ›Schönen Aussicht‹, der Aussichtsstelle, von der man einen Blick auf den Rursee hat.«

»Dann schauen wir uns dort um. Es muss Nachbarn geben oder Hausbesorger. Und noch etwas. Warum stand die Haustür offen? Sie bleibt offen. Der Täter, den Dieudonne möglicherweise kannte, kommt rein und schließt nicht die Tür?«

»Dieudonne wird überrascht, rennt zum Telefon; Täter sofort hinterher und vergisst, die Tür zu schließen. Er erreicht Dieudonne, fesselt ihn, verlangt die Kombination vom Safe, bedroht ihn; er verrät die Kombination. Täter öffnet den Safe. Plötzlich klingelt es, Frau Reinartz ruft ins Treppenhaus, Täter bekommt Panik, erschlägt Dieudonne oder will ihn zumindest zum

Schweigen bringen. Dann flüchtet er über die Gartentür zum Lousberg.«

»Ein Profi? Behalten Sie das im Hinterkopf.«

Sie verließen das Haus und fuhren zurück ins Büro. Dort lag der Obduktionsbericht, der die Informationen der KTU bestätigte. Dieudonne war mit einer Buddha-Skulptur aus Granit erschlagen worden. Sie lag neben dem Toten und gehörte, wie Frau Reinartz bestätigt hatte, zur Raummöblierung. Vorher sei Dieudonne gefesselt worden. Die Kabelbinder hatten sich in seine Handgelenke eingeschnitten.

»Keine DNA-Spuren, keine Fingerabdrücke, die Buddha-Figur wurde abgewischt. Das alles ist eine Mischung aus Professionalität und Unprofessionalität.« Fett dachte laut und blickte aus dem Fenster.

Cordula Regauer rief mittags an. Sie war ungehalten, mürrisch. So war sie montags immer. Fett kannte das. Er wusste sie zu nehmen, plauderte normalerweise über all die verpassten Filme, Theaterstücke und hätte beinahe über das geplatzte Mittagessen mit Kollegin Conti referiert, wenn ihn sein Instinkt nicht gewarnt hätte. Zickenkrieg, schoss ihm durch den Kopf. Die beiden verstanden sich nicht. Zwar wusste Conti nicht, dass Fett vor Jahren ein Auge auf die Staatsanwältin geworfen hatte, aber sie spürte, dass Fett sie mit Samthandschuhen anfasste und umgekehrt.

»Nun, mein Lieber Chefermittler, den Mörder im Blick?«

»Kann man so sagen, schönste Staatsanwältin im Talkessel von Aachen.«

»Wenn Sie so anfangen, haben Sie nichts. Kenne ich.«

»Sie kennen mich, ich kenne Sie und trotzdem kennen wir einander nicht.«

»Wen zitieren Sie nun schon wieder?«

»Wie hieß er noch, wie hieß er noch? Komme gleich drauf. Ah, ja, Fett. Fett zitiert Fett.«

»Also nichts.«

»Null. Keine Spuren. Kein Motiv außer Raubmord. Dazu passen etliche Details nicht. Türe geöffnet, gefesselt, dann erschlagen. Keine Waffe, sondern der Buddha aus dem Wohnzimmer. Dieudonne hatte keine Familie, keine Freunde, keine Geliebte. Nur ein Waisenhaus in Thailand, das er unterstützte. Wir vermuten Pädophilie. Er selbst war vermutlich auch Waise.«

»Könnte Rache sein. Jemand weiß von den Schweinereien in Thailand und bringt ihn um.«

»Er wurde nicht gefoltert, sondern gefesselt, danach erschlagen. Kein Kampf. Der Safe wurde geöffnet, Handy, Computer und eventuell Geld und Wertgegenstände sind verschwunden.«

»Der richtige Fall für Sie, lieber Kommissar. Und für Ihren italienischen Schatten. Viel Erfolg.«

Sie beendete das Gespräch, bevor Fett auf den italienischen Schatten eingehen konnte. Er registrierte die spitzen Bemerkungen der Staatsanwältin, seit er mit Daniela Conti zusammenarbeitete.

9

FRAU REINARTZ UND DAS
EINFACHE LEBEN

14 Uhr. Frau Hof, Mädchen für alles im Morddezernat, klopfte an Fetts Büro; sie trug wie fast jeden Tag ein neues, aus dem Internet bestelltes Kleid, für das sie noch kein Lob bekommen hatte. Darum war sie nicht in bester Laune.

»Eine Frau Reinartz für Sie.«

»Informieren Sie Conti. Herein mit ihr.« Fett stellte sich ans Fenster und blickte auf die Autowaschanlage. Er hörte die Tür, dann ein Räuspern.

»Setzen Sie sich, Frau Reinartz.« Kollegin Conti kam hinzu. Sie trugen alle Corona-Schutzmasken.

»Erzählen Sie uns, was gestern Morgen passiert ist, Frau Reinartz. Wann sind Sie aufgestanden?«

»Bitte, dann noch mal«, begann sie in genervtem Tonfall. »Um 7 Uhr klingelt mein Wecker. Mein Mann war mit Freunden in der Nordeifel, irgendeine Etappe vom Eifelsteig. Die Kinder sind aus dem Haus. Ich war jahrelang Verkäuferin in der Damenabteilung vom *Kaufhof*. Die Rente reicht nicht, darum putze ich samstags bei Dieudonne. Ich bin aufgestanden und hab' mir einen Kaffee gemacht. Ich wollte eine Runde durch den Kennedy-Park gehen. Da bemerkte ich, dass ich meine Daunenjacke am

Samstag bei Dieudonne vergessen hatte. Die hält warm. Denn der Mai ist ja frischer als sonst. Ich habe den Bus um 10.20 Uhr genommen, bin am Hansemannplatz umgestiegen in die 13 und bis zur Haltestelle Kriegerdenkmal gefahren. So kurz nach 11 Uhr war ich an der Haustür.«

»Und dann?«

»Hab' ich schon gesagt. Die Tür stand offen. Ich habe gerufen und geklingelt.« Sie fuhr sich mit der rechten Hand durch die Haare, legte das rechte Bein über das linke und lehnte sich zurück.

»Was haben Sie gerufen?«

»Was ruft man denn? ›Hallo! Herr Dieudonne!‹ Das hab' ich gerufen.«

»Weiter.«

»Keine Antwort. Dann hab' ich die Polizei benachrichtigt.«

»Und?«

»Ich habe gewartet, draußen, etwas entfernt von der Tür. Mir war das alles unheimlich. Dann kam der Streifenwagen und ich hab' gesagt, warum ich angerufen habe. Die sind rein und das war es.«

»Ist Ihnen etwas aufgefallen, eine Person, ein Auto, ein Geräusch?«

»Nichts. Alles war so still in der Nizzaallee. Alle schliefen oder waren weg. Ich kann mich nicht erinnern, etwas gehört zu haben.«

»Sie haben einen Schlüssel von dem Haus?«

»Ja, denn manchmal ist Dieudonne samstags unterwegs. Außerdem wollte er, dass ich einen Ersatzschlüssel habe, falls er seinen vergisst.«

»Wo ist Ihr Mann denn?« Conti sprang zu einem anderen Thema, vielleicht würde Frau Reinartz sich in Widersprüche verwickeln.

»Josef ist mit Freunden über den Eifelsteig bis nach Trier. Eine Wallfahrt zum Heiligen Rock. Er rief gestern Abend an. Ich hab' ihm nichts erzählt, sonst hätte er die Wallfahrt abgebrochen.«

Fett schaute Yvonne Reinartz lange in die braunen Augen. Ein Gesicht mit Lebensspuren, einer Frisur, die ihn an einen Filmstar der 50er-Jahre erinnerte. Er dachte an Lauren Bacall. Die Maske verhinderte den Blick auf die Mund- und Kinnpartie. Sie war attraktiv, eine gewisse Energie ging von ihr aus, eine bestimmte Ausstrahlung. Schützte sie ihren Mann oder wollte weitere Probleme vermeiden?

»Was machen Sie sonst?« Conti stellte nach der kurzen Pause die Frage.

»Ich putze nur bei Dieudonne. Sonst etwas Sport in der Seniorentruppe, ein Abo im Grenzlandtheater, Karneval, und manchmal fahren wir nach Domburg in ein kleines Hotel. Kann man gerade alles vergessen.«

»Haben Sie niemanden in der Nizzaallee gesehen? Hat niemand Sie gesehen?«

»Wer geht schon zu Fuß durch die Nizzaallee? Schauen Sie sich die Autos an. Da geht keiner zu Fuß.« Sie wusste, wo in Aachen die reichen und die armen Leute wohnten.

»Danke. Das reicht. Bleiben Sie bitte in Aachen. Wir brauchen Sie.« Fett beendete das Gespräch. Sie kamen nicht weiter. Alles war stimmig, und doch stimmte etwas nicht.

Als Frau Reinartz gegangen war, blieb der Hauch eines schweren Parfums im Büro hängen. Fett konnte es nicht einordnen. Er öffnete das Fenster, graue Wolken zogen träge von Westen nach Osten. Wieder kein sonniger Tag.

»Frau Reinartz weiß mehr.«

»Ja, sie hat gut verdient, will nichts Schlechtes über Dieudonne sagen, nun braucht sie eine neue Putzstelle.« Conti dachte einen Schritt weiter.

10

TOD IM KALLTAL

Der Fotograf Andor Heines, Mitte 60, immer noch sehr agil, lange braune Haare, neugierig und stets Motive im Blick, kurvte am Sonntagabend mit seinem roten Opel Astra, Baujahr 2006, von Bergstein aus die Landstraße L11 hinunter in Richtung Zerkall. Er hörte unaufmerksam Schlager auf WDR 4. Ein schwarzer Audi A5 überholte ihn an der Ortsausfahrt Bergstein und stand kurz hinter der ersten scharfen Kurve mit leuchtender Warnblinkanlage vor einer Nothaltebucht auf der Straße. Ein Mann in schwarzem Anzug zeigte Andor den Weg in die Nothaltebucht der kurvenreichen Landstraße. 21 Uhr, die Sonne war noch nicht untergegangen, all die dröhnenden Motorradfahrer aus dem Ruhrgebiet und dem Großraum Köln hatten die Eifel bereits verlassen; einige im Rettungshubschrauber oder Krankenwagen. Andor kam aus dem beschaulichen Simonskall, wo er eine Fotoreportage über die leer stehenden Cafés und Hotels geschossen hatte. Die Inhaber warteten auf ein Ende des Lockdowns. Die Saison hatte bereits begonnen, aber die Corona-Verordnung machte ihnen einen Strich durch die Rechnung.

In der nächsten Wochenendbeilage der *Aachener Zeitung* sollte der Bericht über die Tourismuslage in der Nordeifel erscheinen. Zuvor war Andor in Sievernich bei Vettweiß gewesen. Er wollte am Abend einen Abstecher zur Burg Nideggen machen, darum hatte er am Ortseingang von Kleinhau die L11 genommen. Dass ihm der schwarze Audi seit seiner Abfahrt am späten Vormittag gefolgt war, hatte er nicht bemerkt.

Andor stoppte, öffnete das Fahrerfenster und wollte gerade fragen, ob er helfen könne, als er am Ende seines Lebens in die Mündung eines Schalldämpfers schaute und plötzlich alles schwarz wurde. Zwei kräftige junge Männer lösten seinen Sicherheitsgurt und schoben den Opel Astra zur Abrisskante der steilen Böschung. Die Leitplanken der Nothaltebucht waren zur Reparatur entfernt worden. Nichts hielt den rollenden Opel auf. Tief unten floss beschaulich die Kall in ihrem Bett, ein Bussard kreiste über dem Tal, erste Hasen wagten sich auf die Wiesen, ein Reh kam scheu aus dem Unterholz des von Borkenkäfern befallenen Fichtenwaldes. Der rote Opel kippte vornüber die Böschung hinunter, nahm Fahrt auf, überschlug sich, donnerte mit lautem Getöse in Richtung Kallweg, bis er im Gestrüpp hängen blieb. Er explodierte nicht. Es war ein Diesel und der Tank fast leer. Das alles hatte Sekunden gedauert. Erschrocken verschwanden Reh, Hasen, Feldmäuse und Biber in ihren Verstecken, Höhlen, Biberburgen. Dann legte sich die gewohnte Ruhe über das Kalltal.

Sonntagabend in der Nordeifel. Der Tag hätte friedvoll ausklingen können. In Aachen wartete Anja, die Lebensgefährtin, auf Andor. Sie wusste, dass er immer auf Motivsuche war, darum wurde sie erst gegen Mitternacht unruhig, als sie nur die Mailbox des Handys erreichte. Sie machte sich Sorgen und rief einige Freunde an. Er hatte von einem Auftrag in Sievernich und Simonskall erzählt, ursprünglich wollte sie ihn begleiten, dann hatte sie ihre Meinung geändert und sich mit Ulrike im Stadtpark zu einem Spaziergang verabredet. Ulrike hatte sich vor einer Woche von Mikesch, ihrem kranken Kater, getrennt, sie fühlte sich nicht gut, sie brauchte Hilfe. Mikesch brauchte keine mehr. Er war gestorben. Ulrike liebte Tiere über alles. Nun war sie fest entschlossen, im Tierheim einen Hund auszusuchen, und dabei sollte ihr Anja helfen. Den Namen des Hundes hatte Ulrike bereits im Kopf: Sina.

Andor hatte immer wieder kurzfristig Aufträge übernommen, mal für Zeitungen und Magazine, für Firmen und die Stadt oder die IHK. Er reiste mit zu besonderen Anlässen wie der *EXPO 2000* nach Hannover oder der Immobilienmesse *Expo Real* in München. In vielen Jahren hatte er die Aachener Karlspreisdelegation begleitet, die zur Antragung der Auszeichnung zum designierten Preisträger flog. Für Privatpersonen fotografierte er herausragende Ereignisse, in der Regel rund um das Reitturnier *CHIO* und den *Orden wider den tierischen Ernst*. Andor kannte alle in Aachen, alle kannten ihn, wenn man unter ›alle‹ die wichtigen und die schönen und reichen Bürger der Stadt zusammenzählte. Sein Archiv war fulminant, bestens sortiert und bei Bedarf lieferte er schnell – auch aus seinem Geheimarchiv.

11

PÜTZESCHLIPP, THW UND DIE
ERBSENSUPPE

Als der Inhaber der Papierfabrik Renker am Montagmorgen in der Herrgottsfrüh mit seinem Dackel Wald-
meister, gerufen ›Waldi‹, die Kall flussaufwärts in Richtung Kallweg spazierte und sich in Gedanken mit dem
Verkauf der Papierfabrik beschäftigte, bemerkte er in
ungefähr 100 Metern Entfernung abgebrochene Äste
in der Böschung an der L11. Herr Renker junior schritt
kräftig voran und fragte sich, ob in der Nacht ein Sturm
durch das Kalltal gefegt sei. Nein, es hatte nicht gestürmt.
Erst am Monatsende sollten unruhige Tage anbrechen,
vom Hochwasser im Juli ganz zu schweigen.

Nach knapp einer Stunde wimmelte es im Tal von
Polizisten, Abschleppdienst, Krankenwagen und Tech-
nischem Hilfswerk. Polizeidirektor Eismar, Leiter der
Kreispolizeibehörde Düren, hatte mit Blick auf mögliche
Umweltschäden das große Besteck angefordert. Er wollte
kein Gejammer und Gejaule der Umweltschützer. Sofort
Ölbarrieren, Boden abgraben, Gewässerproben nehmen,
das ganze Programm – so hatte er energisch gefordert.

Endlich ein richtiger Job für die gemischte Mannschaft
des THW, des Technischen Hilfswerks, das vor lauter
Erbsensuppen-Kochlehrgängen langsam aus der Übung

kam, wenn es ernst wurde. Ein kompletter THW-Zug in blauen Lastkraftwagen rückte mit leicht übergewichtigen THW-Helfern an, platzierte eine schwere Winde in der Nothaltebucht, und die Männer machten sich fachkundig an die Arbeit. Ein zweiter Zug stiefelte bergab, um Umweltschäden zu sichten, Erde abzutragen, Ölbarrieren zu errichten. Endlich mal keine Kinderbespaßung beim Kulturfest im Dürener Stadtpark. Das Jahrhundertunwetter in der Eifel und an der Ahr stand ihnen noch bevor.

Für die *Dürener Zeitung* und die *Dürener Nachrichten* war Guntram Engels, genannt Männlein, vor Ort. Engels sollte über Motorradlärm und Motorradunfälle in der Eifel am Wochenende berichten. Engels blickte zu Kommissar Pütz, genannt Pützeschlipp, weil Pütz die Krawatte stets zu kurz knotete.

»Sanis, jetzt mal her, verdammt noch mal. Fluppen weg!«, rief Pütz.

Die Sanitäter des RTW, des Rettungstransportwagens aus Nideggen, stapften durch das hohe Gras, das in diesem nassen Mai emporschoss wie der Spargel vom Spargelhof *Lövenich* in Gürzenich.

»Jetzt schaut euch den Toten genauer an!« Pützeschlipp hatte schlechte Laune. Er war kurz nach Verlassen des Dienstwagens in einen Pferdeapfel getreten, hatte nicht in Ruhe gefrühstückt, und Sohn Bruno würde in der Pandemiezeit nicht gerade die Leuchte der Klasse 4a auf der Peschschule in Düren werden. Das hatte ihm letzte Woche Frau Dahmann, die Klassenlehrerin, gestanden.

»Der ist mausetot«, murmelte Sanitäter Küven.

»Der ist aber so was von tot«, ergänzte sein Fahrer Butz. Butz und Küven hatten Frühdienst. Als der Anruf der Leitzentrale aus Simmerath eintraf, diskutierten sie in Nideggen soeben die Chancen des 1. FC Köln zum Verbleib in der Bundesliga. Im Kalltal eingetroffen, stellten sie sofort fest, dass mit dem Fahrer nichts mehr los war. Unangeschnallt die Böschung runtergeschossen. Multiple Brüche, schwere innere Verletzungen, der war sofort tot; so lautete die Diagnose der beiden Sanitäter. Vielleicht sogar absichtlich runtergedonnert? War nicht ihr Job, das herauszufinden.

»Die Herren vom RTW haben einen messerscharfen Blick. Wäre ich nicht draufgekommen. Vielleicht könnten Sie den scharfen Blick mal auf die Stirn des toten Fahrers richten.« Kommissar Pütz kochte und schob die Schirmmütze in den Stiernacken.

»Schwarzer Punkt. Kopfverletzung an der Stirn.« Küven schaute zu Butz. Butz schaute zu Küven. Ein Bussard kreiste über der Szenerie, mehrere Hasen rasten kallaufwärts, THW-Gruppenführer Nepomuck sprach ins Funkgerät:

»THW an Polizei. Wann jeht et ändlich loss?«

»Polizei an THW. Abwarten! Wir melden uns. Danke und Ende.« Pützeschlipp bekam einen Hals. Kommissarin Nicole Hustedt, die Begleitung von Pütz, sprach noch mit Renker junior, vertröstete Abschleppdienst Moritz aus Düren, der den Opel Astra gerne vom THW übernommen hätte, aber alles hing im vermaledeiten

Kalltal fest, seit Kommissar Pütz den Kopfschuss entdeckt hatte.

»Klar, Unfallverletzung. Von euch beiden Sanis
möchte ich nicht verarztet werden.« Er rief die Kommissarin zum toten Andor, der auf einer Bahre unter
Isolierfolie lag, und zeigte auf das Einschussloch.

»Mist. Und wir haben hier alles zertrampelt. Ich
rufe Kommissariat 1 an. Nichts mehr berühren. Die
THW-Kollegen sollen sich oben in die Kiste setzen, eine
Kippe quarzen und die Füße stillhalten.« Kommissarin
Hustedt gab die neue Info weiter ans Kommissariat 1,
zuständig für Tötungsdelikte. Kriminalkommissar Toni
Holz und Kollegin Ruth Jochum machten sich auf den
Weg in die Eifel.

Unterdessen hatte Männlein Engels alles fotografiert,
Notizen gemacht, war die Böschung hinuntergeklettert
und näherte sich gerade dem Unfallwagen, als er den
Ruf von Pütz hörte: »Männlein, das geht nicht!«

Guntram Engels kehrte um und zeigte seinen Pres-
seausweis.

»Schon gut. Den kenne ich.« Pütz winkte ab.

»Was habt ihr?« Engels zückte seinen Notizblock,
seine neugierigen Augen funkelten, er roch eine Story,
er spürte es, eine Hammergeschichte und nicht eine
Betrunkener-kommt-von-Landstraße-ab-Story mit
zehn Zeilen.

»Siehst du doch. Unfall auf der L11 gestern Abend.
Fahrer verliert wahrscheinlich Kontrolle, stürzt ins
Kalltal. Tot. Hör auf mit deinen Notizen, du machst
mich verrückt.«

»Toni, alte Kameraden, ich bitte dich. Weiß man, wer der Tote ist?«

Pütz schaute zu Hustedt, die im Streifenwagen mit der Leitstelle telefonierte.

»Ein Kollege von dir. Andor Heines aus Aachen«, sagte Pütz so leise, dass Männlein Engels es kaum verstand.

»Andor? Ach du dicke Scheiße. Andor ist hier verunglückt. Das gibt es doch nicht. Der war immer für uns unterwegs. Der Andor doch nicht!« Engels war geschockt. Bombengeschichte, nur leider über einen verdienten Kollegen. Schlagzeilen schossen ihm durch den Kopf, Bilder von der letzten Zusammenarbeit mit Andor, der immer gute Laune hatte und tolle Motive zur Story beisteuerte.

»Von mir hast du das nicht. Beruf dich auf die Sanis, verstanden?« Pützeschlipp schaute sich verstohlen um, zog die Schirmmütze wieder in die Stirn.

»Klaro. Mann, das glaub ich nicht. Der Andor hat die Bilder von der Marienerscheinung in Sievernich geschossen.«

»Halt den Mund, Männlein. Du bringst mich in Teufels Küche!«

Männlein war sichtlich bewegt. Er hatte in seiner Aachener Zeit täglich mit Andor zusammengearbeitet. Nun lag Andor unter einer Goldfolie auf der Bahre im Rettungstransportwagen des Kreises Düren.

»Da muss ich die Chefredaktion informieren. Was Auffälliges bei dem Unfall? Du hast eben die Sanis zum Wagen gerufen und auf den Kopf gezeigt.«

»Männlein, das muss die Pressestelle dir sagen. Ich kann nicht. Es reicht.«

»Mensch, Pütz. So ein beschissener Wochenanfang.« Männlein legte seine Hand auf die Schulter von Pütz, der stumm nickte. Guntram Engels wandte sich dem Sanitäter Küven zu, der neben dem RTW stand, eine Zigarette rauchte und auf weitere Ansagen der Polizei wartete.

»Engels, *Dürener Zeitung*.« Er las den Namen Küven auf der Einsatzjacke des Rettungsassistenten. »Blöd, wenn die Woche so beginnt.«

»Kann man wohl sagen. Mann, Mann, Mann. Dann noch ab zur Rechtsmedizin nach Köln. Das wird eine lange Fahrt.«

»Ja, kann ich verstehen. Aber Alkohol, Drogen, das muss ja überprüft werden.«

»Das auch, aber der Kopfschuss, Mannomann. Der ist heftig.« Küven machte sich wenig Gedanken über seine Aussagen.

»Ja«, sagte Männlein, »hat mir Pütz gerade gesagt.«

»Wenn Pütz es gesagt hat. Ein Schuss, voll in die Stirn. Das war nicht so ein Zufallstreffer. Voll in die Stirn. Ich kenne mich da aus. Hab' alle *Tatort*-Folgen geguckt. Das war ein Profi, richtiger Profi.« Küven war in Fahrt und in seinem Element. Er hatte am Vorabend in der Mediathek eine *Tatort*-Folge mit Kommissar Faber aus Dortmund gesehen.

»Herr Küven, von Ihnen mache ich ein Porträt auf Seite drei in unserer Zeitung. So jemand wie Sie, mit der Fachkenntnis, der muss den Lesern vorgestellt werden.« Männlein drehte sich um. Pütz und Hustedt waren beschäftigt, der Opel lag noch schräg in der Böschung, das THW-Team wartete auf ein Signal, musste sich jedoch gedulden, bis Holz und Jochum vom Kriminalkommissariat eintrafen. Männlein schoss ein Bild vom Rettungssanitäter Küven vor dem völlig demolierten roten Opel Astra, machte noch eine Aufnahme vom THW-Einsatz, für die sich die schwergewichtigen Helfer und Gruppenführer Nepomuck vor den blauen MAN-Laster stellten. Danach verabschiedete er sich in Richtung Redaktion in der Pletzergasse in Düren.

Gut zwei Stunden nach der Entdeckung von Andor Heines durch Renker junior erhielt die Staatsanwaltschaft Aachen eine Erstinformation über den Fall: Tötungsdelikt in der Eifel; Aachener Fotograf Andor Heines mit Kopfschuss aufgefunden; anschließend wurde der Wagen ins Kalltal exportiert. Hätte alles unter Unfall laufen können, aber Pützeschlipp hatte den Kopfschuss entdeckt. KTU und Obduktion mussten abgewartet werden. Mordkommission Aachen, Kriminalkommissariat 11, einbinden? So lautete die Frage zum Abschluss des Berichts, der bei Staatsanwältin Cordula Regauer im E-Mail-Postfach landete. Sie antwortete kurz und bündig: weitermachen. Mehr Infos. KTU-Bericht und Obduktionsergebnis beifügen.

»Käse«, sagte Toni Holz. »Jetzt haben wir den toten Fotografen an der Backe.«

»Vorerst, Kollege Holz«, meinte Kommissarin Jochum. »Vorerst.«

»Also müssen wir die Untersuchungen zu dem geld-süchtigen Weihbischof ruhen lassen?«

»Sieht so aus. Der Himmel und die Heiligen arbeiten in anderen Zeitdimensionen. Zunächst muss die Staats-anwaltschaft Anklage gegen den Aachener Weihbischof erheben. Jetzt zählt der tote Fotograf. Alle Kameras in der Umgebung auswerten lassen; den Wagen in die Technik; in Bergstein und in Zerkall die Anwohner an der L11 befragen.« Ruth Jochum war von einer nie ver-siegenden Energie, stets bester Laune und fest entschlos-sen, alle Fälle zu lösen. Seit ihrer Kindheit wollte sie zur Polizei: ihr Traumberuf. Toni Holz wusste, dass Kollegin Jochum als Lehrgangsbeste abgeschnitten hatte. Düren war für sie eine Transitstation zum LKA oder ins Innenministerium. Er hatte sich damit abge-funden, sogar neue Freude an seiner Arbeit entwickelt, denn Kollegin Jochum war nicht nur schnell, klug und freundlich, sie hatte auch Humor. Den brauchten sie vor allem im Fall der Marienerscheinung von Sievernich.

12

DER TODESBOTE

Für das Überbringen von Todesnachrichten war im Präsidium Aachen Kollege Hör-Baumann zuständig. Kommissar Günter Baumann, genannt Hör-Baumann, stammte aus Aachen und war im Stadtteil Forst aufgewachsen. Seine Kommunikation pflegte er mit »Hör« einzuleiten oder zu garnieren oder zu beenden. Seine ruhige und warme Stimme, der Singsang seiner Öcher Mundart und die treuen Augen eines Bernhardiners machten ihn zum idealen Todesboten. Er hatte die entsprechenden Lehrgänge besucht, war in der Freizeit Lektor in der Gemeinde *Heilig Kreuz* und Notseelsorger. Er umarmte gern die Trauernden oder streichelte ihnen tröstend über das Haar. Hör-Baumann erhielt am Montagmorgen den Auftrag, zur Adresse von Andor Heines zu fahren. Laut Einwohnermeldeamt wohnte er mit einer Anja Hübinger zusammen, die ebenfalls als Fotografin tätig sei und ab und an für Filmzeitschriften arbeite.

Hör-Baumann wusste, dass Andor mit einem Kopfschuss quasi hingerichtet worden war. Er sollte zugleich Informationen sammeln, denn die Kollegen aus Düren, Holz und Jochum, säßen sozusagen im Tal der Ahnungslosen beziehungsweise im Kalltal.

Hör-Baumann, Anfang 60, erledigte diese Aufgabe

allein. Sämtliche Kollegen waren unterwegs, Fett und Conti mit dem Sonntagsmord in der Nizzaallee beschäftigt. In der Inspektion 2, Organisierte Kriminalität, war ebenfalls niemand abkömmlich. Sembritzki, der Leiter, plante irgendeinen Schlag gegen die 'Ndrangheta. Sembritzki plante stets, am Ende ging es in die Hose, weil irgendeine undichte Stelle den Plan verriet, dachte Hör-Baumann. Genauso wie bei all den Autoschiebereien im Grenzgebiet.

Hör-Baumann klingelte in Uniform an der Haustür des Mehrfamilienhauses in der Krakaustraße in Aachen. Anja Hübinger öffnete und wurde blass, als sie den Polizisten vor ihrer Tür sah. Die schlanke Frau Ende 50 mit dunkelblonden Locken, braunen Augen, grauer Hose, Turnschuhen und T-Shirt mit der Aufschrift ›No Sports!‹ hielt sich am Türrahmen fest.

Alles, was Hör-Baumann später in seinen Bericht schrieb, half Holz und Jochum nicht weiter. Andor habe keine Feinde gehabt, er sei bei Kollegen und Kunden unheimlich beliebt gewesen, er habe die Aufträge zur vollsten Zufriedenheit ausgeführt, nie habe es Klagen oder Beschwerden gegeben. Am Sonntag sei er vormittags aufgebrochen. Zwei Aufträge: irgendetwas mit der katholischen Kirche in Sievernich und danach Simonskall. Ob ihr irgendetwas aufgefallen sei in letzter Zeit? Nichts, nein, nichts sei Anja Hübinger aufgefallen. Er habe etwas zugenommen, sagte sie mit feuchten Augen, wobei sie ein wenig lächelte. Er sei regelmäßig essen gegangen. Das habe er früher nie gemacht. Da hellte sich Baumanns Gesicht auf. Das konnte er sehr gut verstehen. Wo er denn gegessen habe? Im *Currypalast* oder eher bei einem Griechen? Andor habe sich was gegönnt. Er sei regelmäßig ins *Fellini* gegangen, in das italienische Restaurant auf dem Templergraben. Oh, da werde er, Hör-Baumann, einen Chianti auf Andor trinken, denn er habe ihn gekannt. Hör-Baumann verbrachte eine Stunde bei Anja Hübinger, die etwas schusselig auf ihn wirkte, doch wer wäre das nicht bei dieser Nachricht, sagte sich Hör-Baumann. Sie hatte ein Alibi. Den Nachmittag und frühen Abend hatte sie mit Freundin Ulrike verbracht, der sie Trost gespendet hatte. Ulrikes Katze war gestorben. Hör-Baumann tippte danach den Bericht und wunderte sich über die Grausamkeit der Welt. »Hör«, sagte er zu sich selbst gegen 13 Uhr, »nun geh ich mir was essen.« Er verschwand in der Kantine, bevor er seinen Bericht in Kopie an das Kommissariat Mord verschickte. Erst kam das Essen, dann der Bericht.

13

DIE BOMBE

Die Nachricht von Andor Heines' Tod schlug in den Redaktionen des Medienhauses Aachen wie eine Bombe ein. Chefredakteur Paul Schnigge trommelte am Montagmorgen im Newsroom alle Kollegen zusammen. Sie standen unter Schock. Einer ihrer ältesten und beliebtesten Fotografen war tot, ermordet. Laut Auskunft von Männlein Engels, den alle bestens kannten, sei Andor quasi hingerichtet worden. Sonntagabend auf der L11 hinter Bergstein: Kopfschuss und Schussfahrt ins Kalltal. Schnigge forderte eine Schweigeminute. Sie senkten die Köpfe, blickten auf den Boden oder die Papierkörbe. Schnigge dankte, dann stellte er zur Diskussion: »Machen wir das als Aufmacher? Hauen wir richtig rein? Oder nur einen liebenswerten und menschlichen Nachruf? Immerhin Mord, Kollegen, Mord an unserem Andor. Das war nicht eine spontane Tat, das war kein Affekt. Er wurde hingerichtet! Journalistenmord! Ein dicker Hund.«

»Er war Fotograf, Paul.« Werner Behrens, Politikredaktion, versuchte, die Temperatur zu kühlen.

»Journalistischer Fotograf. Nicht so ein Hochzeitsheini. Andor sprach durch seine Bilder. Sprechende Bilder. Schlagzeile: ›Der mit den Bildern sprach wurde ermordet!‹ Na, was sagen die jungen Damen und Herren aus der investigativen Abteilung?« Paul Schnigge blickte in die Runde, trommelte mit den Fingern auf den Tisch, nahm die Kaffeetasse und prüfte über den Tassenrand, wer sich als Erster melden würde.

»Investigativ ist das Stichwort, Paul. Überlassen wir das alles Männlein Engels aus Düren?« Behrens schaute zu den Kollegen und entdeckte die Lust an dem Thema in zahlreichen Gesichtern.

»Erst der Aufmacher, dann die Recherche. Ich will Argumente hören. Bitte sehr. Raus mit den Meinungen!« Schnigge ärgerte die lange Leitung. Keiner machte den Mund auf, alle spielten mit Kugelschreibern, Bleistiften oder fummelten am Handy rum.

»Wir sollten den Menschen in den Vordergrund stellen. Andor Heines war beliebt. Er war eine Institution, er war ein feiner Kerl. Das wissen alle, die mit ihm gearbeitet haben.« Johannes Zimmer, der Menschenfreund, sammelt Pluspunkte, dachte Schnigge. Natürlich, Menschenfreund, Homestory, liebenswert.

»Johannes, das kannst du in deinen Artikeln über Maduro oder den Bruder von Fidel Castro unterbringen. Ich will eine Story, einen Knaller, eine Bombe, einen Panzerkreuzer und kein Schlauchboot. Das ist Journalistenmord wie auf Malta, in Osteuropa oder im Orient! Ran, richtig ran. Andor war nicht irgendein Drogendealer, der den Koks gestreckt hat, sondern ein journalistisch arbeitender Fotograf. Das muss knallen bis in die Staatskanzlei, das muss dem Polizeipräsidenten schlaflose Nächte bereiten, der Innenminister soll ihn täglich anrufen.«

Das Ergebnis der Diskussion war ein Mittelding. Sonderseite zum Mord, Kommentar von Paul Schnigge, Analyse von Werner Behrens und lokale Aspekte von Männlein Engels. Der Mensch Andor Heines sollte eine Würdigung in der Wochenendbeilage erhalten. Das hatte sich Paul Schnigge abringen lassen. Dafür war Redakteurin Sabine Grüner verantwortlich. Am Dienstag würde es allerdings den Knaller geben. Die Auflagenhöhe wurde nach oben korrigiert, Werbeblätter für die Kioske gedruckt: »Wer brachte unseren Mann um? Andor Heines ermordet!« Männlein sollte noch Interviews mit dem THW-Team und dem Abschleppdienst Moritz liefern.

Nach der Besprechung nahm Paul Schnigge Politikredakteur Behrens zur Seite.

»Was hältst du von der Sache?«

»Andor war fester freier Mitarbeiter. Ein Mann der ersten Stunde, aber nie fest angestellt bei uns. Er lieferte pünktlich. Daneben hatte er Privataufträge. Darüber kann ich nichts sagen.«

»Jetzt drucks nicht so rum! Hat das irgendwas mit uns zu tun? Sind unsere Blätter das Ziel, sollen wir eingeschüchtert werden? Wenn es ein Profimord war, was sagt uns das? Wer von unseren jungen Spürhunden ist am Thema Kriminalität dran?«

»Paul, wir halten gute Kontakte zum Polizeipräsidium. Die warnen uns, wenn jemand auf uns zielt. Wir haben nichts gehört. Marten Gregor, unsere Spürnase, hat dazu nichts. Der Mord an Andor muss andere Gründe haben.«

»Na dann. Jedenfalls machen wir eine Fortsetzungsgeschichte in dieser Woche draus. Alles über Andor.

Seine besten Fotos, sein Leben, seine Freundin, seine Projekte. Eine Woche lang auf der Titelseite jeweils ein Bild von ihm.«

»Gute Idee. Ich muss los. Es gibt ja noch andere Meldungen. Baerbock muss Einkünfte nachmelden, Söder gibt keine Ruhe, Giffey ist zurückgetreten.«

»Ja, ja. Immer eine neue Sau. Aber Andor Heines ist mir wichtig. Ein guter Mann. Humor hatte er auch. Scheiße.« Schnigge schnappte sich die Kladde mit den Mails und den Infos zu Andor, dampfte ins Büro und füllte seine Kaffeetasse auf.

14

TRUDI UND DER SCHARFE BLICK

Am Dienstag regnete es ohne Pause. Dieser Mai 2021, abgesehen von einem Sonntag, war kalt, nass, feucht, grau. Fett holte sein Klapprad aus dem Keller. Er rollte den Seilgraben hinunter Richtung Willy-Brandt-Platz, bog ab in die Promenadenstraße und klingelte um 7 Uhr bei Kollegin Conti. Bei Regen nahm sie ihn in ihrem Fiat 595 mit. Er wusste, dass er morgens seiner guten Laune nicht freien Lauf lassen durfte. Sie liebte es, länger zu schlafen, und Fetts Klingeln um 7 Uhr ersetzte oft den Wecker. Er wartete in ihrer Küche auf sie, bereitete einen starken Espresso und legte die mitgebrachten Croissants auf den Küchentisch. Er schaute aus dem Fenster auf die Promenadenstraße hinunter, in der zu normalen Zeiten um 7 Uhr morgens die letzten Trinker torkelten oder ihren Rausch in einer Einfahrt ausschliefen. Jetzt waren keine normalen Zeiten, und die Promenadenstraße hatte sich verändert. Conti jagte mit nassen Haaren aus dem Bad, er bemerkte die hellblaue Jeans, grüne Turnschuhe, weiße Bluse und rote Lederjacke. Ein Farbtupfer am Morgen. Viva Italia!

»Und die Croissants?«

»Die essen wir unterwegs mit einem Becher Kaffee. Buon giorno, Chef.«

»Oder im Büro?«

»Oder im Büro, wenn wir den Dienstwagen abholen«, sie lächelte ihn an.

Fett saß auf dem Beifahrersitz, die Tüte mit den Croissants in der Hand. Ihr Fahrstil blieb gewöhnungsbedürftig. Er vertraute auf das Fahrtraining beim BKA, das sie absolviert hatte.

Im Büro keine Neuigkeiten. Frau Hof, ein Fleischwurstbutterbrot im Mund, nickte mit schmerzverzerrtem Blick. Sie hatte sich bei Zoom-Pilates am Vorabend den Rücken verrenkt und stöhnte durch die Abteilung.

Jeder spendete Trost. Sie schaffte es so gerade, einen Dienstwagen für Fett und Conti zu organisieren.

»Ich muss zum Arzt. Der Rücken. Ich halt es nicht mehr aus.«

Conti nickte verständnisvoll, Fett weniger verständnisvoll.

»Gute Besserung, Frau Hof. Sie wissen, dass wir Sie brauchen. Wir können nicht alle Anrufe auf unsere Handys umstellen. Auf wen geht das Telefon?«

»Auf Elke vom Rauschgift.«

»Elke vom Rauschgift. Hoffentlich muss sie nicht als Testperson für die neue Ware aus Afghanistan dienen. Sonst sehe ich schwarz mit der Telefonliste.«

»Auf Elke ist Verlass«, stöhnte Frau Hof mit einem Augenaufschlag wie Urmel aus dem Eis von der Augsburger Puppenkiste.

Fett fuhr den zivilen Passat, Conti saß auf dem Beifahrersitz. Als sie gegen 10 Uhr an der Straße Klein Frankreich in Schmidt eintrafen, machte der Regen eine Pause. Luftlinie wenige Kilometer entfernt, war am Tag zuvor Andor Heines geborgen worden. Fett kannte den Geruch der Eifel im Mai aus seiner Jugendzeit. Als Segelflieger war er jedes Wochenende ab Mitte der 70er-Jahre in Bergstein gewesen. Im Frühjahr stürmte es. Windräder gab es damals noch nicht, jedoch zogen die Wolken genauso rasch und zerfetzt von West nach Ost wie an diesem Maitag. Das Wetter war umgeschlagen, eher April oder März als Mai. Sie fuhren an der Kirche Sankt Hubertus vorbei, die den Beinamen Sankt Mokka trug, und bogen nach rechts ab in Richtung Eschauel.

»Sankt Mokka«, raunte Fett.

»Nehmen Sie mich auf den Arm?«

»Nein. Schmidt wurde in der Nachkriegszeit durch Kaffeeschmuggel reich. Die Kirche war damals fast eine Ruine. Der Pastor hat den Schmugglern sonntags die Leviten gelesen. Plötzlich lagen 250.000 Mark im Opferstock. So konnte Sankt Mokka wiederaufgebaut werden.«

»Mich wundert in dieser Eifel gar nichts mehr.« Conti zeigte nach links. Sie entdeckten das Wochenendhaus von Johannes Dieudonne, geschützt von einer Buchenhecke, die das kleine Eifelhaus aus Bruchsteinen vor Blicken schützte.

»Wir schauen uns drinnen um. Danach befragen wir die Nachbarn.« Fett bemerkte, wie sich der Küchenvorhang im angrenzenden Nachbarhaus bewegte.

»Der Schlüssel passt«, sagte Conti. Sie zogen Handschuhe über und betraten vorsichtig das Gebäude.

»Was hat Dieudonne hier gemacht?«, fragte Conti.

»Die meisten Aachener aus seiner Schicht haben ein Haus an der Nordseeküste.« Fett wunderte sich.

»Dann war er nicht wie die meisten Aachener.«

»Stimmt. Er war anders. Irgendwie anders.« Fett schaute sich um.

»Was, glauben Sie, steckt hinter dem Mord?«

»Fürs Glauben ist der liebe Gott zuständig. Ich habe aufgehört zu glauben, aber wir können nachher in Sankt Mokka eine Kerze anzünden«, sagte Fett im Flur. Er versuchte, die Atmosphäre zu spüren, sich Szenen in dem Haus vorzustellen, betrachtete die Mischung aus

Rustikalität und Buddha-Figuren. Er entdeckte keine Besonderheiten. Es roch etwas muffig.

»Im Grunde ist die Wohnung das Abbild der Nizza-allee.« Conti kam aus der Küche, blickte auf den Rursee, der zum Greifen nah lag. Etwas fehlte in diesem Haus. Sie konnte nicht genau sagen, was es war. Leblosigkeit, ja Leblosigkeit fühlte sie. Ein Totenhaus.

»Was machte Dieudonne hier? Saß er am Wochen-ende alleine rum? Kam er mit Callgirls?«

»Oder Callboys?« Conti warf es in den Raum.

»Die Nachbarn können sehen, wer vorfährt. Fragen wir mal. Hier hat bestimmt Frau Reinartz geputzt. Alles blitzblank und chemisch gereinigt.«

Im Nachbarhaus wohnte laut Klingelschild Gertrud Hutmacher.

Eine von der Sonne verwöhnte Frau Ende 50 öff-nete die Tür, lächelte Fett tiefgründig an und schaute ein wenig herablassend auf Conti.

»Sie sind bestimmt von der Polizei?«

»Steht es auf der Stirn?«

»Ich spüre so was.«

»Was Sie nicht sagen. Fett und Kommissarin Conti. Wir haben ein paar Fragen zu Johannes Dieudonne.«

»Dieu wer?«

»Ihrem Nachbarn.«

»Goldlöckchen. Ich nenn ihn Goldlöckchen. Immer, wenn er kommt, hat er goldene Strähnen.« Sie lächelte, die gebräunten Wangen glühten, sie streifte Gummi-handschuhe ab, wahrscheinlich kam sie vom Spülbe-cken.

»Was ist Ihnen denn sonst noch aufgefallen neben der Tönung?« Conti schaute sie freundlich an.

»Kommen Sie rein. Hier an der Tür zieht es immer.« Fett und Conti folgten ihr durch einen dunklen Flur, rechts lag die Küche, in einem Topf köchelte etwas, das nach Kohl roch, ein Kaffeepott stand auf der Wachstischdecke. Schon waren sie im Wohnzimmer mit einer Fototapete der Golden Gate Bridge, einem Aquarium und einem Kater namens Balou. So rief Frau Hutmacher nach ihm, damit er das Sofa freigab, auf dem Fett und Conti einsanken wie im Treibsand der Sahara.

»Goldlöckchen hat die Bude bestimmt seit zehn Jahren. Gekauft. Bar, wie mir Immo-Heinz erzählte. Warum fragen Sie, ist jemand eingebrochen, oder was?« Die Bluse war eine Nummer zu klein, die Jeans sehr eng, aus den Gummihandschuhen kamen Finger mit leuchtend rotem Nagellack.

»Goldlöckchen braucht keine Tönung mehr. Er wurde ermordet. Und nun zu Immo wer?«

»Ermordet, der Alte. Ach, Herrje! – Heinz, Heinz. Das ist Heinz Klosterhalfen, der Immobilienmakler. Immo-Heinz heißt sein Büro. Der sitzt oben, neben dem Hotel. Der weiß exakt, wem hier was gehört. Der hat unserem Ort einen Goldrausch prophezeit. Er redet immer von Binnentourismus oder so. Alles sanft und easy. Und der hat dem Goldlöckchen das Haus verkauft. Der zahlte, ohne zu mucken. Bar, sagte mir der Immo-Heinz bei einem Kaffee.« Sie spielte ihre Trauer mittelmäßig.

»Was machen Sie denn, wenn Sie nicht mit Immo-Heinz Kaffee trinken?«

»Ich? Dies und das. Ich habe Rücken. Darum kann ich nicht mehr in Kleinhau beim REWE an der Kasse sitzen.« Aus dem bemüht traurigen Blick wurde ein Ich-armes-Ding-Blick.

»Sie sind Frührentnerin?«

»Sozusagen. Ich besorge den Haushalt in ein paar Immobilien von dem Heinz.« Farbe kehrte ins Gesicht zurück, als ob sie eine Festangestellte des Maklers sei, die ihre Bedeutung unterstreichen wollte.

»Auch bei Goldlöckchen?«

»Bei dem bis letztes Jahr. Dann nicht mehr. Dann hat der seine Putze aus Aachen mitgeschleppt. Manchmal. Das war kein Callgirl. Ganz klar.«

»Hat jemand nach Callgirl gefragt? Wie kommen Sie darauf?«

»Alter Herr, alleine, dickes Auto, Wochenendhaus. Da darf man doch mal draufkommen. Oder schauen Sie keine Krimis im Fernsehen?«

»Sonst noch was? Besuche? Feste? Feiern?«

»Manchmal standen da drei dicke Karren. Die S-Klasse vom Goldlöckchen, ein Jaguar mit niederländischem Kennzeichen und ein Chevrolet mit belgischem Nummernschild. Dicke Schlitten, meine Herren!«

»Wie oft ist manchmal?«

»Zweimal im Monat. Höchstens.«

»Wer fuhr denn die Autos? Männer, Frauen, junge Typen, Dandys oder eher greise Millionäre?« Frau Hutmacher war an so viele Fragen nicht mehr gewöhnt.

Immo-Heinz fragte nie so viel, im Gegenteil, er sendete mehr.

»Wenn Sie mich fragen, eher so alte Typen wie Goldlöckchen. Die waren jägermäßig angezogen. Aber ohne Flinten. So Burberry-Typen, wie aus den englischen Liebesfilmen von der Pilcher.«

»Da kommen auch Frauen vor. Haben Sie welche gesehen?«

»Ne, nur die Putzfrau. Ich hänge ja nicht nur am Fenster, sondern bin auch bei Immo-Heinz.«

»Wann haben Sie die Besucher das letzte Mal gesehen?«

»Tja, ich würde sagen, Anfang April. Oder Ende April? Wissen Sie, die Zeit geht hier oben anders. Wir hatten so ein fürchterliches Frühjahr, dann dieser Corona-Mist. Da verliert man das Zeitgefühl. Ich kann es Ihnen nicht genau sagen.«

»Hat sonst jemand was gesehen? Wo ging Goldlöckchen einkaufen?«

»Nur ich hab' den Blick auf das Haus. Wenn ich nicht bei Immo-Heinz bin. Einkaufen? Da muss man nach Simmerath, Vossenack oder Nideggen oder Kleinhau. Keine Ahnung.«

»Sind Sie verheiratet?«

»War ich. Mein Wilfried ist gestorben. Vor fünf Jahren. Plötzlich. Da bekam ich das mit dem Rücken. Genau.«

»Verstehe«, sagte Conti, blickte zu Fett, der schaute in den Himmel. Ein sicheres Signal, dass für ihn Schluss war.

»Die Adresse von Immo-Heinz können Sie uns noch geben.«

Sie holte eine Visitenkarte, die griffbereit im Flur lag.

»Danke, Frau Hutmacher. Hier meine Karte, wenn Ihnen etwas einfällt.«

»Was wird denn nun aus der Bude nebenan? Wäre das nicht was für Immo-Heinz?«

»Sehr gute Idee. Wir melden uns. Vielleicht kann er da was draus machen mit Binnentourismus und so.« Fett und Conti nickten freundlich und kehrten zurück zum Dienstwagen.

»Zwei Besucher. Belgien und Niederlande. Alte Herren, die ab und an hierhergekommen sind«, überlegte Fett laut.

»Auf zu Immo-Heinz neben dem Hotel.« Conti nahm den Wagenschlüssel von Fett, der sich umdrehte, die Buchenhecke, das Haus und Frau Hutmachers Eternitplattenverkleidung betrachtete.

Trudi Hutmacher stellte die Herdplatte ab, nahm einen großen Schluck Kaffee. Sie griff zum Telefon und drückte die Nummer eins: Immo-Heinz.

15

IMMO-HEINZ. SONST KEINS!

Es nieselte, die Wolken jagten weiter von West nach Ost, auf der Straße war kein Mensch. Sankt Mokka stand eher drohend als einladend im Ortskern. Conti parkte am Hotel *Roeb*. Sie sahen die Geschäftsstelle von Immo-Heinz sofort. Im Schaufenster klebten die Verkaufs-angebote: Einfamilienhäuser, Bungalows, Bauernhöfe, Grundstücke, Wohnungen. Wie bei jedem Makler klebte dick »Verkauft!« auf manchen Angeboten. Immo-Heinz schrieb sogar »Frisch verkauft!«. Er saß hinter einem *Ikea*-Schreibtisch in einem dunklen Büro, hatte das Handy am Ohr, als Conti zu Fett sagte: »Da ruft ihn gerade Frau Hutmacher an.« Conti öffnete die Tür, es klingelte wie in einem alten Tante-Emma-Laden.

Ziemlich laut sagte Immo-Heinz: »Gerne doch, einmal mehr Frau Kaiser, immer für Sie da. Ja, Solardach heizt den Pool. Alles öko. Entschuldigung. Wir hören uns.« Er warf eine Handvoll Pfefferminzbonbons in seinen Mund.

»Fett, Conti. Kripo Aachen. Herr Heinz?«

»Klosterhalfen, Heinz Klosterhalfen. Alle nennen mich Immo-Heinz.«

»Was sagte denn Frau Hutmacher zum Pool?«

»Pool wäre gut«, sagte Immo-Heinz. »Aber Frau Hutmacher? Ich verstehe nicht.« Er lief hinter seiner Bugatti-Brille rot an, griff sich ans Doppelkinn, zog sein

Cordsakko zurecht, biss auf die Pfefferminzbonbons, wies auf zwei Stühle und murmelte etwas von »Platz nehmen, bitte, hinsetzen.« Immo-Heinz liebte, neben den Frauen, das Geistige. Ein kleiner Muntermacher vor der Mittagszeit, mal ein Jägermeister oder Aquavit, schon tickte seine Seele anders. Jedenfalls sülzte er das den Frauen vor, die in ihm den Immo-Philosophen suchten und entdeckten.

»Wir interessieren uns für das Haus von Johannes Dieudonne. Er hat damals bar bezahlt.«

»Bar? Ich weiß nicht mehr.« Er räusperte sich, ein Pfefferminzbonbon war unzerkaut in die Speiseröhre gerutscht. Krächzend und hustend beugte er sich zur Seite in Richtung Ablage »Offene Rechnungen«.

»Sagte uns Trudi aus dem Eternitplattenbau in Klein Frankreich. Soll ich auf den Rücken klopfen?«

»Trudi«, Immo-Heinz winkte ab, atmete durch, er, der Playboy aus Schmidt, dessen gelber Audi TT demonstrativ vor der Tür parkte, auf den Seiten stand fett in roter Schrift »Immo-Heinz. Sonst keins!«. Mit seinen 55 Jahren war er einigermaßen in Form, sah man vom Ansatz eines Bier- oder Jägermeisterbauches ab. Die Haare ließen zu wünschen übrig. Er tönte nach. Aus grauen Strähnen wurden rehbraune.

»Wie viel in bar? Trudi hat uns eine Summe genannt. Mal sehen, wo Sie landen?« Fett rückte nah heran an den *Ikea*-Schreibtisch.

»Warum?«

»Hat Trudi das nicht gesagt? Dieudonne wurde ermordet, und wir krempeln seine Finanzverhältnisse um. Wenn Sie kooperieren, müssen wir die Finanzverwaltung nicht einschalten. Wie viel?« Fett fragte nachdrücklich.

»Das ist ja zehn Jahre her. Also, damals …«

»Da gab es bereits den Euro, Herr Immo-Heinz. Und Trudi ist nicht die einzige Frau in Schmidt, die über ›Immo-Heinz. Sonst keins!‹ gerne Auskunft gibt. Wir haben uns ein wenig umgehört. In der Bäckerei, drüben in der Werkstatt, im Wildparkgehege. Sie sind ja ein toller Eifel-Hecht.« Conti schaute ihn erwartungsfroh an.

Fett wunderte sich über Conti. Sie hatte den Eifelgigolo durchschaut. Immo-Heinz atmete schwer.

»250. Bar. Damals. Heute 350.«

»Tausend«, ergänzte Fett.

»Was meinen Sie denn!« In Immo-Heinz erwachte der Verkäufer, der Immobilienkaufmann aus Rollersbroich, der es in Schmidt zu Ansehen, Geld, Reichtum, einem Audi TT und zahlreichen Affären gebracht hatte. Er dachte kurz an Trudi, die dumme Kuh, laberte eh zu viel, vorher, mittendrin und nachher. Da schon lieber die heiße Gabi, deren Mann ständig auf Montage war. »Tausend, Herr Kommissar. Bar.«

»Alles versteuert?« Contis Ton war leicht süffisant.

»Muss ich nachschauen, das heißt Frau Jacobi, meine Sekretärin, die ist gerade zu einem Kunden unterwegs.«

»Sind Sie hier der Laberheinz oder der Eifel-Casanova? Wo waren Sie am Sonntagmorgen von 6 bis 10 Uhr?« Fett war am Zug. Immo-Heinz wusste um den Reichtum von Dieudonne. Das könnte ein Motiv sein.

»Da war ich unterwegs.« Immo-Heinz schluckte, dachte an die heiße Gabi. Trudi hatte er mit trauriger Stimme mitgeteilt, er sei in Simmerath bei einem Kunden. »Da war ich bei Frau Konopke. Also bitte, ich wäre denkbar, also dankbar. Frau Konopke, Gabi Konopke …«

»Ist verheiratet und bekocht Sie«, unterbrach Conti ihn. »Telefonnummer und Adresse bitte auf einen Zettel.«

Immo-Heinz riss einen Zettel vom Immo-Heinz-Notizblock ab, krakelte eine Telefonnummer und Anschrift drauf.

Fett schaute auf die Adresse. »Das ist nebenan von Klein Frankreich.« Der Straßenname war ihm aufgefallen.

»Ja, aber Trudi schläft immer lange. Gabi nicht.« Immo-Heinz versuchte sich in einem Playboylächeln, das er beim *Bachelor* im Privatfernsehen abgeschaut hatte.

»Hatten Sie weiter Kontakt zu Dieudonne?«

»Nein, nie. Oder warten Sie. Einmal rief er an. Für einen Freund, sagte er. Der suche ein Haus in der Gegend. Ich wunderte mich. Ich fragte scherzhaft, warum er nicht wie die feine Aachener Gesellschaft in Domburg, Middelburg oder Nieuwvliet ein Haus suche. Da wurde er ernst, ja fast, wie soll ich sagen, sehr bestimmt oder so. Nein, sagte er, er wolle nicht die feinen Leute aus Aachen auch noch am Wochenende treffen. Die feine Gesellschaft, sagte er. Dabei wurde er bitter. Als ob er sie, ja, als ob er sie hasste, die feine Gesellschaft. Weg,

weg, ich will weg. Das sagte er.« Immo-Heinz hatte das Gespräch nicht vergessen.

»Haben Sie seinem Freund etwas verkauft? Tauchte der auf?«

»Nein, ich hatte nichts. Nichts, was ihm gefiel. Darum hat er den Kontakt nicht hergestellt. Aber er sprach wirklich angewidert von der feinen Gesellschaft. Das habe ich nicht vergessen.« Nun war Immo-Heinz wieder ganz Heinrich Klosterhalfen, der ehemalige Mittelfeldspieler beim SV Roland Rollersbroich 1931 e.V., der Messdiener und mittelmäßige Schüler, der von schnellen Autos, langbeinigen Mädchen und Urlaub auf Ibiza träumte. Seine Immo-Heinz-Maske fiel ab.

Fett und Conti schauten sich kurz an. Dann sagte Fett: »Das wäre es.«

»Und die Barzahlung damals?« Immo-Heinz hatte mit dem Bargeld den Grundstock für seinen Reichtum und sein Eifel-Playboy-Dasein gelegt. Ihm war mulmig.

»Wir sind nicht von der Steuerfahndung, Herr Klosterhalfen. Bleiben Sie sauber, grüßen Sie Trudi und all die anderen sehnsuchtsvollen Frauen in Preußisch Sibirien von uns.« Fett und Conti standen auf. Immo-Heinz blieb einen Moment benommen sitzen. So hatte er sich den Dienstagvormittag nicht vorgestellt. Metzgersfrau Anni wartete mit einem Rollbraten seit geraumer Zeit auf ihn. Der Ehemann war mit einer volltätowierten Fleschereifachverkäuferin, die auf fernöstliche Liebeskunst stand, durchgebrannt und machte nun deutsche Bratwurst in Saigon beziehungsweise Ho-Chi-Minh-Stadt; recht erfolgreich, wie man hörte, schließlich juckelte die VHS Rur-Eifel jedes Jahr nach Asien, darunter zumeist ein Bekannter des Wurstmachers.

»Ja, Sie wissen ja, wo Sie mich erreichen«, warf Immo-Heinz Conti und Fett hinterher, die beide kurz vor dem gelben Audi TT mit »Immo-Heinz. Sonst keins!« innehielten und danach den Dienstwagen nahmen.

»Den erreichen wir zumeist im Bett einer liebessüchtigen Eifelnixe«, stellte Conti fest, als Fett den Zündschlüssel einsteckte und sie nach Aachen aufbrachen.

Immo-Heinz griff ins Regal, stellte die angebrochene Flasche Jägermeister auf den Schreibtisch, füllte ein Glas und jagte es mit einem Schluck durch seine Kehle. Es klingelte: »Willst du Rollbraten essen oder Briketts?«

»Dich will ich essen, mein Schatz, nur dich«, stöhnte Immo-Heinz der wartenden Anni ins Ohr, die das Schwarze vom Rollbraten bereits abkratzte und vor Verzückung das Messer in den Braten stieß.

16

DÜREN BRAUCHT HILFE

Im Präsidium sortierten Fett und Conti alle Infos, während in Düren Toni Holz und Ruth Jochum über Andor Heines grübelten. Keine Kameraaufzeichnungen von Andor oder einem Wagen, der um die fragliche Zeit vor oder hinter ihm unterwegs gewesen war, weil es keine Radarkameras auf der Strecke gab. Am Opel und an Andors Leiche keine Fingerabdrücke. Erschossen wurde er aus nächster Nähe mit einer Glock 19 mit Schalldämpfer, Kaliber 9 Millimeter.

»Sonderbeilage zu unserem Toten, Kollegin Jochum.« Toni Holz reichte die Tageszeitung rüber, stieß seinen Kaffeepott mit dem Logo der Gewerkschaft der Polizei um und fluchte. »Schade um den Kaffee. Die Akten helfen eh nicht weiter.« Mit mehreren Papiertaschentüchern versuchte er, die Seelandschaft auf der Schreibtischunterlage aufzuwischen.

»Die Flecken am Hemd kann Ihre Frau rauswaschen. Die Sonderbeilage habe ich schon gesehen, Herr Holz. Da wird eine Fortsetzungsgeschichte draus. Übrigens: Der Vermerk von Hör-Baumann aus Aachen hilft uns nicht weiter. Vielleicht sollten wir mit der Freundin von Andor Heines sprechen?« Jochum war schnell, klar, entscheidungsfreudig. Der alte Kollege muss langsam in Pension, dachte sie. Da kann er seinem Hobby als

Sportschütze in Ruhe nachgehen, und ich führe neueste Methoden der Kriminalistik ein. Hier fehlt ja nur noch das Bakelittelefon mit Wählscheibe.

»Gute Idee. Ich war lange nicht in Aachen, kann ich meiner Frau ein paar Printen mitbringen.« Holz versuchte zu überspielen, dass er selbst nicht auf die Idee gekommen war, außerdem war ihm das mit dem Kaffeepott peinlich.

»Wir sollten über die Eifel fahren. Was hat Andor Heines da am Sonntag gemacht? Haben wir übrigens die Auswertung seiner Kamera?«

»Kamera. Mist. Moment mal. Hier liegt so ein Speicherteil in den Unterlagen.«

»Geben Sie her. Wir schauen uns an, was er alles aufgenommen hat.« Jochum verdrehte die Augen. Fehlte nur noch, dass Holz die Speicherkarte mit einer Batterie für Elektrorasierer verwechselt hatte.

Sie scrollten durch die Bilder und waren überrascht von all den Porträts und Nahaufnahmen auf der Speicherkarte. Aufnahmen der Kirche von Sievernich, einige Gläubige, ein Pfarrer, der einer alten Dame die Hand hielt. Oder hielt er seine Hand auf? Tuschelnde Männer hinter der Kirche. Eine verklärte junge Frau, die ihre Augen gen Himmel warf. Ein Gartenstück hinter der Kirche von Sievernich mit einem Baustellenschild, eine Kapelle mit Madonnenfigur. Die Aufnahmen von Simonskall waren uninteressant. Er hatte Caféhausbesitzer und Inhaber von Restaurants und Hotels fotografiert. Dann gab es eine Serie von der Unterzeichnung des Revierpaktes mit Ministern, Bürgermeistern und

Wirtschaftsförderern und schließlich eine Serie über den Festakt zur Öffnung des Gasverdichters im Aachener Kreuz. Immer wieder Nahaufnahmen. Er hatte Blicke eingefangen, Blicke von Männern zu Frauen, Frauen zu Männern, verstohlener Händedruck, Umarmung an einem Notausgang.

»Merkwürdige Aufnahmen, finden Sie nicht auch, Frau Jochum?«

»Besondere Motivauswahl. Sagen wir so, in der Zeitung wären die bestimmt nicht aufgetaucht.« Sie scrollte weiter durch die Datei.

»Sehen Sie mal da, wo der Minister seine Sekretärin anfasst.«

»Da wird die Ehefrau sich freuen.«

»Was wollte denn der Heines mit den Bildern?«

»Na, darum sind wir ja Polizisten, Herr Holz. Hier haben wir ein Motiv.«

»Erpressung?«

»Wäre möglich. Die Aufnahmen aus Sievernich finde ich merkwürdig.«

»Da hat es die Marienerscheinung gegeben. Irgendeine Krankenschwester oder Steuerberaterin soll im Juni 2000 die Mutter Gottes gesehen oder gehört haben. Stand in der Zeitung. Jedenfalls war danach der Teufel los, Sie verstehen, was ich meine. Zwei Jahre später kamen mehrere tausend Menschen nach Sievernich. Sogar aus Italien reisten die an. Wir hatten alle Hände voll zu tun. Da waren Sie noch auf der Schule, Frau Jochum. Immer am ersten Montag im Monat fand eine Invasion in Sievernich statt. Diese Seherin zog die Menschen magisch an. Auf einmal war der Spuk vorbei. Nun soll dort irgendein Projekt mit dem Namen ›Jerusalem‹ gebaut werden. Habe lange nichts mehr davon gehört. Jetzt war der Heines da und hat Fotos gemacht.«

»Mysteriöse Geschichte. Zuerst fährt er nach Sievernich, dann nach Simonskall, dann in den Tod. Warum hat ihm der Mörder die Kamera nicht weggenommen?«

»Wie so oft: Hektik, Stress, Auto kommt. Fehler passieren.« Holz hatte nicht an die Kamera gedacht und versuchte nun, Motive zu liefern.

»Wir können nicht einfach in Aachen auftauchen, ohne deren Mordkommission zu informieren.« Jochum spürte, dass sie ohne die Aachener nicht weiterkommen würden. »Rufen Sie Herrn Fett an. So heißt der Mordermittler. Ihr Jahrgang.«

»Klar, Fett kenne ich.«

»Ich schau mir die Bilder weiter an. Die weisen den Weg zu einem möglichen Motiv.«

Toni Holz erreichte eine stöhnende Frau Hof im Sekretariat der Mordkommission Aachen. »Fett und Kollegin Conti sind unterwegs in der Eifel. Die recherchieren im Mordfall Nizzaallee. Melden Sie sich doch später wieder.«

»Merkwürdig. Schon wieder Eifel. Komme mir langsam vor wie in einem Eifelkrimi«, sagte Kollegin Jochum.

»Die übertreiben immer, die Eifelkrimis«, sagte Toni Holz mit einer neuen Tasse Kaffee in der Hand. »Da schlachten sich ganze Dörfer gegenseitig ab. So was kommt bei uns nicht vor. Schlägerei beim Schützenfest,

Nachbarschaftsstreit, Motorradunfälle im Sommer an jedem Tag. Aber ansonsten ist die Nordeifel friedlich.«

Jochum schaute ihn nachdenklich an. »Da habe ich anderes gehört.«

17

CURRYWURST. POMMES. MAYO.

Fett und Conti stoppten auf der Rückfahrt an der Theaterstraße. Sie waren seit dem frühen Morgen unterwegs und nun sehr hungrig, aber alle Restaurants wegen Corona geschlossen. Der Nieselregen ließ nach, die Sonne brach hin und wieder durch die Wolken. Fett bestellte bei *Maier-Pevelings* im Alten Posthof neben dem Multiplex-Kino zweimal Currywurst Pommes. Sie holten ihr kalorienarmes Essen an der Theke ab, einmal scharf, einmal sehr scharf, und setzten sich auf eine der Bänke vor dem Cineplex-Kino der Familie Stürtz. *Keine Zeit zu sterben*, der neue James Bond, wurde seit

2020 beworben. Eigentlich sollte er im April 2020 starten, nun war Mai 2021, doch die Fans warteten weiterhin auf James Bonds Reise ins Jenseits.

»Keine Zeit zu sterben. Wir haben immer mit dem Tod zu tun.« Fett hatte sehr scharf gewählt und brauchte etwas zum Löschen. »Ich hole zwei *Coke light* für die Linie, okay?«

»Für mich *Bionade*. – Quatsch, ist okay.« Conti lachte, als sie Fetts verdutztes Gesicht sah. Den alten weißen Mann überraschte sie gerne mit besonderen Vorlieben.

Sie saßen wie zwei gestrandete Schiffbrüchige auf einer trockenen Bank im Innenhof des Kapuzinerkarrees und spießten Currywurststücke und Fritten mit Mayo auf.

»Wir haben immer noch nichts. Dieudonne erschlagen am Sonntagmorgen. Putzfrau findet ihn. Immo-Heinz wusste, dass er Knete besaß. Immo-Heinz hat ein Alibi. Dieudonne hatte keine Verwandten, keine Familie. Nur die beiden Burberry-Besucher in Klein Frankreich und seine Anwaltstätigkeit für diejenigen, die er unbedingt nicht treffen wollte. Keine Spuren, keine Gewalt beim Eindringen ins Haus. Alles großer Käse.« Fett trank einen Schluck *Cola light*.

»Lassen Sie Ihre Kontakte nach Lüttich spielen. Immerhin wurde er dort geboren. Vielleicht wieder eine Vergangenheitsklamotte. Zumindest sollten wir die Möglichkeit in Betracht ziehen.«

Fetts Handy klingelte. »Ja, Frau Hof. Wer? Toni Holz aus Düren. Klar, kenne ich seit 30 Jahren. Was? Wegen Mord an Andor Heines. Ja, habe ich heute Morgen gelesen. Gut. 15 Uhr bei uns im Büro. Mit Maske. Ja, mit Maske. Ich esse gerade im *La Becasse*. Ciao. – Die Kollegen aus Düren legen uns nachher Andor Heines vor die Füße. Ich habe es mir gedacht.« Das auch noch, dachte er. Kein gesundes Essen, keine Motive, zwei Tote und kein richtiger Sommer. Keine Zeit zum Sterben.

»Na ja, er kommt aus Aachen.« Conti störte seine Gedanken.

»Wurde aber in der Eifel die Böschung runtergeschoben. Ich weiß, ich weiß. Wir sind das ermittelnde Präsidium. Außerdem, ich kannte Andor Heines. Er war immer am Ball. Stets gute Laune, gute Fotos, verschwiegen. Mist. – Ein Eis?«

»Wenn Sie mich fragen. *Magnum* weiß, bitte.« Conti lächelte, als Fett den Kopf schüttelte. Früher gab es *Happen*, *Nogger* und *Domino*. Weil *Nogger* zu teuer war, gab es meist *Happen* mit der Fürst-Pückler-Mischung. Sie wollte aber *Magnum*. Dieses Monsterteil, das kaum in den Mund passt.

»*Magnum* weiß ist aus. Salted Caramel, Classic oder Rasberry?« Die gepiercte Bedienung lächelte ihn an. Natürlich nahm er Classic. Keine Experimente.

Um 15 Uhr saßen die vier Kriminalkommissare im Raum *Entenpfuhl* des Aachener Präsidiums. Sie sprachen ohne Masken miteinander, saßen mehr als zwei Meter voneinander entfernt und schoben auf dem Besprechungstisch die Akten hin und her.

»Im Jahrhundert der Frauen dürfen uns alte weiße Männer die beiden Kolleginnen auf den Stand bringen. Frau Conti, früher BKA und LKA, heute meine Chefermittlerin. Frau Jochum, Düren, Kommissariat für Tötungsdelikte, bitte sehr, Sie haben das Wort.«

Kommissarin Jochum stellte die Dürener Ergebnisse und den Vermerk von Hör-Baumann vor. Sie schob die Speicherkarte von Andor Heines in den Computer und projizierte seine Fotos auf die Leinwand.

»Das sind zum Teil kompromittierende Aufnahmen von mehreren Veranstaltungen der letzten Tage.«

»Wir hatten solche Fälle vor allem beim LKA in Düsseldorf. Erpressung von Ministern, Geschäftsleuten, Unternehmern, lokaler Politik. Sieht so aus, als hätte der Fotograf Material gesammelt. Wo ist sein Archiv?« Conti blickte fragend zu Jochum und Holz.

»Vermutlich zu Hause«, sagte Toni Holz. »Nur wollen wir da nicht rein ohne euch. Das hier ist Aachen und nicht Birkesdorf.«

»Toni, wir haben einen Fall, der kompliziert genug ist. Nun kommst du mit Andor Heines.«

»Die Staatsanwaltschaft haben wir informiert, Michael. Frau Regauer hat aufgrund der Aufnahmen zugestimmt, dass wir zusammenarbeiten. Federführung soll bei euch liegen.« Soll sich mal der Fett drum kümmern, dachte er. Wir haben in Düren genug Arbeit mit dem Coronagedöns und dem Hambacher Forst. Die hohen Herrschaften aus der Kaiserstadt, die ja immer was Besseres sind, können ihren Popo auch mal in die Eifel bewegen.

Fett konnte seinen Ärger schwer unterdrücken. Corry Regauer hätte ihn anrufen können, dachte er. Die bekommt keinen Filmtipp mehr.

»Wie schön, dass Frau Regauer euch bereits grünes Licht gibt und wir hier im Präsidium der Ahnungslosen hocken und auf die Autowaschanlage schauen dürfen.« Gerade bog ein schwarzer Ford Mustang mit einer langhaarigen Blondine am Steuer in die Waschstraße. Blondinen bevorzugt, dachte Fett. Immer wieder fahren Blondinen ihre Autos in die Waschanlage. Ob es einen Zusammenhang mit Haarfarbe und Autowaschbedürfnis gibt? Zum Friseur muss ich auch mal. Was für ein ätzender Tag. Er war nicht bei der Sache.

»Toni, Frau Jochum, ich schlage vor, Kollegin Conti und ich holen uns einen Durchsuchungsbeschluss für das Büro von Andor Heines. Vielleicht finden wir da was. Ihr könnt gerne mitkommen oder in Düren weiter auf die Öffnung der Annakirmes warten und dann bei der ›Schwarzwald Christel‹ oder der Imitation von ›Brauweilers Max‹ nach dem Rechten sehen.«

»›Schwarzwald Christel‹, das waren noch Zeiten. Und erst die ›Steile Wand‹ und die ›Boxbude‹ mit dem Ostzonenmeister.« Holz lächelte in sich hinein und dachte an die Einsätze Ende der 70er-Jahre auf der Annakirmes, als die Polizisten auf ein Bier eingeladen wurden, bevor die Schlägerei begann. »Mein lieber Michael, es ist ja nicht so, dass wir sonst nichts hätten: ich sage nur Hambacher Forst und die Clans in Norddüren, die die Bruchbuden mit Lohnsklaven belegt haben«, Toni Holz bemühte sich, seriös und ernst zu sein, und blickte zu Kollegin Ruth Jochum. Sie nickte, obwohl sie gerne mit Fett und Conti die Durchsuchung durchgeführt hätte. Der Kaffeefleck auf dem Hemd von Holz bestärkte ihren Wunsch nach Abwechslung. Hambi und Anna-kirmes waren nicht genug.

»Sendet uns alle Infos per Mail, falls es noch nicht in den Vorgang eingepflegt ist. Wir entlassen euch wieder ins schöne Düren und die Rureifel.«

»Du kennst ja Düren, mein lieber Michael. Düren muss man spüren, sage ich nur. Ich muss die Rur in der Nähe haben. Mir reichen die heißen Quellen nicht aus. Da kannst du ja drin baden.«

»Pass auf, Toni, sonst kommst du in den Marienschrein zu den Reliquien und darfst alle sieben Jahre mal Luft schnappen. Übrigens ist die Heiligtumsfahrt 2021 abge-sagt wegen Corona. Wird auf 2023 verlegt. Also auch keine Sonderschichten für euch in Aachen.« Fett und Conti verabschiedeten die beiden mit Ellenbogen und Maske. Es war einfach ätzend, diese Arbeit in Corona-zeiten. In den Krankenhäusern war es noch schlimmer. Schutzkleidung während der gesamten Schicht.

Am späten Nachmittag hatte Conti den zweiten Fall mit allen Infos auf eine große Wand gepinnt: links Dieu-donne, rechts Andor Heines. Sie waren kaum weiterge-kommen. Die Besucher aus Belgien und den Niederlan-den, die Dieudonne regelmäßig in Schmidt empfangen hatte, waren nicht zu ermitteln. Immo-Heinz besaß ein Alibi, Trudi Hutmacher hatte tief geschlafen und gegen 9 Uhr Brötchen gekauft. Das hatte sie auf tele-fonische Nachfrage mitgeteilt, und in der Bäckerei in Schmidt sagte die Bäckereifachverkäuferin Lena Fuhr-mann wie aus der Pistole geschossen: »Trudi, die kommt sonntags immer um 9 Uhr, wenn sie nicht mit Immo-

Heinz op Jück ist.« Sie war nicht mit Immo-Heinz »op Jück« gewesen. Immo-Heinz hatte die »heiße Gabi« bedient. Trudi hatte Brötchen gekauft, Dieudonne war von jemand anders mit dem Granit-Buddha ins Jenseits oder Nirwana befördert worden.

18

KLEINKRÄMER WILL ZEICHEN SETZEN

Kurz vor Feierabend stellte Frau Hof, heute stand Zoom-Yoga auf ihrem Programm, das Vorzimmer des Polizeipräsidenten durch. Fett solle zu Krämer in die oberste Etage kommen.

Peter Krämer trug wie immer einen schwarzen Anzug und blickte süffisant durch die Gläser seiner Intellektuellenbrille.

»Tee oder *Bionade*, Herr Fett?«

»Kaffee, falls noch politisch korrekt, Herr Präsident.«

»Noch korrekt, aber nicht gut für das Herz. Ihre Entscheidung.« Er rief kurz im Vorzimmer an. »Der Mord an diesem Fotografen.« Mehr sagte er nicht, wollte Fett aus der Reserve locken.

»In Düren verübt, die Kollegen haben um Amtshilfe gebeten.«

»Schon gut, schon gut. Sachstand bitte.«

»Kopfschuss, ins Kalltal geschoben, keine Fingerabdrücke, keine Zeugen außer …«

»Außer?« Krämer wurde hellhörig.

»Rotwild und Hasen. Aber die schweigen.«

»Machen Sie keine Scherze! Ist Ihnen die Brisanz des Falles überhaupt bewusst? Scheint mir nicht.« Ute Heinzelmann, die neue Sekretärin, brachte ein Tablett mit Kaffee, Milch und Zucker.

»Journalistenmord, das ist eine andere Nummer. Die vierte Gewalt wurde angegriffen. Ich habe den Innenminister an der Strippe und Sie kommen mit Hasen. Soll ich Sie abziehen, sind Sie überfordert, reicht Ihre italienische Kollegin überhaupt aus?«

»Deutsch.«

»Wie, deutsch?«

»Frau Conti hat die deutsche Nationalität. Sie ist die beste Kollegin für den Fall. Es sei denn …«

»Was?«

»Sie übernehmen zusammen mit Sembritzki.«

»Quatsch. Bleiben Sie ernst. Ich bin der PP. Sembritzki macht Organisierte Kriminalität. Wie kommen Sie auf den?«

»Die Umstände: Der Wagen wird auf der Straße gestoppt, Fenster auf, Kopfschuss, ab ins Kalltal. Das war keine Beziehungstat.«

Krämer griff zu seinem kalten Rooibos-Tee mit Lindenblütenhonig, den seine Petra samstags auf dem Biomarkt am Münsterplatz gekauft hatte.

»Fett, wir müssen ein Zeichen setzen. Wir müssen zeigen, dass wir den Angriff auf die Pressefreiheit mit allen Kräften verfolgen. Hier sind Werte bedroht, der Rechtsstaat, europäische Werte!«

»Alle Kollegen sind mit Arbeit eingedeckt. Das wissen Sie: Hambach, Kindesmissbrauch, Querdenker, Staatsschutz bereitet sich auf Bundestagswahl vor. Sie können ja das LKA einbinden. Die Werte müssen noch warten.«

»LKA, LKA! Sieht so aus, als ob wir nichts draufhätten. Nein, nein. Letzten Endes müssen wir das schaffen. Das sind wir ein Stück weit uns selbst schuldig und den europäischen Werten.« Der Polizeipräsident stand auf, ging zum Fenster, drehte Fett den Rücken zu und sprach zur Scheibe. »Es kann nicht sein, dass in unserer Region so etwas passiert. Aachen und die Städteregion sind nicht Duisburg, Berlin oder Neapel. Am Ende des Tages war es vielleicht sogar ein Irrtum.«

»Der Mord an Andor Heines ein Irrtum? Wenn Sie meinen.«

»Ich meine nichts. Ich stelle nur alles zur Diskussion. Sie hoffentlich auch? Suchen Sie überhaupt nach Motiven?«

»Immer. Ist unser Job.«

»Ich will Ihnen mit auf den Weg geben, dass der Druck wachsen wird, der Druck der Medien, der Politik.« Er nahm wieder am leeren Schreibtisch Platz und fixierte Fett.

»Klar, Herr Krämer. Druck wird wachsen. Wir haben zusätzlich einen ermordeten Anwalt. Johannes Dieudonne. Der Fall ist noch heiß. Den können wir nicht einfach liegen lassen.«

»Tempo. Druckerhöhung. Dann müssen eben Sonderschichten gefahren werden.«

»Die Fotos von Andor Heines sind zum Teil nicht für die Zeitungsseiten geschossen worden.«

»Was heißt das?«

»Aufnahmen, die die Betroffen nicht unbedingt sehen möchten. Minister hält die Hand der Sekretärin; Staatssekretär kippt Schnaps in die Cola: Umschläge wechseln den Besitzer. Könnte sein, dass Andor Heines mit den Fotos die Abgebildeten unter Druck gesetzt hat.«

»Erpressung?«

»Eventuell. Wir verfolgen alle Richtungen. Wie Sie immer sagen.«

»Wer ist drauf?«

»Alle von Rang und Namen. Er hat jeden Anlass genutzt, um die Verantwortungsträger und Macher aufzunehmen.«

»Verschonen Sie mich mit Namen. Das Wissen darüber stört die Kommunikation. Ich muss los. Rotarischer Abend und vorher Maischolle mit Biokartoffeln.

Meine Frau wartet. Kann sein, dass Schnigge, der Chefredakteur, Sie anruft.«

»Wir kennen uns seit Jahrzehnten. Kann er machen. Er wird auch nicht mehr erfahren.«

»Sehr gut, Fett. Ihr Kaffee, trinken Sie den aus. Ich muss los.« Er rief Frau Heinzelmann an und bestellte den Dienstwagen.

Fett nahm einen letzten Schluck. Der Kaffee war hervorragend. Besser als bei Krämers Vorgänger. Dafür hatte der stets belgischen Reisfladen angeboten. Jetzt stand hier nur eine Schale mit Biobananen und Studentenfutter in handgetöpferten Schälchen.

»Das war's. Danke, Herr Fett. Grüßen Sie Frau Conte von mir. Ist sie mit dem Sänger verwandt?«

»Conti. Nein. Mach ich.«

Kleinkrämer spurtete die Treppen hinunter. Immer schön sportlich bleiben. Heute stand Albrecht Dürer auf dem Programm der Rotarier. Ein Vorausblick auf die große Ausstellung des Sommers. Sie sollten alle mit Maske im Hotel *Quellenhof* erscheinen. Wer war noch mal Referent? Eine Kunsthistorikerin aus Nürnberg? Auch egal. Zuerst die Maischolle und dann etwas Small Talk mit den Spitzen der Gesellschaft. Er ahnte nicht, dass der Vortrag zeitlich aus dem Ruder laufen würde, weil der 20-seitige Text für den Dürer-Katalog von der Referentin betonungslos vorgelesen wurde, zum Ende immer schneller. Und als die ersten Köpfe nach unten kippten, da überfiel auch Kleinkrämer eine unendliche Müdigkeit.

Daniela Conti nahm Fett in ihrem Fiat 595 mit zur

Promenadenstraße, wo sein Klapprad trocken parkte. Unterwegs erzählte er von dem fruchtbaren Austausch mit dem Polizeipräsidenten. Beide waren erschöpft.

»Ich drehe eine Runde um den Lousberg.« Conti musste raus, den Kopf frei bekommen.

»Und ich schau in der Mediathek nach einem richtigen Film. Nicht dieser Serienkäse. Vielleicht habe ich morgen einen Tipp für Sie. Danke für den Shuttle. Ich brauche wirklich ein Auto. Beraten Sie mich, Frau Conti. Lassen Sie sich einen Wagentyp einfallen, der zu mir passt.«

»Ich denke mal nach. So ein alter Fiat Croma oder ein Citroen mit den weichen Formen, der wäre was für Sie. Schlucken aber viel.«

Fett war gespannt, welchen Typ sie ihm empfehlen würde. Abends entdeckte er *Ewige Jugend* mit Michael Caine und Harvey Keitel. So klang sein Abend aus. Mit einem Film über Vergänglichkeit und Anhänglichkeit. Er schlief nicht ein.

19

HAUSDURCHSUCHUNG

Anja Hübinger war überrascht, als Fett, Conti und
zwei Kollegen mit Umzugskartons am Mittwochmor-
gen vor der Tür standen, den Durchsuchungsbeschluss
vorzeigten und das Arbeitszimmer von Andor durch-
wühlten.

»Für wen hat Andor regelmäßig gearbeitet?« Conti
befragte die Lebensgefährtin nochmals.

»Für viele. Die Stadt, die IHK, die RWTH Aachen,
die Handwerkskammer.«

»Privatleute?«

»Nur hin und wieder. Werbeaufnahmen, Porträts,
Kinder. Der Andor hat nichts Schlimmes gemacht.«

»Wie waren denn die finanziellen Verhältnisse?«

»Habe ich dem Kollegen Baumann gesagt. Es ging
uns besser in letzter Zeit.«

»Was heißt das?«

»Wir hatten keine Schulden; Andor konnte den
Wagen reparieren lassen und leistete sich hin und wieder ein Mittagessen oder Abendessen mit mir.«

»Wo denn?«

»Hab' ich auch gesagt. Im *Fellini* auf dem Templergraben. Da kannte man ihn.«

Die Kollegen verpackten alles: Computer, Speicher-
karten, Hängeregistratur aus den Zeiten der Kodakfilme.

»Sie bekommen die Sachen zurück, Frau Hübinger. Vielleicht ist es ein Missverständnis. Wir möchten den Fall gemeinsam mit den Kollegen aus Düren aufklären. Das schaffen wir.«

Im Präsidium wanderte das gesamte Material zur Kriminaltechnik. Kollegin Unsleber durfte sich damit beschäftigen.

»Wenn der Heines clever war, hat er nichts zu Hause aufbewahrt.«

»Wenn er clever war, Frau Conti. Zurück zu Dieudonne. Mir geht seine Herkunft nicht aus dem Kopf. Ich rufe in Lüttich bei den Kollegen an.«

Conti kannte die Lütticher Kollegen aus Erzählungen. Im Grunde meinte Fett Kollegin Chantal Kalumba, die im vergangenen Jahr eine Weiterbildung beim FBI gemacht hatte. Daniela Conti lächelte und stellte eine Espressotasse unter die vollautomatische Kaffeemaschine.

In Lüttich meldete sich die Vorzimmersekretärin von Chantal Kalumba. Chantal leitete die Föderale Polizei in Lüttich, die nicht dem Bürgermeister unterstand. Chantal Kalumba war spezialisiert auf Schwerverbrechen und Kampf gegen die organisierte Kriminalität sowie Terrorismus. Fett wurde verbunden.

»Michel, der Kommissar aus Aachen kommt wieder mit einer Leiche. Stimmt es?«

»Bonjour, Chantal. Lieber komme ich mit Rosen und einer Verabredung zum Abendessen. Aber Corona bringt alles durcheinander.«

»Oui. Ich habe dir erzählt von dem Chaos beim FBI,

als dort Corona ausbrach. Und Belgien taumelt ebenfalls von einem Lockdown zum nächsten.«

»Chantal, im Grunde ist es einfach. Très simple. Wir haben einen Toten, 73 Jahre, Jean Dieudonne, geboren 1948 in Lüttich, wurde erschlagen. Keine Familie. Eventuell Waisenkind. Ich möchte herausfinden, ob seine Vergangenheit mit dem Mord zusammenhängt.«

Er schilderte ihr die Umstände. Chantal Kalumba, deren Eltern aus dem Kongo stammten und die als erste farbige Frau in Lüttich diesen Posten leitete, hörte aufmerksam zu.

»Dieudonne. Michel, das lasse ich untersuchen. Ich habe gerade einen Termin mit dem Ministerpräsidenten der Wallonie vorzubereiten. Es geht um islamistischen Terrorismus. Ich kümmere mich aber auch um deinen Fall, versprochen. Salut.«

So schnell legte Chantal Kalumba selten den Hörer auf. Fetts privates Handy summte. Eine SMS: ›Melde mich. CK.‹ CK, das war Chantal Kalumba. Irgendetwas stimmte nicht. Die Lütticher Spur schien heißer als gedacht.

»Und, was rausbekommen von der schönen Kommissarin aus Schwarzafrika?« Conti stand mit einem frischen Espresso in der Tür.

»Ja, da stinkt was zum Himmel. In Lüttich, nicht in Afrika. Sie meldet sich wieder. Versuchen Sie, die Sekretärin in Ostende zu erreichen, diese, wie heißt sie?«

»Simone de Deyne. Sie organisierte das Sekretariat. Könnten wir die über Ihre Kontakte zu den belgischen Kollegen befragen? Oder soll ich einfach anrufen?«

»Lassen Sie uns aber zuerst die Informationen von Chantal Kalumba abwarten. Irgendetwas stimmt da nicht. Wir können hier die letzten Fälle von Dieudonne überprüfen. Wen hat er verteidigt, was geben die Akten her?«

»Ich kümmere mich drum. Heute Abend eine Pizza to go?« Conti schaute ihn fragend an.

»Das gibt dem Tag sofort eine andere Note. Bei Ihnen oder bei mir?«

»Kommen Sie rüber in die Promenadenstraße. Der syrische Pizzabäcker ist nicht schlecht. Aber das ist kein Ersatz für das Mittagessen, das wir wegen Dieudonne gestrichen haben. Verstanden?«

Fett nickte.

20
PRIMITIVO AUF DER FENSTERBANK

Sie saßen auf der Fensterbank in Contis Küche und aßen am Abend ihre Pizza mit Blick auf die Promenadenstraße. Daniela Conti bot ihm einen Primitivo aus Apulien an. Fett schleppte einen eisgekühlten Crémant d'Alsace und eine Schachtel mit weißen *Leonidas*-Pralinen an. Er war mit seinem Klapprad durch den Nieselregen gefahren, und irgendwie tat er Daniela Conti leid. Er stromerte allein durch Aachen, nie sprach er von richtigen Freunden, war nirgendwo Vereinsmitglied, keine Geschwister, Eltern lange tot, kein Haustier. Dass er trotzdem meist guter Laune im Büro aufschlug, wunderte sie. Neben all den miesepetrigen und knausrigen Kollegen wirkte er wie ein Ausbund an Neugier, positiver Lebenseinstellung, Witz und Menschenliebe. Sie hatte auf ihren Stationen genug Eigenbrötler, Angeber, Machos und machtgeile Karrieristen erlebt, auf manche war sie reingefallen. Der narzisstische Hauptkommissar im Düsseldorfer Morddezernat war ihr größter Fehlgriff gewesen. Heuchelte Interesse an Italien, ihrer Familie, überhäufte sie mit Geschenken und Love-Bombe-Attacken, strahlte stets und wollte immer etwas mit ihr unternehmen, bis der Alltag begann und sie nur noch ein Wort hörte: Ich. Das Zusammensein mit ihm kannte keine Regeln. Selbst leichte Kritik wurde mit würdelosen Schimpftiraden beantwortet oder mit einem Schweigen, das sie später als Silent Treatment diagnostizierte: Er antwortete nicht, reagierte nicht, verschwand während des Abendessens, fuhr einfach weg. Er monologisierte, heuchelte Interesse an ihrer Arbeit und war nach einer Minute wieder bei seinen Themen. Immer hatte er recht. Immer hatte er alles vorausgesehen. Niederlagen von Kollegen erfreuten ihn, gaben ihm Nachschub für sein

Ego. Lag jemand am Boden, trat er nochmals drauf, egal, ob bei einem Verkehrsunfall oder einer schweren Krankheit. Der Schein musste gewahrt bleiben. Freude kam kurz bei materiellem Zugewinn auf: ein neuer Anzug, eine neue Armbanduhr, ein neues Auto. Lange hielt die Euphorie nicht vor. Zugleich zogen sich ihre Freunde zurück. Sie hielten es in seiner Gegenwart nicht lange aus. Es wurde einsam um Daniela Conti. Eine Kollegin, die sie um Rat bat, klärte sie auf: narzisstische Persönlichkeitsstörung. Sofort die Finger von ihm lassen, nicht therapierbar, die schwarzen Hunde der Depression standen in den Startlöchern. Sie griff zu, als in Aachen die Stelle frei wurde, entzog sich, brach jeden Kontakt ab. Wären alle Männer so wie er, sie hätte sich ins Kloster zurückgezogen. Zum Glück gab es komische Käuze wie Fett. Nun saß sie mit diesem Kauz Michael Fett auf der Fensterbank, aß eine Pizza Diavolo, trank Crémant und anschließend Primitivo. Sie schauten auf die menschenleere Promenadenstraße. Bei *C&A* standen die Kollegen im Ford Galaxy und sicherten die Synagoge.

»Die Kollegen passen auf. Oft ist Rudi Zlob aus der Kasernenstraße dabei. Mit dem wechsle ich ein paar Worte oder bringe ihm und dem Kollegen eine Pizza. Der Zlob hat immer gute Laune, schwärmt von Afrika und behauptet steif und fest, dass er dort Vorfahren gehabt habe. Darum nennen ihn die Kollegen Kilimandscharo. Andere sind frustriert durch die Überstunden und die fehlende Rückendeckung.«

Fett goss Primitivo nach. »Am Bushof soll diese Wache zusammen mit dem Ordnungsamt eingerichtet werden. Kommt davon, wenn zu lange alles toleriert wird. Bushof und Kaiserplatz sind seit Jahren Kriminalitätsschwerpunkte: Drogen, Prostitution, Kleinkriminalität. Eine einfache Lösung habe ich nicht, aber wir arbeiten nicht beim Sozialamt. Rechtsbruch ist Rechtsbruch. Und die Fixerbestecke an den Grundschulen sind die allerletzte Scheiße. Die heiligen Beratungsstellen fordern ständig Mitgefühl und Verständnis. Ach ja, und die Kinder, die Alten, die Anwohner, die Mieter, vor deren Hauseingängen gedealt, gepisst, gespritzt und gevögelt wird? Ich will mich nicht aufregen. Zu schön, heute Abend. Pizza mit Nieselregen. Danke für die Idee und die Einladung. Die weißen Pralinen ohne Nüsse sind besonders gut.«

»Die haben Sie nur wegen der Nussallergie mitgebracht.«

»Stimmt. Ich bin ein richtiger Egoist, ein Pralinenegoist.«

Conti lachte und holte die Schachtel aus dem Kühlschrank. »Gekühlt schmecken sie richtig gut.« Sie bot ihm eine an. Zielsicher fand Fett ein Exemplar mit Erdbeercremefüllung.

»Was machen wir bloß?« Conti setzte sich wieder auf die Marmorplatte der Fensterbank. Die Fenster waren geöffnet, kühle Luft wehte herein, dazu die Feuchtigkeit des Nieselregens, der nachgelassen hatte.

»Über Ihre Frage denke ich nach, während Sie den beiden Kollegen da unten *Leonidas* anbieten.«

»Abgemacht.« Conti sprang in die grünen Turnschuhe, zog die Lederjacke über die Bluse, schnappte die *Leonidas*-Packung und hüpfte die Treppe hinunter. Fett sah, wie der Beamte hinter dem Lenkrad die Scheibe öffnete. Diesmal eine Kommissarin aus der Kasernenstraße zusammen mit Kilimandscharo, der auf die Bewachung der Synagoge abonniert war und in seiner Freizeit Wein anbaute. Conti zeigte hoch zu Fett, beide winkten und hoben den Daumen. Fett prostete ihnen zu und nahm einen Schluck.

»Die haben sich richtig gefreut. Schieben die Spätschicht. Viele Grüße und herzlichen Dank.«

»Eine gute Tat heute. Was machen wir? Wir sichern das Rechtsempfinden und den Rechtsstaat. Sonst bricht die ganze Budike zusammen. Nur, dass wir von Eseln regiert werden, Tölpeln und Trotteln, die im wahren Leben keinen Fuß auf den Boden bekommen. Die sickern in die Parteien ein und machen unsere Gesetze, labern dummes Zeug in Talkrunden, wollen uns vorschreiben, wie wir sprechen, leben, lieben und denken sollen. Ich bin richtig erschrocken, als ich in den letzten Tagen noch mal Orwells Roman *1984* las. Einen Satz hatte ich vor Jahren unterstrichen: *Die größte aller Ketzereien war der gesunde Menschenverstand.* Ein sagenhafter Satz. Wir sollen den Verstand permanent ausschalten. Intolerante Minderheiten wollen uns vorschreiben, wie wir zu leben haben. Wörter werden auf den Index gesetzt, Vorschriften für das Essen, das Reisen, den Einkauf aufgestellt. Kinder sollen mit 14 Jahren selbstständig entscheiden, ob sie Mann, Frau, Wesen oder sonst etwas sind, können ihren Vornamen einfach austauschen, ändern. Aus Peter wird Petra, einfach so. Wer den Umbenannten falsch anspricht, soll mit Bußgeld belegt werden.« Er schwieg, wollte den Abend nicht mit seinen Sorgen belasten. Dann blickte er auf die Kollegen vor der Synagoge.

»Der muslimische Antisemitismus wurde 2015 bereits benannt, doch das wurde als rechtsradikales Gerede abgestempelt. Jetzt müssen wir die Synagoge noch stärker bewachen. Clankriminalität wurde geleugnet, militante Klimaterroristen werden als ›Aktivisten‹ bezeichnet, Doktorarbeiten gefälscht, geistiges Eigentum gestohlen. Was sagt die eigene Partei der Täterin: Respekt für den Rücktritt. Ja, sollen wir dem Ladendieb, der nach drei Jahren den Diebstahl zugibt, sagen: Respekt für deine Ehrlichkeit nach drei Jahren. Du bist ein anständiger Kerl. – Ich bin aus der Zeit gefallen. Ich warne Sie vor mir. Kaum jemand möchte mit mir zusammenarbeiten, weil ich so grantig bin, so nervend, so bitter. Ich bin ein Außenseiter. Von Schwarmintelligenz halte ich nichts. Es gibt Schwarmidiotie. Es gibt Heuchelei, Wortklauberei, Besserwisserei. Ich mache mir Sorgen um unsere Demokratie. Vom Kanzleramt bis zur Kommune. Überwiegend Jasager. Bei Brecht gab es auch Neinsager. Im Theaterstück. Viele der Eliten leben in einer Blase, die oft von den Medien inszeniert ist, in der sie unter sich sind. Wissen sie überhaupt, was die Menschen bewegt?«

»Stimmt nicht, Chef. Ich meine das mit der Zusammenarbeit. Kosslowski hält große Stücke auf Sie. Sie sind sein bester Mann. Und ich kann mir keinen besseren Chef vorstellen. Salute! Auf den gesunden Menschenverstand!«

»Salute, der Menschenverstand kann es gebrauchen.«
Fett spürte etwas Feuchtigkeit in den Augen und ent-
schuldigte sich kurz. All der Kaffee über den Tag verteilt,
dazu die Radlerei, nun das Schlückilein. Conti zeigte auf
die Toilette und war froh, dass Fett Fett war. Aachen
war eine gute Entscheidung, dachte sie.

Um 23 Uhr schob der Kommissar sein Klapprad aus
dem Flur. Es regnete nicht mehr. Nun stand ein VW-
Bully vor der Synagoge. Die neuen Kollegen schauten Fett desinteressiert zu, wie er am Davidstern vor-
beischob, der an die Pogromnacht 1938 erinnerte, als
die Aachener Feuerwehr tatenlos zuschaute, wie die
Synagoge abbrannte. Conti hatte ihm das Sofa angeboten, doch Fett wollte am Donnerstag frisch rasiert und
geduscht den Tag beginnen. Etwas schwermütig und
unsicher ob seiner Entscheidung rollte er den Seilgraben
hoch zum Templergraben. Aachen wirkte ausgestorben.
Und das bereits in all den Monaten des Lockdowns.

21

ERDBEBEN IM DREILÄNDERECK

Fett traf sich mit Chantal Kalumba am Donnerstagmorgen um 10 Uhr auf dem *ALDI*-Parkplatz an der Autobahnabfahrt Eynatten. Ein Kleinod der Gemütlichkeit. Morgens hatte er sein Klapprad wieder in den Hausflur von Daniela Conti geschoben. Gemeinsam waren sie ins Präsidium gefahren. Fett war während der Fahrt nicht gesprächig. Conti wollte versuchen, die ehemaligen Anwaltsgehilfen von Dieudonne zu kontaktieren.

Frau Hof, deren Rücken wie durch ein Wunder genesen war, sie schob es auf den neuen Zumba-Kurs im Internet, reservierte einen Dienstwagen für Fett. Sie wunderte sich über Fett und Conti, die nun bereits über ein Jahr ohne Streit zusammenarbeiteten. Fett war etwas verschlossener geworden. Manche Kollegen dichteten den beiden ein Verhältnis an. Frau Hof, so sehr sie sich bemühte, entdeckte keine Anzeichen dafür. Jedenfalls hatten die beiden Kommissare in den vergangenen Monaten etliche Fälle schnell gelöst.

Conti wartete immer noch auf einen Einsatz beim Karlspreis, der 2020 wegen Corona ausgefallen war und nun erst im Oktober 2021 stattfinden sollte. Die Coronazeit hatte dem Konjunktiv eine Inflation beschert. Frau Hof wusste, dass Fett gerade bei Fällen, die über die Grenze reichten, gerne vom alten Polizeipräsidenten eingesetzt worden war. Der neue PP war unnahbar, besserwisserisch, hörte kaum zu und sprach mehr mit den Spitzen der Gesellschaft als mit seinen Inspektions- und Kommissariatsleitern.

Fett hielt zu früh auf dem Parkplatz bei Eynatten. Er stoppte bei der Bäckerei *Kockartz,* holte zwei Kaffee und frische Croissants. Chantal Kalumba traf pünktlich in einem Renault Espace III mit abgedunkelten Scheiben ein. Sie fuhr selbst. Er nahm den Kaffee, die Croissants und stieg in den hinteren Teil ihres Wagens, der von außen nicht einsehbar war.

»Salut, Michel.«

»Schön, dich zu sehen, Chantal. Du siehst wieder fantastisch aus. Die Monate in Washington waren reine Erholung für dich. Ein kleiner Wachmacher mit Croissants?«

»Ah, der Charmeur aus Aachen. Gerne Kaffee, auch wenn ich offiziell gar nicht hier bin. Hatte mich in Washington an *Starbucks* und Donuts gewöhnt.«

»Unsichtbar bist du nicht. Was hat man dir beim FBI alles beigebracht?«

»Alles, Michel, alles, vor allem, dass du keinem vertrauen darfst.«

»Bullshit, Chantal. Ich vertraue dir. Seit Jahren vertraue ich dir, und du kannst mir vertrauen, das weißt du. Spätestens seit unserem Wochenende in Paris.«

Sie lächelte, denn sie wusste, dass Fett ihre Reise nicht vergessen hatte, ihren Wochenendtrip nach Paris vor vielen Jahren, auf dem sie sich so gut verstanden, dass sie Freunde blieben.

»Michel, ich wäre nicht hier, wenn ich dir nicht trauen würde und wenn es nicht wichtig wäre. Dafür habe ich mich heute Morgen krankgemeldet und bin nun beim Frauenarzt Doktor Michel Fett. Voilà. Du zuerst.« Sie trank einen Schluck Kaffee und biss mit ihren strahlend weißen Zähnen herzhaft in das frische Croissant.

»Jean Dieudonne, Jahrgang 1948, geboren in Lüttich, studierte in Köln Jura, nahm die deutsche Staatsbürgerschaft an, verteidigte bis vor ungefähr acht Jahren alle schillernden Gestalten in Aachen, wurde am Sonntagmorgen erschlagen. Keine Familie, keine Freunde, ein Wochenendhaus in der Eifel und ab und an Besuch von vornehmen Herren. Herren in luxuriösen Fahrzeugen mit belgischem Kennzeichen, eins mit niederländischem Kennzeichen. Dieudonne hat irgendetwas mit Thailand und einem Waisenhaus dort zu schaffen. Einiges deutet auf Pädophilie, aber keine handfesten Beweise. Die Täter hinterließen in Aachen keine Spuren. Safe ausgeräumt, nichts mehr drin. Wir tappen im Dunkeln.«

»Hier kommt meine Version«, sagte Chantal: »Jean Dieudonne wurde 1948 im Krankenhaus *Citadelle Chateau Rouge Sainte Rosalie* als Säugling abgegeben, Mutter unbekannt. Im Krankenhaus erhielt er den Namen Jean Dieudonne, also Johannes Gottgegeben oder so ähnlich. Er hat sich durchgeschlagen, Abitur gemacht mit Fremdsprache Deutsch. Voilà. Mais, aber: Er kam als Kind in das Waisenhaus *Marie l'espoir* unter Obhut der katholischen Kirche, geführt von einem Abt, der den Namen ›Abt des Grauens‹ trug. Die Nonnen, die dort arbeiteten, wurden ›Satansbräute‹ genannt. Ich erspare dir, was dort in den 5oer- und 6oer-Jahren passierte. Jedenfalls wurden die Vorgänge totgeschwiegen bis zu dem Tag, an dem der Abt im Jahre 1968 an einem Kreuz gefesselt gefunden wurde. Der Gekreuzigte hing in einer Scheune, Pulsadern aufgeschnitten, er war verblutet. Mit seinem Blut war ein Pfeil auf seinen Bauch gemalt. Der Pfeil zeigte nach unten, auf das beste Stück des Mannes. Vor ihm standen drei Kerzen. Nun zu Dieudonne. Er war seit 1966 nicht mehr auffindbar, und in den beiden folgenden Jahren verschwanden zwei weitere Waisenknaben. André Dieuprend und Pierre Dieuleseigneur. Warum heißen sie alle Dieu? Weil alle drei vor demselben Krankenhaus abgelegt worden waren. Gotteskinder, keine Eltern. Alle drei waren im selben Waisenhaus, alle drei waren verschwunden, als der ›Abt des Grauens‹ verblutet in der Scheune hing. Details kamen nicht ans Licht. Die katholische Kirche war mächtig, und mächtig waren auch die, die regelmäßig das Waisenhaus besucht hatten. Du weißt, was ich meine. Zusammenhänge mit den drei verschwundenen Gottesknaben wurden nicht gesucht. Akten verschwanden. Nur mit viel Mühe konnten wir dieses Grauen rekonstruieren und stießen auf die drei Waisenknaben. Ende. Akte zu.«

»Genug, erspare mir die Details. Warum bist du privat gekommen, warum stehen wir hier auf dem *ALDI*-Parkplatz in Eynatten?«

»Wir hatten in den letzten Monaten mehrere ungeklärte Suizide von wichtigen Leuten aus der Gesellschaft. Die Gendarmerie Fédérale hat eine Sondereinheit gegründet, eng mit dem Staatsschutz verbunden.

Ein Minister, zwei Staatssekretäre, ein Richter, drei Unternehmer: Selbstmord, verschwunden, plötzlich und grundlos zurückgetreten. Nur bei uns in der Wallonie. Ich leite die Sondereinheit. Leider gibt es undichte Stellen. Brüssel schaut auf uns, nicht nur der Direktor der Gendarmerie Fédérale, auch der Innenminister, das Kabinett. Was haben wir bis jetzt? Nicht viel. Bei den Opfern fehlt seit Jahren eine bestimmte Summe, für die es keine Erklärung gibt. Jeden Monat haben die Verschwundenen entweder 1.000 Euro oder 2.000 Euro für etwas ausgegeben, wofür wir keinen Beleg haben. Das Geld ist weg. So ging das mehrere Jahre. Hat lange gedauert, das herauszufinden. Mais voilà. Wir wissen es. Dazu kommt, dass alle irgendwann mit einem Rechtsanwalt Dieuprend zu tun hatten, nicht zur selben Zeit, aber irgendwann gab es Kontakt. Dieuprend kennt sie alle. Das bestreitet er nicht. Er ist einer der drei Waisenknaben. Mehr haben wir nicht. Nun kommt Südlimburg ins Spiel. Du weißt, dass das Provinzkabinett um Gouverneur Bovens komplett zurückgetreten ist?«

»Ja, ich habe es gelesen. Irgendeine alte Geschichte mit einem Abgeordneten, der einen Versorgungsposten bekommen und sich selbst Aufträge zugeschanzt hat.«

»Oui, so ungefähr. Ein Erdbeben. Das niederländische Königshaus und die Regierung stehen im Regen, Südlimburg eine Provinz der Korruption? Wie ist das alles ans Licht gekommen? Ein limburgischer Minister wurde erpresst und wollte nicht mehr zahlen. Das wissen wir aus Geheimdienstquellen. Er meldete sich beim Staatsschutz, der versuchte, die Erpresser zu finden. Sie fanden nichts, die Bombe platzte. Ein riesiger Skandal. Das politische System ist erschüttert, wahrscheinlich laufen die Wähler jetzt wieder den extremen Parteien zu.«

»Wo sind die Zusammenhänge? Womit wurde der Politiker erpresst?«

»Er glaubt, dass ein Anwalt namens Meneer Peter van God dahintersteckt, hat aber keine Beweise dafür. Meneer van God ist Pierre Dieuleseigneur, hat Jura studiert, die niederländische Staatsbürgerschaft angenommen und seinen Namen geändert. Er hat Kontakt zu den Kabinettsmitgliedern, auch zu dem, der zur Polizei gegangen ist. Beweisen kann man Meneer Peter van God nichts. Erpresst wurde der limburgische Minister mit Fotos, die ihn mit Prostituierten zeigen. Weil seine Frau gestorben war und die Erpressung nicht aufhörte, wandte er sich an die Polizei. Er zahlte nicht. Kurz danach tritt die niederländische Provinzregierung von Südlimburg komplett zurück.«

Fett nahm einen Schluck Kaffee aus dem Pappbecher.

»Moment. Die drei Waisenknaben sind Dieudonne, Dieuprend und Meneer van God – und alle drei studierten Jura? Der eine bleibt in der Wallonie, der andere geht nach Südlimburg, Jean Dieudonne nach Aachen. Zwei nehmen eine neue Staatsbürgerschaft an …« Er dachte an die Autos in Schmidt. »Welche Autos fahren Dieuprend und Peter van God?«

»Habe ich nicht im Kopf. Muss ich im Büro nachsehen. Warum?« Chantals Neugierde war geweckt.

»Dieudonne besaß ein Ferienhaus in Schmidt. Dort

wurden regelmäßig ein Jaguar mit niederländischem Kennzeichen und ein Chevrolet mit belgischem Kennzeichen gesehen.«

Chantal Kalumba fuhr sich durch ihre pechschwarzen Haare, blickte auf Hausfrauen, die voll beladene Einkaufswagen aus dem *ALDI* zum Auto schoben und an die »Supermarket Lady« im Aachener Ludwig Forum für Internationale Kunst erinnerten.

»Michel, die drei haben zusammengearbeitet. Seit der Zeit im Waisenhaus kennen sie sich und schmieden vielleicht einen Plan. Dieudonne ist tot. Ich glaube nicht, dass die beiden anderen ihn ermordet haben.«

»Glauben hilft nicht, Chantal. Wir brauchen Beweise, Indizien, Zeugen. Jedenfalls bekommt mein Fall eine neue Dimension.« Er fuhr sich mit seiner linken Hand über Kinn und Wangen. »Wir müssen vorsichtig sein. Etwas ist aus dem Ruder gelaufen. Wer ist dein Kontakt in Südlimburg?«

»Wer schon? Petro van den Burg natürlich. Wir können nur Petro vertrauen. So, wie wir uns vertrauen.« Sie legte ihre Hand auf seine. Fett griff zu und drückte sie.

»Ja, wir haben nur uns. Meine Kollegin Conti kannst du dazuzählen. Ich lege meine Hand für sie ins Feuer.«

»Vraiment? Oder eher eine emotionale Sache von Mann zu Frau? Vom alten Fett zur jungen Conti?« Sie schmunzelte.

»Alter Fett? Muss ich mir noch mehr anhören? Und jung ist Conti nicht mehr. Aber heute 50 ist früher 30. Ganz klar. Natürlich ausschließlich bei Frauen.« Sie lachten.

»Contis Cousin war Personenschützer von Richter Falcone, der von der Mafia in die Luft gesprengt wurde. Sie ist so entschlossen und gerecht wie er.« Fast wie Falcone, dachte Fett. Falcone hätte bestimmt keine Affäre mit einer Kollegin begonnen. Er durfte nicht erpressbar sein. Andererseits war Conti nicht verheiratet, als es zum Kladderadatsch beim BKA Personenschutz gekommen war.

»Giovanni Falcone. Eine schwarze Stunde in der Geschichte des Kampfs gegen das Verbrechen.« Für Chantal Kalumba war Falcone ein Vorbild, auch für das FBI. Sie hatte dort alles über den unbeugsamen Juristen studiert.

»Zähl Daniela Conti dazu. Vielleicht müssen wir drei uns treffen?«

»Nicht sofort. Das fällt auf. Petro und ich werden von unseren Vorgesetzten beobachtet, weil der Fall mit den erpressten Politikern und Spitzen der Gesellschaft so brisant ist, vermutlich noch schmutziger als die Ibiza-Affäre in Österreich. Mach du einen Ausflug nach Maastricht. Triff dich mit Petro. Geh an der Maas entlang. Er soll dir alles erzählen. Ich muss los. Der Termin beim Frauenarzt ist vorbei.«

»Gute Idee. Danke. Frau Kalumba, Sie sind übrigens kerngesund, sehen blendend aus und intelligenter denn je. Doktor Fett stellt kein Attest aus.« Er gab ihr einen Wangenkuss, den sie gerne erwiderte. Er stieg aus, ging zu seinem Wagen, drehte sich kurz um und winkte ihr zu. Chantal Kalumba rauschte, lächelnd über Michael Fett, zurück nach Lüttich in ihr Büro als Leiterin der Gendarmerie Fédérale.

Nachdenklich fuhr Fett die kurze Strecke von der Auffahrt Eynatten über Lichtenbusch bis zur Abfahrt Aachen-Brand. Nach wenigen Minuten stand er am Präsidium auf dem Parkplatz für Dienstwagen. Er öffnete die beiden vorderen Fenster und ließ frische Luft herein. Immer noch leichter Nieselregen. Wieder ein verworrener grenzüberschreitender Fall. Er spürte Sodbrennen vom Croissant. In seiner Sakkotasche fand er eine Magentablette. Gerne hätte er eine *Camel ohne Filter* geraucht und nachdenklich aus dem Fenster geschaut. Er lächelte über sich selbst, über die Pose, an die er gerade dachte. Der Alltag war grauer als in so manchen Krimis. Gut, dass es Kolleginnen wie Chantal Kalumba und Daniela Conti gab.

22

SEMBRITZKI UND DER PATE

»Und?« Daniela Conti war neugierig. »Was sagt die Kollegin?«

Fett schloss die Tür und informierte sie. Frauen können ihre Neugier auf andere Frauen selten verbergen, dachte Fett. Vermutlich ahnte Daniela Conti längst, dass da mehr war zwischen Fett und Chantal Kalumba als nur die rein berufliche Zusammenarbeit. Ihr Blick war analytisch, so als ob Fett von ihr verhört würde.

»Dann sollten wir auf Ihre liebe Kollegin Chantal Kalumba hören und zu diesem Petro nach Maastricht fahren. Tagestest oder PCR-Test dürfte erforderlich sein.« Conti bot sich für die Maastricht-Recherche an. Langsam kam in Aachen Lagerkoller auf. Seit ihrem Dienstbeginn war Conti im Corona-Modus. Außerdem wollte sie mal andere Kollegen kennenlernen, nicht nur Hör-Baumann, Sembritzki, Kosslowski und Frau Hof mit ihrem Zumba-Tick.

»Kommen Sie mit«, schlug Fett vor. »Der Fall wird zu verworren. Ich brauche Ihr Gespür und Ihre Einschätzung. Zwei alte Rechtsanwälte stehen im Verdacht, die feine Gesellschaft zu erpressen. Der eine lebt in der Wallonie, der andere in Südlimburg. Der dritte arbeitete in Aachen und ist seit Sonntag mausetot.«

»Und wir haben einen toten Fotografen: Andor Heines«, warf Conti ein.

»Andor Heines. Wie konnte ich den vergessen? Gibt es eine Verbindung zwischen Andor Heines und Johannes Dieudonne? Chantal sagte, der wallonische Minister sei mit Fotos erpresst worden.« Erpressung mit Fotos war nicht neu. Neu war die Möglichkeit, im Internet und in den sozialen Medien anonym Fotos zu platzieren, die für die Betroffenen das private und berufliche Aus bedeuteten.

»Werde ich überprüfen. Merkwürdig ist, dass Andor Heines professionell umgebracht wurde, sieht man von der Kamera ab, die nicht mitgenommen wurde. Dieudonne wurde mit einem Buddha erschlagen. Das ist nicht der Mafiastil«, sagte Conti.

Fetts privates Handy klingelte. Chantal Kalumba rief an.

»Die Autotypen stimmen. Jaguar mit niederländischem Kennzeichen, Chevrolet mit belgischem Kennzeichen. Viel Erfolg, Michel.«

»Merci, Chantal.«

»Und?« Conti interpretierte Fetts Gesichtsausdruck richtig.

»Die beiden Autos, die Trudi Hutmacher gesehen hat, passen zu Meneer van God und Dieuprend, das sind die beiden anderen alten Männer.«

»Haben die ein Alibi für Sonntagvormittag?«

»Das müssen Chantal und Petro überprüfen. Wir können bei Rechtsanwälten in Belgien und den Niederlanden nicht einfach reinmarschieren. Außerdem hat niemand der Nachbarn in der Nizzaallee die beiden gesehen. Ich werde Frau Regauer über den Stand der Ermittlungen informieren, bevor wir zu Petro fahren. Wir brauchen ihre Rückendeckung bei Grenzüberschreitung.«

»Viel Erfolg und viel Vergnügen. Ich versuche es noch mal in Ostende bei Simone de Deyne. Der Mann, ihr Kollege Hugo Brunel, der wohnt nicht mehr in Bordeaux. Unbekannt verzogen. Keine Spur mehr von ihm.«

»Selbst für den Anruf brauchen Sie normalerweise eine Genehmigung. Wissen Sie doch: internationale Rechtshilfe in Strafsachen. Ach, versuchen Sie es. Auf die Genehmigung müssten wir zu lange warten.«

Frau Hof stellte Sembritzki von der Organisierten Kriminalität durch.

»Fett, ich kläre gerade was ab. Sie bearbeiten den Fall Andor Heines, stimmt doch?«

»Unter anderem.«

»Wir haben ein Schlagwort in dem Protokoll von Hör-Baumann und auch in Ihren Aufzeichnungen gefunden. Das betrifft unseren Job.«

»Na dann. Wie heißt es denn?«

»Fellini.«

»Ja, italienischer Regisseur. Und?«

»Auch der Name eines italienischen Restaurants in Aachen. Ihr ermordeter Fotograf verkehrte dort.«

»Stimmt«, sagte Fett nachdenklich.

»Wir sind lange dran am *Fellini*. Wir vermuten, dass das Lokal eine Geldwaschanlage für die 'Ndrangheta ist und zugleich Sitz für den Crimine der Region Aachen, der grenzüberschreitend in der Euregio Maas-Rhein arbeitet: Prostitution, Drogen, Schutzgeld, Arbeitssklaven.«

»*Fellini*, ja, da ging Andor Heines zuletzt häufig essen.«

»Der Fotograf ohne Knete leistete sich Saltimbocca für 27 Euro und Rotwein die Flasche für 45 Euro bei Oscar Rizzo.«

»Rizzo ist der Pate?«

»Ja. Hat sich hochgearbeitet. Wohnt direkt hinter der Grenze bei Hauset. Wir kommen nicht an ihn ran. Er macht sich die Finger nie schmutzig. Dafür hat er Laufburschen, die entweder direkt aus Sizilien anreisen, um einen Job zu erledigen, oder aus Belgien oder den Niederlanden. Manchmal taucht sogar eine Putzkolonne aus Frankreich auf.«

»Was wollen Sie mir sagen, Sembritzki?«

»Rizzo gehört uns. Wenn Sie hinter dem Mörder her sind, wirbeln Sie viel Staub auf und gefährden unsere Operation. Sie schnappen einen 'Ndranghetakiller, aber die Auftraggeber, die großen Fische, die bleiben weiter im Teich.«

»Sie wissen genau, dass ich nicht die Hände in den Schoß legen kann.«

»Sollen Sie nicht. Ich brauche Vorsprung und Ruhe. Unsere Operation läuft, gedeckt durch den Polizeipräsidenten und Hiltenkamp, den Leitenden Polizeidirektor.« Sembritzki haute wieder auf die Pauke. Wenn ihm die Argumente ausgingen, dann mussten der Polizeipräsident und Hiltenkamp ran. Fett kannte den Choleriker Sembritzki, ging ihm nach Möglichkeit aus dem Weg, aber hier ging es um Mord.

»Ich kenne den Dienstgrad von Hiltenkamp. Wir werden sehen, Sembritzki. Danke für die Info.« Fett legte auf. Mit Sembritzki war er noch nie klargekommen. Ein Karrierist, der häufig auf die Nase fiel, weil er zu schnell nach oben strebte. Würde Fett die Ermittlungen verzögern, kämen die Mörder davon, würden die Erpressungen weitergehen. Er blickte auf den Nieselregen, Tropfen bildeten sich auf der Fensterscheibe, in der Autowaschanlage war nichts los. Conti jonglierte mit zwei Tassen Kaffee ins Büro. Sie merkte, dass Fetts Laune weggesackt war.

Der Kommissar brachte Conti auf den neuesten Stand. »Wenn wir über die Kollegen in Lüttich und Maastricht den Druck auf Dieuprend und Meneer van God erhöhen, kann es sein, dass weitere Bomben hochgehen, Selbstmorde geschehen, Menschen verschwinden. Andererseits werden sie gewarnt und erkennen, dass wir Zusammenhänge sehen. Was schlagen Sie vor?«

Conti blickte auf die Fotos, die Namen, die Pfeile, die Kurzinfos. »Der Mord liegt vier Tage zurück. Uns läuft die Zeit weg. Wir sollten Petro van den Burg treffen und dem *Fellini* einen Besuch abstatten. Mal sehen, wie die auf den Tod von Andor Heines reagieren. Die Kollegen in Düren sind untätig, sie träumen von ihrer Annakirmes. Niemand war in Sievernich und Simonskall und hat überprüft, wen Andor dort getroffen hat. Im Fall Dieudonne haben wir keine Indizien, keine Beweise, wissen nicht, was gestohlen wurde. Außerdem fehlt weiterhin die Verbindung von Andor Heines zu Dieudonne. Heines hat freiberuflich für die Zeitung gearbeitet. Wir sollten mit dem Chefredakteur sprechen.«

»Wenn wir im *Fellini* aufschlagen, springt Sembritzki im Dreieck.«

»Möchten Sie Rückendeckung von Kosslowski?«, wollte Conti wissen. »Übrigens, das *Fellini* ist geöffnet, habe es hier auf der Webseite, der Garten ist offen. Test mitbringen oder Impfnachweis. Essen müssen wir sowieso.«

»Gut. Ich versuche mit Petro für 16 Uhr einen Termin in Maastricht zu arrangieren. Wir machen den Schnelltest, Frau Hof kann die Formulare ausfüllen und ab zum *Fellini*. Ich habe Hunger. Kosslowski lassen wir aus dem Spiel. Was er nicht weiß, muss er nicht verantworten.«

Conti versuchte, Simone de Deyne in Ostende zu erreichen. Es klingelte acht Mal, bis jemand den Hörer abhob.

»Conti, Kriminalpolizei in Aachen. Frau de Deyne?« Ein Knacken, danach war die Leitung tot.

23

FELLINI UND OSCAR

Fett schnappte sich seinen dünnen Regenmantel. Conti trug eine ihrer italienischen Lederjacken. Sie parkten auf dem Templergraben in der Nähe der Bäckerei *Kaussen*.

»Haben Sie reserviert?« Der kleine Kellner mit den geölten Haaren nahm sie prüfend ins Visier. Fett und Conti passten nicht in das Schema Geschäftsleute oder Professoren, die hier mittags einkehrten.

»Nicht reserviert, aber hungrig.« Fett blickte freundlich und bestimmt zum Kellner, setzte bereits einen Fuß ins Restaurant, der kleine Schauspieler würde ihn nicht aufhalten.

»Komme mit. Habe noch eine Tisch frei. Prego.« Er platzierte Fett und Conti im Wintergarten am Gang zur Toilette, warf dem Barmann einen abschätzigen Blick zu, der wohl sagte, dass auf diese beiden Gäste kein besonderer Wert gelegt werden musste. Im Wintergarten war es ruhig, nur ein großer Tisch war reserviert.

»Aperetivo. Habe Campari oder Prosecco semi?«

»Für mich einen Grappa. Für Sie, Herr Fett?« Conti überraschte sowohl Fett als auch Paolo, den geölten Kellner.

»San Pellegrino. Medium.« Fett schaute Conti ernst an. »Grappa im Dienst?«

»Etwas Verwirrung stiften. Haben wir beim BKA gelernt«, flüsterte sie.

»Prego, eine Grappa auf die Haus von unsere Cheffe und ein Pellegrino aus die Wasserleitung von Aquis. Kleine Witze. Isse original Pellegrino. Prego, signora, die Karte. Und auch für die Herr.« Paolo blieb am Tisch stehen und fing mit seiner Litanei der Speisen außerhalb der Karte an, die er mit lebhafter Gestik untermalte. »Habe heute frische Fisch von die Nordsee, Seescholle in die Mai. Außerdem frische Lammrücken von Biolamm aus Kalabrien mit Kartöffelchen aus Biofelder von die schöne Eifel. Wenn wolle vegetarisch, habe gegrillte Paprika und Frühlingssalat von die Levante oder Suppe von die Spargel aus Heinsbergo mit hausgebackene Ciabatta. Alles bellissimo. Alles aus die Boden von die gute Erde und die gute Klima. Kann ich empfehle trockene Chianti aus die Toskana oder semi-trockene Primitivo aus die Lombardei. Oder eine Frizzante, weiße Wein aus die Friaul. Ist sich sehr frisch. Gerade bekommen eine Lieferung.«

»Grazie mille.« Conti erklärte dem Kellner auf Italienisch, dass er gerne nochmal zur Theke gehen könne, sie würden in Ruhe in die Karte schauen. Sie seien keine Vegetarier und hätten Lust auf ein traditionelles Gericht. Paolo schaute überrascht, als Daniela Conti ihm akzentfrei und in bestem Italienisch klar machte, wo sein Platz sei. Er biss sich auf die Zunge, dachte, dass seine Theaternummer diesmal kein großes Trinkgeld einbringen würde. Die Eingangstür wurde aufgerissen und eine Korona von Professoren der Philosophischen Fakultät der RWTH Aachen mit einigen der hübschen Mitarbeiterinnen beglückte Paolo und das *Fellini*.

Mit einem lauten »Buongiorno, Professore, benvenuto, benvenuto!«, startete Paolo die mittägliche Professorennummer, die von Conti sofort durchschaut wurde, von den Geistesgrößen nach Jahren noch nicht. Paolo machte ihnen den Clown, den wuseligen Schauspieler, sie sahen in ihm eine Figur von Dario Fo oder Fellini, er kassierte das Trinkgeld, rechnete den falschen Wein ab und hatte so »eine kleine Zubrot«, wie er es vor sich selbst rechtfertigte.

»Saltimbocca, Professore?«

»Si, Paolo, si. Saltimbocca. Wie immer. Grazie, Paolo. Und frag die hübschen Damen, was sie trinken möchten.« Der barocke Lehrstuhlinhaber für Deutsche Philologie hielt Hof beim Italiener, anders als vor Jahren die Akademischen Oberräte der Germanistik im *Limburger Hof*, wo in der Regel Pita Gyros mit Retsina in großen Mengen gereicht wurde.

Die kichernden Studentinnen, deren zentraler Wortschatz aus den Wörtchen »genau« und »sozusagen« bestand, schluckten beim Blick auf die Preise und landeten bei einer Pizza oder einem einfachen Nudelgericht. Ein Linguistikprofessor vom Germanistischen Institut reichte den jungen Frauen die Flasche Chianti; ein Mittelalterhistoriker murmelte etwas von »Dekadenz im Alten Rom«; ein Germanistikprofessor zitierte Wilhelm Buschs Sentenz zum Rotwein und ein wissenschaftlicher Mitarbeiter mit der Frisur eines mittelalterlichen Schildknappen und der

Gesichtsphysiognomie eine Rurbibers versuchte sich an einem linkischen Witz, der voll in die Hose ging. Natürlich würde jeder separat bezahlen, bloß keine Gesamtrechnung geteilt durch die Gäste, dafür waren sie alle zu sparsam. Paolo sah wieder viele Rechnungen auf sich zukommen, doch er würde das eine oder andere Glas noch zusätzlich darauf unterbringen. Ein Kinderspiel für ihn.

»Ich nehme Lasagne«, sagte Fett. »Bevor die intellektuelle Schickeria mit tausend Sonderwünschen den Koch beglückt, möchte ich was im Magen haben.«

Conti verdrehte die Augen. »Billiger geht es nicht? Vielleicht Brot und Minestrone?«

»Keine schlechte Idee. Wenn dieser Clown an unserem Tisch aufschlägt, fragen Sie ihn auf Italienisch, ob er Andor Heines kennt.«

»Allora, haben gewählt?«

»Saltimbocca alla romana mit Spaghetti und Lasagne. Dazu einen halben Liter Chianti.« Conti rasselte die Bestellung herunter, und als Paolo gerade gehen wollte, überraschte sie ihn: »Scusi. Eine Frage. Kennen Sie den?« Sie zeigte ihm ein Foto von Andor Heines, und Paolos Lächeln mutierte zu einer Fratze.

»Komme manchmal. Nicht oft. Essen Pasta. Weiße nicht die Name.« Der Kellner eilte zur Theke, gab die Bestellung durch und drückte einen Knopf unter der Kasse. Anschließend gab er dem Koch ein Zeichen für die beiden Gerichte. Der spuckte kräftig in die Lasagne und auf die Saltimbocca.

Im ersten Stock saß Laura auf dem Schoß von Oscar

Rizzo, die Praktikantin aus der Küche, die ihm Spaghetti Carbonara ins Büro gebracht hatte. So viel hatte sie verstanden: Wenn Oscar Carbonara bestellte, sollte sie ein wenig Zeit mitbringen, um ihm Freude zu schenken. Oscar mochte die Carbonara auch kalt.

»Merda!«, stöhnte er, als Paolo den Klingelknopf drückte, denn er hatte weder den Hauptgang gegessen noch die Vorspeise erhalten, die er von Laura erwartete. »Vaffanculo. Leck mich am Arsch. Runter von meiner Hose. Das Geschäft geht vor.«

»Habe ich auch so gemeint«, murmelte Laura zweideutig. Aber Widerworte duldete Oscar nicht. Er hatte zum Glück die Mehrdeutigkeit nicht verstanden, sonst hätte er ihr eine geknallt. Er machte seine Hose zu, sortierte alles unter der Gürtellinie, griff zu seinem Sakko und blickte kurz in den Spiegel. Nebenan saß Stefano und spielte mit seinem Trommelrevolver.

»Fertig, Chef?«

»Manche brauchen es eben schnell, du Trottel. Du wartest. Paolo hat geklingelt.«

Oscar kam aus dem ersten Stock durch die Küche an die Theke, peilte die Lage, sah die ewig durstigen Professoren mit den jungen Mädchen. Paolo nickte mit dem Kopf in Richtung Wintergarten und Gang zur Toilette, wo Fett und Conti hungrig darbten.

»Frau spricht fließend Italienisch. Ist Italienerin. Habe ich hier noch nicht gesehen. Sie haben nach Heines gefragt.« Kleine Geister brauchen große Geister, sonst kommen sie durcheinander. Paolo war Kellner, Oscar der Chef. Also war Oscar fürs Denken zuständig. Er,

Paolo, war der Spürhund und spürte, dass er für Fett und Conti eine Nummer zu klein war. Der kleine Paolo.

»Grazie, Paolo.« Oscar kniff ihm die rechte Backe, griff zu einem Glas Chardonnay und ging zu Fett und Conti.

»Buongiorno, Commissario. Posso? Darf ich kurz. Sono Oscar Rizzo, der Chef von die kleine Restaurant.«

»Wir kennen uns?« Fett schaute auf und blickte auf goldene Zähne, tote Augen, feuchte Lippen und ein Gesicht, das die Spuren regelmäßigen Alkoholkonsums nicht verleugnete.

»Ah, si. Kenne ich alle gute Polizisten. Auch die Signora Conti. Tutto a posto, ah, da kommt die Essen. Gute Wahl. Bravo!«

Conti hatte es geahnt. Rizzo kannte alle. Wie oft hat sie diese Typen bei Vernehmungen im LKA vor sich sitzen gehabt.

»Benissimo, Capo«, sagte Conti.

»Capo, ich bitte Sie! Non sono Mafioso. Ich bin doch kein Mafioso.«

Natürlich nicht, dachte Conti. Du bist ein ganz einfacher süditalienischer Drecksack, der seine schmutzigen Finger in Drogenhandel, Prostitution, Waffenschmuggel, Geldwäsche, Schutzgelderpressung und Schleusungskriminalität stecken hat.

»Sie kannten Andor Heines?«, fragte sie mit einem charmanten Lächeln.

»Andor, die Fotograf?«

»Ja.« Fett nahm einen Schluck San Pellegrino. Der Typ roch nach einem aufdringlichen After Shave, das entfernt an Toilettenspray und neues Auto erinnerte.

»Andor kommt manchmal. Habe nicht viel gesprochen. Kommt immer solo. Kleine Essen, vino, dolce.
Basta.« Oscar lächelte sein Oscarlächeln. Eine Mischung
aus Leck-mich-am-Arsch-du-Idiot und gespielter
Dummheit. Conti und Fett waren damit vertraut.

»Wann war er zuletzt hier?«

»Ich nicht wissen. Paolo, muss ich Paolo fragen.« Er
wollte Paolo rufen, doch Fett kam ihm zuvor.

»Der weiß auch nicht mehr.« Fetts Ton signalisierte
Oscar, dass er ihm nicht glaubte. Ihm nicht, Paolo nicht
und dem ganzen Laden nicht.

»Kann ich nicht kenne alle meine Gäste. Bin ich oft in
Italia. Kommen neue Gäste. Ich erst sehe, wenn ritor-
nato, wenn zurück.«

»Aber uns kennen Sie?« Fett legte nach.

»So wie ich kenne Wohnung von die Kommissarin
Conti in die Promenadenstraße. Also ich nicht kennen
den Heines.«

»Und woher kennen Sie die Adresse von meiner Kollegin?« Jetzt kommt er mit der Nummer, dachte Fett.
Die Angstmachernummer. Sieh mal einer an, da hat der
kleine Oscar sich schon kundig gemacht, hat seine Laufburschen auf die Kollegin angesetzt.

»Habe ich gesehen kommen aus die Haus. Aachen
ist klein, piccolo. Man sieht sich. Schöne Haus. Gegenüber von die Restaurante *Justus K.*«

Fett verstand die Warnung.

»Wissen Sie, Herr Rizzo, Sie sollten nicht so oft bei
meiner Kollegin vorbeischauen. Da bin ich allergisch.
Die Lasagne kann zurück. Und das Saltimbocca kön-

nen Sie Ihrem Vögelchen mitnehmen. Es zwitschert ja so gut. So soll es bleiben.«

Rizzo lächelte zynisch, griff den Ball nicht auf, sondern fragte: »Was ist mit die Fotograf?«

»Ach, Sie wissen es noch nicht? Hat lange gedauert, die Frage zu stellen. Er ist tot. Ermordet.«

»Madonna! Arme Junge. Friede für die Seele. Wer war es?« Er konnte nicht so traurig schauen wie Don Camillo. Oscar Rizzo war ein schlechter Schauspieler.

»Die 'Ndrangheta, Herr Rizzo. Die 'Ndrangheta.«

»'Ndrangheta hier? Nein, ich nicht glauben. Irrtum. Bestimmt eine Unfall oder Irrtum oder so. Arme Fotografico. Machte schöne Fotos. Bestimmt auch von dem Comissario und die schöne Kollegin.«

»Zahlen, Herr Rizzo.«

»Paolo, tutto a posto. Ware nicht gut das Essen. Müssen nicht zahlen Rechnung. Geht auf die Haus.«

Fett legte 20 Euro für die Getränke auf den Tisch.

»Wir sehen uns, Oscar Rizzo, wir sehen uns.« Fett hob den Zeigefinger seiner rechten Hand vor die Nase von Oscar. Das geschah sehr selten. Fett mochte den Pestalozzifinger nicht. Doch diesmal war es erforderlich. Er verkürzte den Körperabstand auf wenige Zentimeter und drängte in die Nahzone von Oscar. Zwischen seinem erhobenen Zeigefinger und der Nase des Mafioso waren nur noch zwei Zentimeter.

»Si, si, commissario. Saluti an die Sembritzki. Gute Mann. Kommt oft essen hier mit Bambini.« Da kam die Verstärkung: Sembritzki. Oscar fiel nur noch Sembritzki ein, denn instinktiv spürte er, dass der Zeigefinger dieses Kommissars eine Warnung war, die er ernst nehmen sollte.

Fett und Conti standen auf dem Templergraben in der tropischen Luft dieses Maitages. »Noch eine Bemerkung, und ich hätte ihm eine reingehauen. Dieser kleine Spaghetti. Streut Gift aus mit und über Sembritzki.«

»Die Sorte Angstmacher kenne ich. Das ist ein regionaler 'Ndrangheta-Boss, der nicht viel in der Birne hat, alles exekutiert, was der deutsche 'Ndrangheta-Chef anordnet und der bekommt seine Anweisungen vom Crimine di Polsi, dem Hauptquartier in Kalabrien, dort, wo sich die Chefs treffen und bei der Jungfrau Maria ihr Oberhaupt wählen, den Capo Crimine.«

»Das sind ja fantastische Aussichten. Sie waren sehr zurückhaltend mit Ihrem Italienisch.«

»Spar ich mir für die Vernehmung auf«, sagte Conti lächelnd.

»Was hat uns der Besuch gebracht, außer einem leeren Magen und 20 Euro für Mineralwasser, billigen Wein und aufgebackene Minibrötchen mit Kräuterbutter?«

»Tja, Chef, das, was Sie wollten. Unruhe. Sie haben die weiße Kugel angestoßen, und nun prallt sie auf dem Billardtisch gegen die andersfarbigen Kugeln. Rizzo hängt bestimmt an einem Prepaidhandy und informiert den Capo über unseren Besuch in Verbindung mit dem Mord an Andor Heines.«

»Und wir haben weiter Hunger. Lassen Sie uns zum Griechen fahren. Das *Palladion* in der Schmiedstraße hat Tische draußen. Gegen Lammkoteletts oder Moussaka hätte ich keine Einwände.«

24

KAMPFRADLER AM DOM

Im *Palladion* kannte Fett die Kellner. Vor der Pandemie war er oft dort eingekehrt. Jetzt fuhr er täglich mit seinem Klapprad vorbei, und sie grüßten ihn jedes Mal herzlich. Fett und Conti nahmen einen Tisch direkt an der Schmiedstraße, die zu einer Rennbahn geworden war. Radfahrer schossen aus beiden Richtungen an ihnen vorbei, darunter selbstbewusste Frauen auf Monsterlastenrädern mit Elektromotor, die trotz des Kopfsteinpflasters nicht das Tempo verlangsamten. Fußgänger drückten sich wie gehetzte Tiere am *BABOR*-Kosmetikstudio entlang oder standen verunsichert vor dem Touristenlädchen von Vater und Sohn Lauven, die Bierseidel, auf denen Karl der Große grimmig blickte, an asiatische Touristen verkauften. Fett entschied sich für Lammkoteletts, Conti für Moussaka.

»Mir gefällt Rizzos Anspielung auf Ihre Wohnung nicht.«

»Kleiner Angstmacher. Ich pass auf mich auf.«

»Da helfe ich gerne.« Fett war besorgt.

»Was machte Andor Heines mittags im *Fellini*? Essen und …?« Conti wechselte das Thema.

»Das war nicht seine Liga. Wir sollten Anja Hübinger nochmals befragen.«

»Eine Verbindung zu Dieudonne haben wir immer

noch nicht. Vielleicht machen wir uns was vor? Zwei völlig verschiedene Fälle.«

»Pass doch op, du au Banan!« Ein älterer Herr, der Mundart nach gebürtiger Aachener, schimpfte einem Kampfradler hinterher, der ihm fast über die Schuhe gefahren war. »Müssen die denn so rasen?« Er redete mit sich selbst, schüttelte den Kopf und setzte seinen Weg fort in Richtung Domschatzkammer, wo die Radler, aus der Kockerellstraße kommend, richtig Fahrt aufnahmen, um in die Schmied- oder Annastraße zu rauschen. Der nackte Knabe des Denkmals *Fischpüddelchen* vor der Taufkapelle des Doms, der zwei wasserspeiende Fische in den Händen hielt, schaute sich das Verkehrsaufkommen ungerührt an. Er hatte viel erlebt seit der Einweihung 1911, der Einschmelzung im Zweiten Weltkrieg und Neuerrichtung in den 50er-Jahren. Oder schaute der nackte Bub durstig auf die *Albrecht-Dürer-Stube* gegenüber?

»Hier fuhren Autos, als ich als junger Polizist nach Aachen kam.« Fett verlor sich in Erinnerungen. »Damals wurde um jeden Meter Fußgängerzone erbittert gekämpft. Jetzt ist es eine Radrennbahn.«

»Sie radeln doch selbst hier durch.« Conti schmunzelte.

»Im Schritttempo. Sonst fällt mein Klapprad auseinander.«

»Warum eigentlich ein Klapprad?«

»Leicht, kann ich mit in die Wohnung nehmen, passt in den Kofferraum eines Autos und wenn ich stürze, nicht aus großer Höhe.«

»Wann kommt das Klapprad mit Elektromotor?«

»Nach der Pensionierung.« Fett kaute an seinem Lammkotelett.

»Mein Nachbar hat ein Auto zu verkaufen, vielleicht etwas für Sie.«

Fett verschluckte sich beinahe.

»Ihr Nachbar?«

»Ja, er bot mir den Peugeot 404 seiner betagten Tante an. Kaum gefahren, Baujahr 1972, irgendwas mit 60 PS, hat noch TÜV und soll um die 4.000 Euro kosten, Farbe beige.«

»Hört sich gut an. Peugeot 404 mit Lenkradschaltung. Machen Sie einen Termin aus.«

»Ernsthaft?«

»Ja. Im Herbst stehe ich wieder im Regen mit meinem Klapprad. Die Kollegen zerreißen sich das Maul, wenn ich morgens mit Ihnen im Präsidium aufschlage. ›Na, gut gefrühstückt, Herr Kommissar. Wieder auf Italienisch?‹ Ich möchte Sie nicht in Verlegenheit bringen.«

Conti lachte. »In die Verlegenheit lasse ich mich gerne bringen. Sie werden mir fehlen in der Fahrgemeinschaft. Und das italienische Frühstück besteht eh nur aus einem Espresso.«

»Das eine schließt das andere nicht aus. Machen Sie den Termin, bitte.«

»Bene. Ich zahle, kein Widerspruch.«

»Widerstand ist zwecklos. Ich weiß. Das ist die Emanzipation im Jahrhundert der Frau.«

»Und danke, dass Sie so reagiert haben im *Fellini*. Mir war der Appetit beim Anblick von Rizzo vergangen«, gestand Conti. »Bevor ich es vergesse; in Ostende bei

Simone de Deyne wurde der Hörer abgehoben, ich habe mich gemeldet, dann wurde sofort aufgelegt.«

»Da möchte jemand nicht mit uns sprechen. Vielleicht kann Chantal helfen.«

Conti zahlte, und die Kommissare brachen auf in die Niederlande. Petro hatte den Treffpunkt geändert. Statt Maastricht fuhren Conti und Fett in das Gewerbegebiet *Avantis*.

25

AVANTIS OHNE KAFFEE

Sie trafen Brigadier Petro van den Burg von der Polizei Maastricht auf dem Parkplatz des Gewerbegebietes *Avantis*, genau auf der deutsch-niederländischen Grenze bei Heerlen und Aachen. Petro hatte darum gebeten. Er war seitens der Polizei Maastricht mit den Ermittlungen zum Rücktritt der Provinzregierung betraut. Die Federführung lag beim Algemene Inlichtingen- en Veiligheidsdienst (AIVD), kurz Allgemeiner Nachrichten- und Sicherheitsdienst mit Sitz in Zoetermeer. Direktor Erik Akerboom hatte den Fall an sich gezogen und seine besten Leute nach Maastricht geschickt.

»Petro, das ist Daniela Conti, meine Partnerin. Du kannst offen sprechen.«

»Prettig, schön, Sie einmal persönlich kennenzuler- nen. Habe von Ihnen gehört. Aber, jammer, mit die Covid. Noch nicht mal ein Kaffee bekommen wir hier.« Petros wache Augen scannten Daniela Conti.

»Piacere, meneer van den Burg. Freue mich. Eigent- lich wollte ich Maastricht sehen und nicht dieses Gewer- begebiet.« Sie zeigte auf die betongrauen Lagerhallen.

»Das holen wir nach. Aber wir sagen alle du in die Niederlande, ich bin Petro. Wer fängt an?«

»Daniela, piacere, Meneer van den Burg, lieber Petro.« Conti reichte ihm zur Begrüßung den Ellenbogen, wie man es sich in der Corona-Zeit angewöhnt hatte.

»Wir haben um den Termin gebeten, Chantal hat auf dich verwiesen. Wir fangen an.«

Fett berichtete über den Mord an Dieudonne und die Verbindung zu Dieuprend und Meneer van God, von der er durch Chantal wusste. »Wir haben kein Motiv, keine Spuren. Wir haben nichts. Wir wissen, dass sich die drei Männer immer wieder im Wochenendhaus von Dieudonne in der Eifel getroffen haben. Das Auto von Meneer van God wurde dort gesehen.«

Petro hörte aufmerksam zu. »Ich weiß nicht alles«, gestand er. »Unser Nachrichtendienst sperrt den Zugang zu manche Dokumente. Jedenfalls meint der Abgeordnete, der erpresst wurde, dass van God dahintersteckt. Er sollte monatlich für fünf Jahre 2.000 Euro überweisen auf eine Konto in die Schweiz, an das wir nicht rankommen. Van God hat ihn als Anwalt vor viele Jahre vertreten. Da ging es um Belästigung von eine Frau. Die Frau hat den Prozess verloren. War ein große Geschichte. Van God hat danach viele Aufträge bekommen von Politiker und wichtige Leute, die in Frauengeschichten steckten oder mit zu viel Drogen erwischt worden waren. Er hat fast immer gewonnen. Dann hat er sich, wie sagt man, zur Ruhe gesetzt. Er wurde wegen die Abgeordnete befragt, aber es gibt keine Beweise gegen ihn. Wir haben gemerkt, dass seine Herkunft etwas, sagen wir, ungewöhnlich ist. Da arbeitet der Geheimdienst dran. Irgendwas mit Waisenhaus in Belgien, genau wie Chantal sagte. Was wichtig ist für euch: Der van God, der war Samstag und Sonntag nicht in Maastricht, sondern an der Küste. Er hat da eine Wohnung bei Ostende. Er wird observiert. In Aachen war er nicht.«

»In Ostende lebt die ehemalige Sekretärin von Dieudonne.« Conti schaltete sich ein.

Fett und Petro schauten sich nachdenklich an.

»Zufall? Oder sollten wir prüfen, ob sie sich kennen und getroffen haben.«

»Prüfen, Michael. Van God wird rund um die Uhr überwacht. Wie heißt die Sekretärin?«

»Simone de Deyne, 58 Jahre.« Conti zeigte ein altes Foto vor, das in den Unterlagen aus Dieudonnes Wohnung stammte. »Sie war bis vor einigen Jahren seine Sekretärin.«

»Hat sie eine Beruf? Wovon lebt sie?«

»Sie spricht nicht mit uns. Frau Conti hat heute ange-rufen. Der Hörer wurde sofort aufgelegt«, sagte Fett.

»Wenn Dieudonne sie so gut bezahlt hat wie seine Putzfrau, muss sie nicht mehr arbeiten«, warf Conti ein.

Ein Sattelschlepper mit einer Caterpillar-Planierraupe auf dem Tieflader fuhr an ihnen vorbei. Sie standen nahe bei dem Gelände, auf dem *AMAZON* ein Logistikzen-trum bauen wollte. Die Genehmigung war vor weni-gen Tagen erteilt worden. Bagger und Raupen wühlten sich ins Erdreich.

»So eine politische Schlamassel haben wir in Südlim-burg noch nicht gehabt. Provinzregierung zurückge-treten. Wenn van God dahintersteckt, hat er viel Mater-ial. Was hat er, von wem hat er das? Um was geht es? Was will er? Habt ihr eine Idee?« Petro bohrte nach, er nahm den Sattelschlepper nicht wahr.

»Wir haben eine Idee, allerdings keine Beweise. Ein Aachener Fotograf wurde am selben Tag ermordet wie Dieudonne. Zunächst haben wir dem keine Aufmerk-samkeit geschenkt. Uns fehlt die Verbindung. Mehr kön-nen wir noch nicht sagen.« Fett blickte auf die Baustelle an der Grenze der Niederlande zu Deutschland. Gerne hätte er in Maastricht mit Petro und Daniela Conti einen Kaffee getrunken. Nun standen sie im Niemandsland.

»Wir bleiben in Kontakt, Michael. Danke für die Infos. Liebe Grüße an Chantal, wenn du mit ihr sprichst. Daniela, schön, dass wir uns getroffen hebben. Komm mit die Michael nach Maastricht, nach die Coronamist. Dann zeige ich dir meine Stadt.«

»Gerne, Petro. Grazie.«

Sie stiegen in ihre Dienstwagen. Petro fuhr Richtung Westen nach Maastricht. Fett und Conti fuhren auf den Autobahnzubringer und über das Aachener Kreuz auf die A 44 bis zur Abfahrt Brand. Nach 15 Minuten waren sie wieder im Präsidium und brachten mehr Fragen als Antworten mit.

»Zuerst Chantal, dann Rizzo und nun Petro van den Burg. Immer wieder kommt das Thema Erpressung hoch. In den drei Regionen erpressten möglicherweise die drei Waisenknaben die feine Gesellschaft. Beweise hat niemand, nur Vermutungen und dünne Spuren. Wir haben den ermordeten Dieudonne und den toten Fotografen.« Fett legte den Kopf in den Nacken wie Gary Oldman in *Léon – Der Profi*. Seine Halsmuskulatur war verspannt. All die Fäden, all die Spuren, keine handfesten Beweise: Das Puzzle war ausgeschüttet, noch hatte er kein Stück identifiziert, um mit dem Bau zu beginnen.

»Ich nehme mir Andor Heines vor und Sie Rizzo und Dieudonne. Was halten Sie davon?« Conti hatte die Füße auf den Schreibtisch gelegt und den Drehstuhl nach hinten gekippt. Sie nippte an einem kalten Kaffee. Im Kommissariat war Ruhe eingekehrt. Frau Hof war im Feierabend, der Parkplatz draußen fast leer, keine Warteschlange vor der Niagara-Autowaschanlage.

»Sprechen Sie noch mal mit Anja Hübinger, der Freundin von Andor Heines. Sie wird bestimmt wissen wollen, wann die Leiche zur Beerdigung freigegeben wird. Sie muss etwas bemerkt haben. *Fellini* ist der Schlüssel. Und versuchen Sie rauszubekommen, ob

Andor etwas mit Dieudonne zu schaffen hatte.« Fett war müde.

Conti nickte, stellte die Tasse auf dem Tisch ab und schnappte sich ihre Lederjacke. »Lassen Sie uns Schluss machen. Morgen soll wenigstens die Sonne scheinen. Da können Sie mit dem Klapprad bis zum Präsidium fahren. Was ist nun mit dem Peugeot 404?«

»Wenn er TÜV hat, nehm' ich ihn. Aber nur wenn der Vorbesitzer sich um die Ummeldung kümmert. Dafür hab' ich keinen Nerv.«

»Bekommen wir hin. Noch eine syrische Pizza in der Promenadenstraße?«

»Ich bin platt. Ein Glas Chianti reicht.«

»Abgemacht.«

Der Donnerstagabend klang für beide ruhig aus. Manchmal lachten sie über eine Geschichte aus Fetts Kindheit oder Erlebnisse von Conti mit den italienischen Verwandten. Manchmal schwiegen beide und schauten auf die Promenadenstraße und die Kollegen, die am Synagogenplatz das Gotteshaus schützten.

26

TOGO IN SIMONSKALL

Am Freitagmorgen fuhr Conti zuerst nach Sievernich und dann nach Simonskall. In Sievernich stieß
sie auf eisernes Schweigen. Verschlossene Menschen
und verschlossene Münder. Niemand wollte mit ihr
sprechen. Niemand wollte über die Seherin Manu-
ela oder den Bau auf der Wiese hinter der Kirche
reden. Der Küster winkte ab und huschte in die Sak-
ristei, eine alte Betschwester, die liebevoll die Blumen eines Grabes arrangiert hatte, zischte nur »Lassen Sie mich in Ruhe!«, und vom Pastor fehlte jede
Spur. Sievernich wirkte wie ausgestorben. Conti fuhr
nach Vettweiß und traf den Bürgermeister auf dem
Flur des Gemeindehauses. Er klärte sie darüber auf,
dass an dem Sonntag, an dem Andor Heines in Sievernich gewesen war, eine hochrangige Delegation aus
Rom den Ort visitierte. Würde Rom das Marienwun-
der anerkennen, könnte auch das zögerliche Bistum
Aachen nicht anders, als die Tür für einen Wallfahrts-
ort zu öffnen. Allerdings sei der Skandal um den Weihbischof, der einer abhängigen Gläubigen das Konto
geleert hatte, noch nicht verdaut, erklärte der Bürgermeister, der den ganzen Hokuspokus mit Skepsis
betrachtete. Der Bürgermeister, um die 40 Jahre alt,
Dreitagebart, sprach ein wenig in rheinischem Sing-

sang und war, anders als viele seiner Amtskollegen, weder übergewichtig noch übermüdet.

»Als Mitglied der Partei mit dem großen C bin ich durchaus gottesgläubig, aber das Spektakel der vergangenen Jahre war unheimlich. Nun mauern der Pastor und der Gemeindevorstand. Soll ich Ihnen sagen, warum? Es geht um Geld, Macht, Ansehen. Als die Fernsehteams hier auftauchten, war Schluss mit Demut. Zugleich wurden größere Opferstöcke angeschafft, denn die Pilger sollten kräftig spenden.« Peter Hurtz war direkt zur Sache gekommen.

»Was ist mit der Seherin?«

»Sie taucht kaum noch auf. Als lebte sie in klösterlicher Zurückgezogenheit. Ich glaube, es ist ihr zu Kopf gestiegen, oder die guten Geister des Bistums schotten sie ab.«

»Waren Sie an dem Sonntag hier, als die Delegation aus Rom auftauchte?«

»Mir blieb nichts anderes übrig. Dicke Herren in Schwarz und Violett, schwere Ringe an den Fingern. Die Aachener wieselten wie beflissene Kellner um die Delegation.«

»Ist Ihnen der Fotograf aufgefallen?«

»Na klar. Der war früher oft hier, als die Seherin ihre Erscheinungen hatte. Er hat an dem Sonntag ständig fotografiert. Als wir uns in die Kirche zurückzogen, durfte er nicht mehr mit. Ein Zerberus aus Rom hat ihn rausgeschmissen.«

Conti ließ sich die Wiese für die Neubauten zeigen und verabschiedete sich von dem Bürgermeister, der

Klartext gesprochen hatte. Guter Mann, dachte sie. Sie stieg in ihren Fiat 595 und fuhr über Nideggen, Bergstein, Hürtgen und Vossenack nach Simonskall.

In Simonskall traf sie sich mit den Gastronomen, die Andor Heines am Sonntag fotografiert hatte. Simonskall lag wie im Dornröschenschlaf im Tal der Kall. Die Sonne kachelte aus dem Süden über die Höhen von Schmidt. Der Tag versprach, wärmer zu werden. Die Feuchtigkeit der letzten Tage verwandelte sich in Nebelschwaden und Nebelbänke, die aus dem Fichtenwald aufstiegen, eine Zeitlang hängen blieben, sich verdichteten und von der Sonne auseinandergetrieben wurden. Der zentrale Parkplatz war gut gefüllt, Mountainbiker schossen von Vossenack den Berg herunter, wurden auf dem Parkplatz von einem Bus aufgegabelt und wieder nach Vossenack gefahren, um erneut den Berg herunterzuschießen.

»Der Herr Heines, der war letzten Sonntagnachmittag bei uns. Der hat ein paar Aufnahmen gemacht vom leeren Speisesaal.« Bert Cremer, Inhaber der *Kallmühle*, schaute zu Beate, seiner besseren Hälfte.

»Ja, ein Wasser hat er noch getrunken. Dann ist er rüber zu Franz Kufferath, dem gehört der *Kallkrug*. Der hat auch zu. Wir sitzen hier auf unseren Schnitzeln und Sahnetorten. Draußen geht gerade erst, drinnen immer noch nicht. Wie heißt der Kram noch, Bert?«

»Welchen Kram meinst du?«

»Das Dings mit dem Mitnehmen.«

»Ach, wie das Land in Afrika.«

»Ja, to go, also Togo. So ein blödes Wort. Also to go geht nur am Wochenende. Da kommen aus dem Ruhrgebiet und vom Rhein ein paar Wanderer. Die nehmen meinen gedeckten Apfel mit nach Hause oder ins Auto oder setzen sich da vorne auf eine Bank. Wir müssen die Abstände einhalten, sonst rückt uns das Ordnungsamt auf die Pelle. Darum so wenige Tische.«

»Schon blöd«, sagte Conti. »Ist Ihnen irgendetwas aufgefallen? War Herr Heines nervös? Hat er Andeutungen gemacht?«

»Nervös? Andeutungen? Was denn für Andeutungen? Hast du was bemerkt, Bert?« Beate schaute ihren Mann fragend an, hinter ihr standen wenige Kuchenstücke in der Kühltheke, die so verlockend aussahen, dass Daniela Conti schwächelte.

Bert blickte nachdenklich auf den Fichtenhang Richtung Kommerscheidt. »Nee, nervös, Andeutungen. Der Heines war gut gelaunt. Richtig gut gelaunt. Der sagte, dass er sich auf die Rente freue. Darum war er so gut gelaunt.«

»Was hat er denn von der Rente erzählt?« Conti dachte an gedeckten Apfelkuchen mit Sahne.

»Als Beate sich um den Kuchen gekümmert hat, hat er mir gesagt, dass das einer der letzten Aufträge sei. Er habe was auf Seite gelegt. Er war richtig gut gelaunt.«

»Mehr nicht?« Conti schaute ihn an, Bert Cremer schaute hinter Beate her, die einem Kunden die Covid-Regeln erklären musste.

»Nö, das war alles.«

»Vielen Dank.«

»Hängt das mit dem Unfall zusammen?«

»Ja, mit dem Unfall, der keiner war. Wissen Sie doch.«

»Was man so hört. Ins Kalltal runter und vorher Kopfschuss?«

»So ungefähr.«

»Wer macht denn so was?«

»Finden wir raus, Herr Cremer. Wir sind ja die Polizei.« Conti blickte in den Gästeraum, sah die Hirschgeweihe, die Schnitzarbeiten, das Wagenrad, den Sattel, das alte Kupfergeschirr.

»Schönes Heimatmuseum, Herr Cremer.«

»Die Gäste mögen das. Ich hätte lieber was Modernes. Aber wenn es die Gäste mögen. Bitte.«

»Nach Corona komme ich vorbei. Versprochen.« Conti winkte in Richtung Beate, nickte Herrn Cremer zu und besuchte unter Verzicht auf den gedeckten Apfelkuchen ein weiteres Café, eine Gaststätte und ein Restaurant. Überall die gleiche Auskunft: Andor Heines sei sehr guter Laune gewesen, er habe vom bevorstehenden Ruhestand geschwärmt.

27

CHAMPIGNONSAHNESCHNITZEL
STATT SALTIMBOCCA

Auf der Rückfahrt rief Daniela Conti bei Anja Hübinger an. Sie habe noch ein paar Fragen, ob sie vorbeikommen könne. Anja Hübinger hatte Zeit, sie war zu Hause in Aachen. Ulrikes Trauer über Kater Mikesch war durch einen Mischlingshund vom Tierheim namens Sina überwunden.

»Der Andor hat am Sonntag in Simonskall erzählt, dass er bald in den Ruhestand gehen werde«, berichtete Conti. »Was wussten Sie denn davon?«

»Ich hab's nicht richtig geglaubt. Andor hatte immer gute Laune. Der war so positiv, so lieb, so gut. Ich glaube, der wollte mir nur Sorgen vor der Zukunft nehmen.« Sie knetete ihre Hände, biss sich auf die Unterlippe, was ein Merkmal vieler unsicherer Frauen ist. Sie beißen ständig auf ihre Unterlippe und merken es nicht.

»Welche Sorgen?«

»Na, ob das Geld reicht. Wir kriegen beide keine große Rente. Wir haben als Selbstständige wenig eingezahlt in die Rentenversicherung. Das Geld war immer knapp. Nun fotografiert jeder wie verrückt, jeder hat eine Profikamera, sogar die Handys machen super

Bilder. Fotografen haben es deshalb heute schwerer. Wie sollten wir denn die Wohnung bezahlen und die Krankenkasse? Wir haben uns Sorgen gemacht um die Zukunft.« Sie drehte sich ab, blickte aus dem Fenster. Die Wolkendecke war erstmals seit ein paar Tagen löchrig. Anja Hübinger hatte Tränen in den Augen. »Andor war Optimist. ›Das reicht, wirste sehen‹, hat er immer gesagt. In den letzten Wochen hat er viel gute Laune gehabt, er war spendabel und leistete sich mittags das *Fellini*.«

»Haben Sie ihn begleitet?«

»Einmal, letzte Woche abends. Ich wollte nicht. Ist so teuer. Ich koche lieber selbst. Andor wollte unbedingt. Wir haben uns chic gemacht.«

»War viel los an dem Abend?«

»Da waren etliche Tische besetzt. Draußen im Garten. War die erste Woche, als wieder in Restaurants gegessen werden durfte. Der Wirt hat uns begrüßt. Den Andor kannte er, die haben sich umarmt. Machen die Italiener so.«

»Der Wirt oder der Kellner?«

»Der Wirt, der Oscar, ja, Andor sagte Oscar zu ihm. Der hat mir einen Handkuss gegeben. Und er hat uns eingeladen. ›Für meine amico Andor‹, hat er gesagt.«

»Kam Ihnen das nicht etwas übertrieben vor?« Conti erlebte wieder einmal, dass eine Frau alle Zeichen übersieht, die rote Ampel, das Warnsignal, alle Zeichen der Verstellung und des Bösen.

»Andor sagte, die Italiener seien nun mal so. Er sei ja Stammkunde. Die Mittagskarte sei preiswerter als die

Abendkarte. Ich habe nichts Besonderes dabei gefunden. Das Essen war gut. Aber mein Champignonsahneschnitzel ist besser. – Wann kann ich ihn denn beerdigen?«, fragte sie weinend und lächelnd zugleich.

»Sie hören von uns, Frau Hübinger. Wird schon. Vielleicht in ein paar Tagen.« Daniela Conti legte ihr eine Hand auf die Schulter, verabschiedete sich und rief vom Auto aus Fett an. Der Kommissar stand gerade vor dem *Fellini*. Der Anruf kam passend.

28

KEINE BESORGUNGEN FÜR RIZZO

»Ah, Commissario, Sie wieder. So ein Zufall. Heute ist meine letzte Tag. Dann muss ich nach Tropea. Familie besuchen. Familie ist wichtig, Commissario.« Rizzo checkte das Restaurant vor der Abreise, so machte er es immer. Und ausgerechnet kurz vor der Abreise tauchte dieses Arschloch von Kommissar bei ihm auf. Er setzte sein Oscar-Rizzo-Lächeln auf, die Goldzähne im Ober-kiefer Mitte funkelten, während seine Augen die Kälte der Gewalttätigkeit ausstrahlten.

»Heute wieder Lasagne oder auch Saltimbocca?«

»Heute eine kleine Unterhaltung mit Chef.«

»Si, habe noch einige Minuten.« Er winkte Paolo zu, der sich um die anderen Tische kümmern sollte.

»Wann haben Sie Andor Heines zuletzt gesehen?«

»Habe ich schon gesagt. Wochen her. Ware sich doch Lokkedaun.«

»Erinnern Sie sich, Herr Rizzo!«

»Si, si. Andor, Andor. Was wollen Sie mit die tote Fotografico?«

»Er war letzte Woche hier, Sie haben ihn herzlich begrüßt und mit Wangenküssen à la Italia verabschie-det.«

»Habe ich? Wenn Sie sagen. Prego.« Rizzo machte eine wegwerfende Geste. Was heißt das schon. Er würde auch ein Schwein auf die Wange küssen, wenn er dafür den Schinken preiswerter bekommt.

»Welche Geschäfte haben Sie mit ihm gemacht?«

»Geschäfte, mit die Andor? Niente. Nix Geschäfte. Mangiare, kommen hier, um lecker cucina italiana zu essen.«

»Ich habe da andere Informationen, Herr Rizzo.«

»Bitte, bitte. Leute erzählen viel. War das tutto?« Nun wird es Zeit, sagte sich Oscar. Die Onkels in Tropea konnte er nicht warten lassen. Soll sich der Kommis-sar mit Hühnerdieben oder Alemannia Aachen rum-schlagen.

»Bücher, Einkauf, Personal, Warenbestand, Hygiene, alles auch tutto? Sie wissen, wir lassen alles überprüfen.« Fett traf den wunden Punkt, den auch Oscar kannte.

»Liebe, kleine Commissario von die kleine Stadt Aquis. Vaffanculo! Ich fahre nach Tropea. Hier ist alles benissimo. Alles. Sempre. Immer. Fragen doch Chef von Ordnungsamt oder fragen Chef von die Polizei. Alles. Arrivederci, Commissario stupido.« Seine Gesichtszüge verzerrten sich zu einer hässlichen, geradezu brutalen Fratze. Sonst bedeckte eine Maske das Gesicht des Schmierenschaupielers Oscar Rizzo. Er ging hinter die Theke, beschimpfte Paolo und den Barmann und suchte Praktikantin Laura, die ihm den Ärger wegbesorgen sollte. Laura war im Auftrag von Paolo Zigaretten kaufen. So konnte sie Oscar Rizzo nicht besänftigen. Darum griff er in seiner nicht kontrollierbaren Wut zum Handy und wählte die Privatnummer von Sembritzki.

Am Nachmittag stürmte Sembritzki in Fetts Büro.

»Sie haben nicht mehr alle Tassen im Schrank! Ich habe es Ihnen gesagt, habe ich es Ihnen gesagt? Ja, ich habe es Ihnen gesagt: Rizzo gehört mir! Mir allein! Und was machen Sie? Spazieren einfach da rein und knallen dem einen Mord vor die Schlangenlederschuhe. Super! Super, Kollege Fett. So sieht moderne Ermittlungsarbeit aus? Arbeit von Monaten am Arsch. Wir können von vorne anfangen. Die ganze 'Ndranghetascheiße von Monaten für die Katz. Finito. Basta. Da lacht sich der Rizzo in Tropea einen Ast ab. Wissen Sie was, Fett, Sie waren schon immer ein Arschloch, Sie sind ein Arschloch und Sie werden ein Arschloch bleiben. Sie und Ihre

Itakerin können weiter im Kennedypark tote Penner obduzieren. Lassen Sie die Finger aus meinem Revier. Sie kriegen das noch von höherer Stelle.« Sembritzki stürmte aus dem Büro. Die Tür knallte, Frau Hof blickte irritiert hinterher, dann zu Fett und übersah die SMS mit Stornierung des Zoom-Zumbakurses.

Fett saß ruhig auf seinem Stuhl, drehte sich zum Fenster und blickte in den blauen Himmel über Aachen-Brand. Er und Sembritzki waren nie Freunde und nie gute Kollegen gewesen, sie würden es auch nicht mehr werden. Sembritzki legte jedem Steine in den Weg, der Hilfe brauchte. Er war ein Choleriker, arbeitswütig, selten kommunikativ. In seinem Kommissariat hielt es niemand lange aus. Warum war er so ausgerastet? Klar, Fett hatte sich in seinen Teich, zu seinem Oscar-Hecht begeben. Mord ist Mord. Es kam der Zeitpunkt, da musste man das trübe Wasser umrühren, aufmischen. Die Fische bewegen sich und es kommt ein Hecht. Der Hecht war unterwegs.

29

ER IST ZU WEIT GEGANGEN

Am Montagmorgen bat Kosslowski Fett zu einem Vier-augengespräch. Kriminalrat Kosslowski stand kurz vor der Pensionierung. Er leitete seit vielen Jahren die Kri-minalinspektion 1, zu der das Kriminalkommissariat 11 gehörte, zuständig für Todesermittlungen. Seine Eltern waren kurz vor dem Einmarsch der Roten Armee aus Schlesien in den Westen geflohen. Sie mussten sich eine neue Existenz aufbauen. Ihr Sohn, Alfons Koss-lowski, lernte, dass er nur durch Bildung, Selbstdiszip-lin und Verstand den Weg aus der Dortmunder Zechen-siedlung schaffen konnte. Er war rausgekommen aus dem Ruhrgebiet und saß nun nicht weit entfernt von der anderen Rur, der ohne ›h‹, die im Hohen Venn ent-springt und in Roermond in die Maas mündet, in sei-nem Büro. Seine Eltern waren längst gestorben. Der Vater an Staublunge, die Mutter mit den Erinnerungen an die alte Heimat, die sie nie vergessen hatte, von der sie noch auf dem Totenbett sprach.

»Sembritzki hat sich über Sie beschwert.« Kosslow-ski war kein Mann vieler Worte. Er ließ seine Ermittler in Ruhe arbeiten und gab diskret Unterstützung, wenn es irgendwo hakte. Er spielte gerne Schach, hatte seine Mitgliedschaft bei Alemannia Aachen gekündigt und regte sich über die rasenden Mountainbiker im Aachener Stadtwald auf. Heute sah er bedrückt aus. Sembritzki konnte nicht der einzige Grund sein.

»War er direkt bei Ihnen oder Briskot, seinem Chef?«

»Briskot hat mich angesprochen. Er wird mit dem Polizeipräsidenten sprechen.«

»Conti und ich ermitteln in zwei Tötungsdelikten. Im Fall Andor Heines gibt es eine auffällige Verbindung zu Rizzo. Den musste ich befragen.«

»Befragen, einschüchtern oder aufwecken, Fett?« Kosslowski kannte seinen Chefermittler.

»Aufwecken. Unruhe erzeugen, damit er Fehler macht.«

»Das ist Ihnen gelungen.«

Fett schaute überrascht zu seinem Vorgesetzten. Kosslowski schob ihm ein Foto seiner Enkeltochter rüber. Auf dem Foto verließ sie das Geschwister-Scholl-Gymnasium. Auf dem Bild stand mit Filzstift geschrieben: ›Tanti saluti! – Viele Grüße!‹.

»Die gehen direkt auf mich los, Fett. Das zum Thema Unruhe. Ich habe das Foto aus dem Briefkasten gefischt, bevor es meine Frau finden konnte.«

»Haben Sie Hiltenkamp informiert?«

»Ich habe niemanden informiert. Ich habe meine Schwiegertochter gebeten, Annika jeden Tag abzuholen. Außerdem kommt bald wieder ein Lockdown. Was soll ich machen? Sie verstecken?« Er stand auf, ging ans Fenster, schaute hinaus.

»Rizzo ist für zehn Tage in Tropea. Vorher wird nichts passieren. Sein Statthalter hat keine Befugnisse«, versuchte Fett, ihn zu beruhigen.

»Ich weiß. Das alles spricht dafür, dass Sie auf dem richtigen Weg sind. Ich werde Briskot überzeugen, noch nicht zum PP zu gehen. Sembritzki ist ein Choleriker, das wissen alle. Vielleicht ist er selbst zu nahe an Rizzo dran, vielleicht hat er selbst Angst. Aber er wird nie darüber sprechen. Denn er ist Sembritzki, der Unfehlbare. Was schlagen Sie vor?«

»Ich muss überlegen. Wir haben den Rizzos und den anderen Clans in den letzten Jahren zu viel Raum gegeben. Sie brauchen eine Einschränkung der Kampfzone. Ich benötige Ihre Rückendeckung. Diesmal ist Rizzo zu weit gegangen. Einfach einmal zu weit.«

»Rückendeckung haben Sie, die hatten Sie immer. Aber bringen Sie sich nicht in Gefahr. Und auch nicht Conti.«

»Conti bleibt raus. Sie beide bleiben draußen. Sie haben Familie, Conti hat Angehörige.« Fett stand auf, drehte sich kurz um. Dann sagte er: »Danke.«

30

GRÜNE PILLE MIT SALZSTANGEN

Conti bearbeitete in der Zwischenzeit den letzten Fall von Dieudonne. Sie hoffte auf Spuren, Motive, Anhaltspunkte für die Tat. Dieudonne hatte 2013 Ferdi Löhrer verteidigt, einen stadtbekannten Altindustriellen, wohnhaft in Laurensberg. Die Kommissarin fuhr mit dem zivilen Opel Astra gegen 10 Uhr zu Löhrers Anwesen, das von einem kleinen Park umgeben war; eine prächtige Vorfahrt, fein geharkte Kieselsteine, Bäume und Büsche in exaktem Abstand zueinander, zwei Gärtner bei der Arbeit, ein Hengst auf einer abgetrennten Koppel, Conti ließ den Blick schweifen. Ein Hauch von Großbürgertum, rheinischen Junkern und stehen gebliebener Zeit wehte sie an.

Die Klingel tönte wie ein Glockenschlag und ein Dienstmädchen, das soeben einem Film der 60er-Jahre entsprungen schien, öffnete in schwarzem Rock und weißer Schürze die Tür.

»Sie wünschen?«

»Conti, Kriminalpolizei Aachen. Ich möchte Herrn Löhrer sprechen.«

»Einen Augenblick, bitte.« Die alterslose Bedienstete, blass wie die Wand, verängstigte Augen, graue Haare schloss die Tür. Nach wenigen Sekunden kehrte sie zurück.

»Herr Löhrer empfängt Sie gerne im Wintergarten.« Sie ging voraus, und Conti landete in einer gläsernen

Anbauhölle, dem als Wintergarten bezeichneten Gebilde. Unterwegs passierte sie die Köpfe zahlreicher Keiler und Hirsche. Herr Löhrer und seine Vorfahren mussten an etlichen Sauhatzen in der Eifel teilgenommen haben.

»Bitte nehmen Sie Platz, Herr Löhrer kommt sofort. Wasser, Kaffee?«

»Danke, alles in Ordnung.«

Trotzdem tauchte Bettina, zumeist Betty gerufen, ungefragt mit einem Becher Salzstangen und einer Karaffe Wasser auf, in der drei Zitronenscheiben verloren dümpelten. Danach machte sie das Frühstück für Frau Marianne Löhrer, die sich von der letzten Botoxbehandlung erholen musste. Die Lippen waren voller, die Apfelbäckchen runder geworden. Ruhe, Ruhe hatte ihr Doktor von Schönhausen empfohlen. Ruhe und nochmals Ruhe. Sie wartete auf Betty, das Zehnminutenei, den Prosecco und die englische Marmelade aus irgendeinem Kaff namens Chester oder so ähnlich. Ein Mitbringsel von Freundin Angela, die erst kürzlich von einer Golfreise durch Südengland nach Laurensberg zurückgekehrt war. Die erste Golfreise nach vorsichtigen Lockerungen des Lockdowns.

»Wer ist da? Wieder einer dieser bettflüchtigen Greise vom Aachener Klub?« Marianne sprach Betty von der Seite an, als diese das Tablett mit Ei und Chester-Marmelade, Matetee und Prosecco auf den Beistelltisch lancierte.

»Nein, gnädige Frau, eine Kommissarin von der Polizei.«

»Polizei, Kommissarin? Am frühen Morgen bei meinem Ferdl?«

»Jawohl, gnädige Frau.«

Marianne, ehemals Chefsekretärin von Ferdi, stammte aus Landshut und rief Ferdi stets »Ferdl«, dachte, dass er nun wieder seinen Gesellschaftsschmarren loswerden könne, seine Endlosvorträge zum Untergang des Abendlandes. Die Kommissarin wird sich wundern. Immer dieses Geseier über die Grünen und die Umwelt und den Habeck und dass früher alles besser gewesen sei. Ach, der Ferdl, dachte die Marianne, der hat lange keinen Bock mehr geschossen. Und selbst ist er eh keiner mehr. Sie lächelte, dachte an Doktor von Schönhausen und nahm ein Schluckerl von der italienischen Brause.

»Schon gut, Betty. Das reicht. Ich komme zurecht.« Betty nickte und schlich ins Erdgeschoss.

Etwas hüftsteif wackelte ein älterer Herr in grüner Strickjacke, kariertem Hemd, senffarbener Breitcordhose und braunen Hausschuhen auf Conti zu. Es war nicht der Gärtner, nein, es war Ferdi Löhrer höchstpersönlich. Buschige Brauen verbargen seine grauen Augen. Die Wangen waren durchfurcht von Narben, vermutlich war er Mitglied einer schlagenden Verbindung gewesen. Messerhaarschnitt, Siegelring und eine wertvolle Armbanduhr aus der Schweiz fielen Conti spontan auf. Ein aufdringliches After Shave ließ auf Sparsamkeit im Kleinen schließen. Vermutlich aus einem Drogeriemarkt, unteres Regal.

»Behalten Sie Platz, Frau Kommissarin. Der Wirtschaftsminister war noch am Telefon. Er hatte mich nicht zu meinem Geburtstag am Mittwoch erreicht. Das musste er nachholen.« Mit einer Geste seiner rechten Hand unterstrich er seine Worte, drehte sich in Richtung Eingangstür zum Wintergarten, der mittlerweile heftig aufgeheizt war, und rief: »Betty, die grüne Pille nicht vergessen!«

»Sehr wohl, Herr Löhrer«, antwortete Betty aus dem Flur, verdrehte die Augen und verschwand in der Küche zum Apothekenschrank, der stets gut gefüllt war, dafür sorgte Hausarzt Doktor Blume.

»Was verschafft mir die Ehre?«

»Johannes Dieudonne …«, sagte Conti, weiter kam sie nicht.

»Dieudonne, Dieudonne. Der Anwalt. Was ist mit ihm? Er hat mich mal vertreten. Dumme Sache, damals. Alles gut ausgegangen. Wir haben den Prozess gewonnen. Dieudonne hat das ausgezeichnet geregelt. Danach hatte ich keinen Kontakt mehr. Er war eigenwillig, der Dieudonne. Aber er war gut. Kannte sich aus und hat alles richtig gemacht. Vergessen wir das. Darum geht es ja nicht.« Er zupfte am rechten Ärmel der Strickjacke, die er vor gefühlt 100 Jahren im Angebot eines Jagdausrüsters erstanden haben musste.

»Doch«, sagte Conti, »darum geht es. Erklären Sie es mir bitte.«

»Altes Zeug, Frau Conti, altes Zeug. Das interessiert niemanden. Bitte, greifen Sie zu. Zitronenwasser, Salzstangen. Woher kommt der Name Conti?« Er beugte sich stöhnend vor, schob die Salzstangen in Richtung Conti und berührte die Wasserkaraffe.

»Herr Löhrer, das alte Zeug interessiert mich. Dieudonne ist ermordet worden. Wir prüfen routinemäßig alles ab.«

»Ermordet, der Dieudonne?« Löhrer lachte wie ein

Zündapp-Mofa mit Anlasserproblemen. »Bestimmt irren Sie sich und alles klärt sich auf. Aber warum kommen Sie ausgerechnet zu mir? Dem Ehrenbürger Ferdi Löhrer, der in seiner Maschinenfabrik Tausenden Menschen aus Aachen und der Region Arbeit und Brot gegeben hat.« Hinter der jovialen Maske des Großbürgers kam der Kapitalist zum Vorschein.

»Wir, Frau Conti, wir hätten 1995 bei der Kreuzchen-Affäre im Stadtrat bereitgestanden. Wir hätten die Stadt aus dem Schlamassel gezogen, weil diese Demokratie-schauspieler zu blöde waren, eine geheime Wahl zum Oberbürgermeister ordnungsgemäß durchzuführen. Da haben sich die Grünen abgesprochen und auf ihren Stimmzetteln alle das Kreuz in derselben Art und Weise gemacht. Und das sagen die dann auch noch. Da hat der Regierungspräsident, dieser scharfe Hund Antwerpes, die Wahl annulliert, und Aachen stand regierungsun-fähig da. Jetzt kommen Sie mit diesen ollen Kamellen. Ich bitte Sie!«

»Wer ist denn ›Wir‹, Herr Löhrer?«

»Die Spitzen der Gesellschaft, Frau Conti, ein Kreis, zu dem Frauen keinen Zutritt haben. Der *Klub Abend-land Aachen* natürlich und weitere herausragende Per-sönlichkeiten.« Er lehnte sich zurück, sprach pastoral, ernst, als trage er die Last der Stadt Aachen auf seinen Schultern.

»Was Sie alles wissen.« Conti lockte ihn aus der Reserve.

»Natürlich, junge Frau.« Ferdi Löhrer war in seinem Element. »Wir hätten mit Fachleuten die Verwaltungsspitze gebildet: Rektor, Präsident IHK, Präsident Vereinigte Unternehmerverbände, Präsident Handwerkskammer, Dompropst und so weiter. Endlich wieder Fachleute am Ruder der Stadt und nicht diese abgebrochenen Studenten und Sozialpädagogen, die keine müde Mark selbst verdienen oder je verdienen werden.«

»Euro, Herr Löhrer.«

»Auch egal! Aus Unternehmergeist ist der Wohlstand der Stadt entstanden, nicht aus dem Schlaf der Beamten. Merken Sie sich das! Aber das ist alles für die Katz! Wir müssen uns heute schützen. Die Nestbeschmutzer gehen um. Alles wird hinterfragt. Mein Großvater war in Togo und Windhuk. Er trug das Ehrenkleid. Pardon wird nicht gegeben, so hieß die Parole des Kaisers! Was sollte er denn machen? Mit Kokosnüssen schmeißen? Nein, nein, Frau Conti. Es kann nicht alles Unrecht gewesen sein. Sie müssen die Dinge aus der Zeit heraus verstehen. – Nun greifen Sie schon zu bei den Salzstangen, Frau Kommissar.«

Die Salzstangen nahmen mehr und mehr den Zustand von Gummi an, das Wasser perlte müde vor sich hin, und die Zitronenscheiben in der Karaffe taumelten wie betrunken durch das fast köchelnde Mineralwasser. Die Hitze im Wintergarten wurde unerträglich, fast so wie seine Ausführungen. Was ist schlimmer, fragte sich Conti. Er oder die Temperatur?

Löhrer setzte wieder zur Lage der Nation an: »Alles läuft falsch, Frau Kommissar. Nun haben wir eine grüne Oberbürgermeisterin, und jeder Buchsbaum ist wichtiger als die Erweiterung von Firmengelände. Ich pflanze hier in meinem Anwesen stante pedes 50 neue Eichenbäume, damit die Firma meines Freundes Heinrich Fritschen erweitern kann. Das zählt nicht. Das zählt nicht, Frau Conti! Und wenn es nicht der Buchsbaum ist, dann ist es eine südamerikanische Spatzenart, deren Nest auf einer Pappel entdeckt wurde. Frau Conti, wir sind ein Industrieland, eine Stadt der Industrie, wir sind nicht in Polynesien oder die Eingeborenen von Trizonesien.«

31

DES KLEINEN MANNES
SONNENSCHEIN

Ferdi Löhrer atmete schwer, schaute den Kopf eines Keilers an, den sein Vater vor 70 Jahren geschossen hatte oder sein Urgroßvater bei Windhuk im Busch. Dann fuhr er leicht erhitzt fort.

»Früher war alles besser. Früher, da gab es keine Frauen bei der Polizei. Frauen waren gut im Büro. Aber heute, heute sind sie als weißer Mann nichts, nichts, Frau Conti! Nichts zählt mehr. Alles ist ein Verbrechen. Wir sind von Schuld beladen. Dabei haben wir die Karre aus dem Dreck gezogen, wir haben die Schornsteine qualmen lassen, wir haben Arbeitsplätze geschaffen. Wer hat denn der RWTH Aachen das meiste Geld gespendet? Die Industrie, die Wirtschaft! Immer sind wir die Bösewichter, die Schlimmen, die Ausbeuter, die Kapitalisten. Zeigen Sie mir ein System, das besser ist. Zeigen Sie es mir. Kuba? Nordkorea? China? Venezuela? Nicaragua? Ich habe Enkelkinder, die gehen auf ein englisches Internat. Ich war auf dem Kaiser-Karls-Gymnasium. Meine Schwiegertochter meinte, das Internat sei besser. Dort lernen die bestimmt schon Chinesisch. Alles Quatsch, alles Käse! Nichts funktioniert. Auch nicht die Fußballnationalmannschaft. Sepp Herberger, Helmut Schön und von mir aus der Beckenbauer, das waren Trainer. Nicht dieser kuschelige Löw mit seinem Genuschel. Und für die Masse, die Schwarmintelligenz wie man sie heute nennt, gilt seit den alten Römern: des kleinen Mannes Sonnenschein? Vögeln und besoffen sein.«

Ferdi Löhrer lebte in einer anderen Zeit, irgendwo zwischen Wirtschaftswunder und Studentenrevolution, zwischen Schwarzwaldmädel und Rudi Dutschke. Ferdi Löhrer verkörperte einen Statthalter der bestehenden Verhältnisse. Vermutlich glaubte er, dass die DDR noch existiere und Breschnew weiter im Kreml residiere. Andererseits tauchten aktuelle Themen in seiner Brandrede zur Lage der Gesellschaft auf. Conti hoffte inständig, dass keine Käseplatte mit Trauben gereicht würde.

»Es ging um Zwangsarbeiter«, sagte sie, als Ferdi Löhrer drei Salzstangen und sein Wasserglas ergriff.

»Sie wissen ja alles. Warum behelligen Sie mich? Ich muss gleich zur Physiotherapie und danach in die Soers. Reitturnier 2021, Präsidiumssitzung, Sie verstehen? Oder auch nicht.«

»Pferde sind Ihnen die besseren Freunde. Sie wollten keine Entschädigung zahlen an die Zwangsarbeiter, die Ihr Vater während des Zweiten Weltkriegs beschäftigt hatte?«

»Zu kompliziert, Frau Kommissarin. Verstehen Sie nicht. Sie waren nicht geboren. Sie haben das alles nicht erlebt. Aber so war es. Die Firma hatte gute Gründe. Dieudonne hat den Prozess gewonnen. Ende.«

»Der Prozess hat viel Aufsehen erregt.«

»Na und. Alles vergessen. Wenn es gegen Unternehmer geht, haben Sie den Mob immer gegen sich.«

»Viele der Zwangsarbeiter leiden noch heute, sind krank, traumatisiert und leben in bitterer Armut.«

»Das war Schicksal, das waren die Nazis. Mein Vater musste Zwangsarbeiter beschäftigen. Soll der Staat sie doch entschädigen. Das war und ist meine Haltung. Was hätte er machen sollen, die Produktion stilllegen? Das wäre Sabotage gewesen. Er wäre vor den Volksgerichtshof gekommen. Die Zwangsarbeiter hatten es gut bei uns.«

»Arbeit macht frei, oder was?«

»Genug, genug. Es reicht!«

»Dieudonne hat mit Ihren Argumenten verteidigt?«

»Ja.«

»Sie hatten danach nie mehr Kontakt zu Dieudonne?«

»Nein!« Die Antwort kam zu schnell und zu laut.

»Kannten Sie Andor Heines?«

»Ja.« Ferdi Löhrer ärgerte sich. Warum hatte er das so schnell zugegeben? Aber den Heines kannte eh jeder.

»Woher?«

»Der Fotograf. Den kennt jeder. Was ist mit dem?«

»Ich stelle die Fragen. Woher kannten Sie ihn?«

»Ist das ein Verhör?«

»Routine.«

»Der Heines hat die Fotos gemacht. In der Soers, beim Reitturnier. Er war offizieller Fotograf. Tolle Aufnahmen. Da hinten stehen zwei auf der Anrichte. Ich und Totilas, das Wunderpferd.«

»Wann haben Sie ihn zuletzt gesehen?«

»Totilas? Keine Ahnung. Was ist denn mit dem los?«

»Auch ermordet.«

»Totilas?« Löhrer schrie auf. Er hatte vergessen, dass das Wunderpferd bereits 2020 gestorben war.

»Nein, Andor Heines, der Fotograf.«

»Ach, zum Glück. Nur der Fotograf.« Löhrer sackte in sich zusammen und schaute auf das Bild mit dem Hengst. »Sehen Sie, sehen Sie. Das kommt davon. Das kommt von der Verrohung der Gesellschaft. Keine Formen mehr, kein Benehmen, kein Anstand.«

»Das sagt jemand, der den Zwangsarbeitern keine Entschädigung zahlen will.« Conti stand auf. Sie hielt weder Löhrer noch die Hitze, die Salzstangen, das kochende Wasser, die Keilerköpfe an der Wand aus.

»Kann sein, dass Sie Ihre Aussage im Präsidium wiederholen müssen. Grüßen Sie Totilas im Pferdehimmel von mir. Auf Wiedersehen, Herr Löhrer.«

Ferdi Löhrer stand der Mund offen. Er kam nicht schnell genug aus seinem englischen Ledersessel, dessen Leder im Wintergarten glühte wie eine Herdplatte auf Stufe zehn. Er verstand nicht, was Conti gemeint hatte, aber Frauen in der Polizei waren ihm eh nicht geheuer. Diese verdammte Emanzipation, dieser verdammte Dieudonne und dann dieser Heines, der alles knipste, einfach alles, dieser Drecksack. Und jetzt der Itaker.

»Betty, die grüne Pille! Und den Wagen!«

Löhrer hörte, wie Conti das Haus verließ, und griff zum Hörer des alten Telefonapparates.

»Ja?«

»Löhrer hier. Ich hatte Besuch von einer Kommissarin. Wegen Dieudonne und Heines.«

»Keine Sorge. Haben wir im Griff. Überweisen Sie pünktlich.« Das Gespräch wurde beendet. Am anderen Ende der Leitung packte Oscar Rizzo ein Prepaidhandy in seinen Kabinenkoffer für die Reise nach Tropea.

Löhrer legte auf, wackelte zum Ledersessel, Betty kam mit der grünen Pille. Er trank ein Glas Wasser. Die Salzstangen standen verloren in der Hitze. Totilas, da war doch was, dachte er.

32
ERZÄHLEN IN OSTENDE

Der Wind wehte landeinwärts, Möwen flogen krächzend im Tiefflug entlang des Strands; in der Luft ein Geruch von Salzwasser, Seetang und Tod. Ostende starb nicht, Ostende konnte nicht sterben, Ostende erfand sich immer wieder neu. Riesige Wandgemälde fingen den Blick des Betrachters ein, lenkten ab von Krabbenbrötchen, Frittenbuden, Döner, Spielhöllen und Ein-Euro-Läden. Street-Art-Künstler hatten Ostende entdeckt, die Stadt machte ein Festival daraus. Zahllose junge Menschen strömten in die Stadt, um die monumentalen Wandgemälde zu bestaunen und millionenfach zu fotografieren. So gingen Selfies und Bilder über *Facebook*, *Instagram* und *Snapchat* um die Welt. Ostende lebte.

Am Strand wankten die ersten Tagestouristen durch den Sand, sammelten Muscheln, steckten die Füße ins salzige Wasser, bestaunten Fähren und Tanker, Containerschiffe und Segeljachten, Dickschiffe und Krabbenkutter, die verspätet heimkehrten. Der imposante Bahnhof am Hafen spuckte Reisende aus, dort, wo einst der Ostende-Wien-Express hielt, ein bequemer D-Zug, der die Nordsee mit der Donau verband, eine Nabelschnur von der Nordseeküste ins Mitteleuropa mit passenden Anschlüssen nach Budapest. Kleine Segelboote strebten ins Meer, die meisten Krabbenkutter dösten an ihren Stammplätzen.

In der Vlaanderenstraat, nur wenige Schritte vom James-Ensor-Museum entfernt, wohnte Simone de Deyne. Chantal Kalumba stand mit Inspektor Reynders und zwei Gendarmen am Freitagmorgen vor ihrer Wohnungstür und hielt den Klingelknopf gedrückt.

»Gendarmerie Fédérale, öffnen Sie, Frau de Deyne.«

Simone de Deyne lag in den Armen von Robert, dem Seefahrer, dem Krabbenfischer, der am Wochenende Führungen durch das James-Ensor-Museum anbot, denn er mochte Ensor, zog ihn Magritte vor. Das Museum war noch geschlossen: Corona.

»Ich kann die wegpusten, wenn du möchtest, Chérie? Mit meinen Fäusten, nicht mit einer Knarre«, flüsterte Robert mit rauchiger Stimme in ihr Ohr, während er sie sanft umarmte und an sich zog.

»Ach, Robert, spar deine Kräfte für die Krabben und mich. Es sind bestimmt die alten Geschichten aus Deutschland. Keine Sorge. Ich mach das.« Sie entzog sich wie eine Schlange seiner Umarmung, nahm den roten Seidenmorgenmantel, ging zum Spiegel, sah ihr Gesicht voller Lebensspuren, Lachfältchen, blonde Haare, die wie ein Pony fielen, die Figur einer Dreißigjährigen und die Lebenserfahrung einer Endfünfzigerin.

Energisch pochte Chantal Kalumba. Robert zog seine Boxershorts an, ein weißes T-Shirt mit der Aufschrift »Ostende Never Ends«, eine Bluejeans. Er wollte zu seinem Boot. Daran gab es immer etwas zu reparieren. Er überlegte, ob er in der Sommersaison Touristen mitnehmen sollte auf seinem Küstenkrabbenkutter namens

Simone. Er griff zu einer Packung Zigaretten, klopfte eine raus, zündete sie mit seinem *Zippo* an.

»Ich komme ja. Sie beschädigen noch die Tür. Merde«, fluchte Simone. »Salut, Robert. Wir telefonieren.« Sie gab ihm auf jede Wange einen Kuss, streichelte seine gerötete Seefahrernase, öffnete die Tür. »Lassen Sie meinen Mann zur Arbeit, wenn Sie schon zu dieser unchristlichen Zeit so einen Lärm machen.«

Robert musterte Chantal Kalumba, die seine Größe hatte und wie Naomi Campbell vor ihm stand. Inspektor Reynders blickte Robert griesgrämig an, machte unwillig Platz, die beiden Gendarmen aus Ostende lehnten im Flur an der Wand.

»Da freut sich der Steuerzahler«, brummte Robert und blies den Rauch ins Treppenhaus. »Vier Mann für Simone. Immerhin wissen Sie, was sich gehört. Kleine Eskorte. Bonjour.« Robert und Simone liebten die französische Sprache und die belgische Küche. Er blickte im Flur noch einmal zu ihr und zu Chantal, die dem Seebären einen neugierigen Blick hinterherwarf. Er erinnerte sie an Jean Reno, nur etwas grauer.

»Können wir reinkommen?«

»Alle vier? Muss das sein? Flüchten möchte ich nicht und aufgeräumt ist noch nicht.«

»Nicht nötig. Die Kollegen können im Dienstwagen warten.« Chantal nickte den beiden zu.

Gelangweilt tippten die Gendarmen an ihr Käppi und verschwanden.

»Sie sind nicht aus Ostende?« Simone ging vor in den Wohnraum, der großzügig geschnitten war, Bücherregale, einige Skulpturen im Regal und ein großer Bildband über James Ensor auf dem Sofa. Eine Flasche Rotwein, zwei Gläser, ein Aschenbecher, Krümel von Baguette auf dem Tisch.

»Wir kommen aus Lüttich zu Ihnen, Frau de Deyne.«

»Lüttich, ich liebe diese Stadt. Leider nicht am Meer, wenigstens mit Fluss. Bitte, setzen Sie sich. Warum dieser Aufwand?«

»Sie arbeiteten für Jean Dieudonne?«

»Ja, was ist daran schlimm?«

»Ich stelle die Fragen. Wann haben Sie ihn zuletzt gesehen?«

»Ist das ein Verhör?«

»Ja. Möchten Sie mitkommen?«

Simone de Deyne zögerte einen Moment, blickte aus dem Fenster, sah die Möwen durch die Luft stoßen, drehte sich um, wies auf die Sessel und setzte sich aufs Sofa.

»Vielleicht fünf oder sechs Jahre her. Er kam für einen Tag nach Ostende. Wir haben Krabbenbrötchen gegessen.«

»Wo waren Sie Sonntag vor einer Woche am Vormittag?«

»Mit Robert im Bett. Jeden Sonntagvormittag. Bis Mittag.«

»Kennen Sie Monsieur Dieuprend und Meneer van God?«

»Nein, wer sind die Herren?«

»Überlegen Sie genau.«

»Ich kenne sie nicht!«

»Oscar Rizzo. Kennen Sie den?«

»Wer ist das? Ein Fußballspieler?«

»Wir haben keine Zeit für Scherze. Es geht um Leben und Tod, Frau de Deyne.«

»Was wissen Sie über Dieudonne und ein Waisenhaus in Thailand?«

»Dieudonne hat da irgendwie geholfen. Mehr weiß ich nicht, war seine Privatsache.« Sie rutschte nervös hin und her.

»Gab es besondere Fälle, die er bearbeitete?«

»Was ist denn los?«

»Dieudonne wurde letzten Sonntag ermordet.« Reynders sprach mit dunkler Stimme. »Haben Sie vielleicht einen Kaffee?«

»Ermordet?« Simone de Deyne zuckte zusammen. Sie war irritiert und verlegen.

»Das wussten Sie doch.« Chantal Kalumba erzeugte Druck.

»Nichts wusste ich. Kaffee? Ja, Kaffee. Kommt.« Sie ging in die Küche und dachte nach. Woran dachte Simone de Deyne? An die vielen schrecklichen Klienten von Dieudonne? An die Skandalfälle, die er übernommen hatte? Sie kochte Wasser, nahm das Glas mit *Nescafé* aus dem Schrank, füllte zwei Löffel in die Tasse mit der Aufschrift »Ostende mon amour« und kehrte zurück zu Kalumba und Reynders.

»Milch, Zucker?«

»Schwarz.«

»Ermitteln Sie für die deutsche Polizei?«

»Wie kommen Sie darauf?« Kalumba fragte kurz angebunden. Reynders nahm den Kaffee. Eine Möwe saß auf der Fensterbank und blickte aggressiv zu den drei Personen im Zimmer, pickte gegen die Scheibe des Fensters.

»Dieudonne wohnte in Aachen. Sie kommen aus Lüttich.«

»Er könnte in Belgien ermordet worden sein. Oder wir haben ein Rechtshilfegesuch.«

»Theoretisch«, sagte Simone de Deyne und fuhr sich durch die Haare. Der Rock öffnete sich einen Spalt, ihre schlanken Beine wurden sichtbar, und Inspektor Reynders verschluckte sich.

»Heiß, sehr heiß Ihr Kaffee.«

»Sie haben geerbt oder wovon leben Sie?« Chantal Kalumba blieb an ihr dran.

»Hören Sie, Frau Kommissarin, ich habe über 25 Jahre mit Dieudonne gearbeitet. Er hat sehr gut bezahlt. Als er die Kanzlei schloss, wurden Brunel und ich großzügig abgefunden. Das reicht aus für ein bescheidenes Leben. Dazu die Krabben von Robert.« Sie lächelte, als sie den Namen Robert erwähnte. »Ich habe gut verdient, gespart, Robert verdient Geld, ich helfe in einer Kanzlei hier in Ostende aus und verdiene etwas hinzu. Das Kapitel Dieudonne und Aachen ist geschlossen. Fermé. Complètement fermé. Absolut beendet.«

»Was machten Andor Heines und Dieudonne zusammen?« Fett hatte Chantal gebeten, diese Frage zu stellen.

»Der Fotograf? Der tauchte oft im Gericht auf, machte Fotos von den Angeklagten. Das war, kurz bevor die Kanzlei offiziell geschlossen wurde. Manchmal kam er direkt zu Dieudonne. Mehr weiß ich nicht. Ich habe nicht mit ihm gesprochen.«

Da war sie: die Verbindung. Chantals Frage war so einfach – und die Antwort war so einfach. Andor Heines hatte Dieudonne gekannt. Andor Heines hatte Oscar Rizzo gekannt. Es gab sie, die Verbindung, von der Fett und Conti in Aachen noch nichts ahnten. In Ostende an der Küste tauchte das fehlende Puzzlestück auf.

»Gab es Fälle, bei denen Dieudonne im Streit mit seinem Mandanten auseinanderging?«

»Nein. Dieudonne war gut als Anwalt. Er paukte alle raus.«

»Wollen Sie nicht wissen, wie er umgekommen ist?«

»Sie sagen es mir sowieso.«

»Er wurde in seiner Wohnung erschlagen.«

»Lagen die Papierkügelchen rum?«

»Was meinen Sie, Frau de Deyne?«

»Er hatte einen ätzenden Tick. Kaute dauernd auf Papiertaschentüchern rum und spuckte die Kügelchen in irgendwelche Ecken.«

»Haben Sie ihn darauf angesprochen?«

»Einmal.«

»Und?«

»Er sagte, das habe er gemacht, weil er als Kind Angst hatte, riesige Angst. Deshalb habe er angefangen, auf Toiletten- und Zeitungspapier zu kauen. Er sagte das so ernst, dass ich nie mehr gefragt habe. Ich glaube, dass es stimmte.«

»Wissen Sie irgendetwas über seine Herkunft, seine Familie?«

»Nichts. Das war ein Tabu.« Simone de Deyne war wieder in der anderen Welt, in der Welt, in der sie so viele Jahre gelebt und gearbeitet hatte. In der Welt der Anwaltskanzlei von Johannes Dieudonne, der eigentlich Jean Dieudonne hieß, der fließend Französisch sprach, verschlossen war, sie gut bezahlte, sie sehr gut bezahlt hatte und der nun tot war. Sie sehnte sich nach Robert, wollte von ihm in den Arm genommen werden. In seinen Armen, auf dem Kutter, konnte sie alles vergessen, diese unsäglichen Prozesse, diese unsäglichen Klienten, die Dieudonne verteidigte und die er selbst hasste. Sie hatte oft erlebt, dass er mit Verachtung über seine Klienten sprach. Aber er verteidigte sie mit Erfolg.

»Wissen Sie, wo Brunel lebt?«

»Nein. Doch. Bordeaux, aber er wollte raus aus Europa, glaube ich. Keinen Kontakt mehr. Ich brauche ein Glas Wasser.« Sie stand wieder auf, ging in die Küche, griff zu einer Packung Aspirin, nahm zwei Tabletten gegen die aufkommenden Kopfschmerzen.

Reynders stellte die Tasse auf den Tisch. Er schaute zu Chantal Kalumba, die zur Möwe auf der Fensterbank blickte.

»Warum haben Sie nicht mit den deutschen Kollegen gesprochen, sondern den Hörer aufgelegt?«, fragte Chantal, als Simone de Deyne mit dem Glas Wasser aus der Küche kam.

»Ich lebe ein neues Leben. Kein Bedarf an Vergangenheit.«

»Sie wussten nicht, worum es ging.«

»Deutschland ist vorbei. Für immer. Ich habe zu viele Akten gesehen.«

»Welche Akten?«

»Anwaltsgeheimnis. Aber egal. Es waren Schweinereien. Na ja, auch ein paar große Schweinereien. Babylon Aachen, auch das gibt es. Sie können alles nachschlagen in den Prozessakten. Die feinen Leute aus dem Südviertel und vom Lousberg oder die, die direkt hinter der Grenze in Belgien wohnen, die sind nicht besser als der Rest der Welt. Schmutzige Geschichten: Huren, Strichjungen, Minderjährige, Tierquälerei, Kokain, volltrunken am Steuer, Steuerhinterziehung, Schwarzgeldkonten in Luxemburg oder in Panama. Alles, was Sie sich an Dreck vorstellen können. Enterbungen, uneheliche Kinder, schwangere Dienstmädchen, erschossene Hunde des Nachbarn. Einfach alles. Die Stützen der Gesellschaft. Ich lach mich tot. Dieudonne hat sie rausgehauen und das Anwaltshonorar kassiert. Er hat richtig gut kassiert. Weil er verschwiegen war.«

»Nun schweigt er für immer. Und wir suchen den, der das gemacht hat. Hatte Dieudonne besondere Freunde, andere Anwälte?«

»Freunde? Nein. Früher, zu Beginn meiner Arbeit, da traf er sich in Aachen mit anderen Anwälten manchmal mittags im Bistro *Anvers.* Als die großen Mandanten kamen, fehlte ihm die Zeit dafür. Er ging einfach nicht mehr hin. Bonne chance, Frau Kommissarin. Ich weiß nicht mehr.« Sie trank das Glas Wasser zur Hälfte aus. Sie wirkte erschöpft und attraktiv zugleich.

»Merci, kann sein, dass wir noch Fragen haben. Bitte halten Sie sich zu unserer Verfügung.«

Chantal blickte sich um, Simone de Deyne stand auf, ihr roter Satinmorgenrock gab einen Blick auf ihren

Busen frei. Reynders konnte seine Augen nicht abwenden und stolperte über einen Zeitungsständer.

»Sie sind gut in Form, Frau de Deyne.« Chantal lächelte sie zum ersten Mal an.

»Danke. Das Meer, Frau Kommissarin, Robert und das Meer.«

Dort am Meer saß Robert auf einer Bank, wartete, bis ein Bistro oder Café öffnete, rauchte eine weitere Zigarette und dachte nach über das Leben, die Seefahrt und Simone, sein Glück.

33
MAISPOULARDE STATT LEBERKÄSE

Fett zögerte, ob er Conti über die Bedrohung von Kosslowskis Enkelin informieren sollte. Er blickte nachdenklich auf die Autowaschanlage, ging dann zur Toilette, ließ kaltes Wasser in seine Hände laufen und kühlte sein Gesicht. Er schaute in den Spiegel und sah den alten Kommissar mit den grauen Haaren, den blauen Augen, der großen Nase, den vollen Lippen, dem hüpfenden Adamsapfel, der fast an jedem Morgen beim Rasieren Blut lassen musste. War es ein Fehler gewesen vorzupreschen? Er riss Papierhandtücher aus dem Spender und fuhr sich durch das Gesicht. Sein Hemd war nass gespritzt, überall Wasserflecken. Er beschloss, Conti nicht einzuweihen.

Conti traf mit schlechter Laune im Kommissariat ein. Der Besuch bei Löhrer war ein Stimmungskiller. Sie musste den Ärger loswerden und berichtete Fett von dem Salzstangengespräch in der Wintergartenhölle. Fett war unaufmerksam.

»Hören Sie mir überhaupt zu oder denken Sie wieder an das Mittagessen?«

»Beides. Sorry. Essen geht auf meine Kappe.«

»Hab keinen Appetit.« Conti war der Hunger vergangen. Sie schrieb den Namen Ferdi Löhrer auf die Wand und *Klub Abendland Aachen.*

»Der feudalste Klub von Aachen. Nach Gutsherrenart, würde ich sagen. Elitär, abgehoben, auf sich bezogen, hochmütig. Zumindest mein Gesprächspartner. Heines hat die Mitglieder alle fotografiert.«

»Schließen Sie nicht von einer Person auf die anderen. Falsche Logik.«

»Danke für die Belehrung. Nun gehen Sie schon zur Maispoularde mit Kroketten und Erbsen. Ich sehe Ihnen den Hunger an.« Sie setzte sich an ihren Schreibtisch und startete eine Suchanfrage zu Andor Heines. Erstaunlich, wen er alles abgelichtet hatte.

Fett stand in der Schlange der Essensausgabe und

schwankte zwischen Maispoularde mit Reis und Leberkäse mit Bratkartoffeln und Spiegelei. Er blieb bei der Maispoularde und fand einen freien Platz mit Blick auf die Trierer Straße.

»Mahlzeit. Noch frei?« Kollege Frank Albrecht von der Organisierten Kriminalität setzte sich mit seinem Leberkästeller an Fetts Tisch.

»Sind Sie weiter an Rizzo dran?«, fragte Albrecht, ein Stück Leberkäse auf der Gabel balancierend.

»Ja. Schickt Sembritzki Sie?«

»Nein. Sembritzki lässt die Leine zu lang. Der Rizzo tanzt uns auf der Nase herum. Gut, dass Sie ihn wachgeküsst haben.«

»Ach ja. Wie meinen Sie das, Herr Kollege?«

»Der Rizzo war immer im Lokal, wenn Heines seine Nudeln dort gegessen hat. Wir haben den Laden wochenlang beobachtet.«

»Haben Sie auch Heines observiert?«

»Wollte Sembritzki nicht. Sei nicht wichtig.«

»Ohne Angabe von Gründen?«

»Genau.« Albrecht schaute sich um, trank einen Schluck Mineralwasser.

»Der Heines hielt sich gern auf, wo die feine Gesellschaft war. Und der fotografierte ohne Ende. Bei der Beerdigung von Josef Crott, wo auch Rizzo auftauchte, hat Heines dauernd auf den Auslöser gedrückt. Die Fotos in der Zeitung waren jedoch von den anderen Fotografen. Merkwürdig. Ich muss rüber zu den Kollegen von meiner Inspektion. Sembritzki kommt gleich. Passen Sie auf, Kollege. Mahlzeit.«

»Mahlzeit und merci«, sagte Fett und nahm einen Schluck *Coke light.*

Die Information von Albrecht deckte sich mit dem, was Conti ihm bei seiner Rückkehr ins Büro berichtete.

»Kollegin Unsleber war hier. Die haben einen Teil des Fotoarchivs von Heines ausgewertet. Sie mögen es kurz: Heines hat vor allem Personen aufgenommen, die, na sagen wir mal, kurz davor waren, eine Peinlichkeit zu begehen. Das richtig Spannende ist nicht dabei.«

»Konkret, Frau Conti!«

»Jedes Jahr reiste eine hochrangige Delegation nach München zur *Expo Real*, der Immobilienmesse und nach Cannes zu einer weiteren Immobilienmesse oder nach Berlin zur Tourismusbörse. Abends wurde gefeiert. Mal hier, mal dort. Mal Feinkost Käfer, mal P 1, mal Table Dance, mal Biergarten, mal Strand in Cannes, mal Berghain, dieser Bunker mit Darkrooms in Berlin. Mancher hat dort nicht nur die Krawatte ausgezogen. Es gibt ein paar Bilder, auf denen einige Reisende ganz schön durch den Wind sind. Lederhose runter und Brezel am Schniedel.«

»Macht man das nicht so in Bayern?«

»Kann sein, Sie haben da bestimmt mehr Erfahrung, aber auf der Titelseite der *Aachener Nachrichten* oder im Internet möchten Sie so ein Foto von sich nicht sehen. Oder denken Sie an das Reitturnier. Bei den After-Show-Partys geht es nicht mehr um den fehlerfreien Durchgang der Pferde. Geritten wird da auch, eher im Stall oder hinter den Tribünen.«

»Sie vermuten, Andor Heines hat mit den Fotos einen Nebenverdienst gehabt?«

»Könnte sein.«

»Das heißt, Andor Heines machte möglicherweise kompromittierende Fotos von Schönen und Reichen. Er setzte sie unter Druck, erpresste sie und sammelte genug Geld ein, um im *Fellini* zu verkehren.« Fett schaute sie fragend an.

»Da stimmt was nicht. Warum latschte der ins *Fellini*? Trieb er dort die Knete ein, erpresste er die Kunden oder fütterte er Onkel Rizzo mit Material? Der erpresste dann die feinen Leute, kassierte das Geld und Andor erhielt seinen Anteil und kostenlose Tortellini. So könnte es gewesen sein.«

»Gute Theorie, Frau Conti.«

»Dieudonnes letzter Fall, dieser Abendland-Löhrer, der hat Fotos auf dem Kaminsims unter dem Keilerkopf mit sich und dem Wunderpferd. Die Fotos sind von Andor. Der war einfach überall mit seiner Kamera.«

»Wir brauchen handfeste Beweise, Frau Conti. Laden Sie Anja Hübinger ein! Sie macht uns was vor.«

34
FRAU HÜBINGER UND DAS
SCHWARZGELD

»Ich habe Ihnen alles gesagt«, beteuerte Anja Hübinger, als sie am Nachmittag im Büro von Fett und Conti saß. »Ich will ihn endlich beerdigen. So geht das nicht, Herr Kommissar. Andor ist vergangenen Sonntag erschossen worden. Seit über einer Woche erfahre ich nichts. Sie räumen sein Studio aus. Sie verhören mich. Glauben Sie, ich hätte ihn ermordet?«

»Das Glauben überlassen wir mal schön dem Domkapitel und der Europäischen Stiftung Aachener Dom.«

»Für die hat er auch gearbeitet.«

»Andor Heines hat für die Stiftung gearbeitet?«

»Für jeden, der gut bezahlte. Die Stiftung hat viel Geld. Er kehrte immer mit Weihrauchgeruch in den Klamotten zurück. Die gingen auf Exerzitien nach Kloster Steinfeld und nach Maria Laach. Da fuhr er mit und fotografierte die Diskussionen.«

»Was noch?«

»Wie, was noch?«

»Frau Hübinger, was hat er außerdem fotografiert?«

»Meinen Sie, er habe mir alle Bilder gezeigt? Was denken Sie denn? Quatsch.«

»Woher kam das Geld in den letzten Wochen?«

»Er arbeitete ab und an ohne Rechnung.« Das sprach sie etwas leiser aus.

»Schwarzgeld.«

»Handgeld. Schnelles Geld. Was sollte er denn machen? Die Rente hätte nie gereicht.«

»Ist Ihnen nichts aufgefallen bei seinen Kunden?«

Anja Hübinger ahnte, dass die Polizei Andors Masche entdeckt hatte. Sie wollte sich nicht in die Scheiße reinziehen lassen. Was sollte sie tun? Einen Anwalt hatte sie nicht. Andor hatte manchmal von diesem Dieu, wie hieß er noch, ach ja, Dieudonne, so hieß er, gesprochen.

»Bitte rufen Sie den Anwalt Dieudonne an, er soll meine Vertretung übernehmen.«

»Herrn Dieudonne?« Conti schaute ihr lange in die Augen.

»Ja, Herrn Dieudonne. Andor kannte ihn und hielt große Stücke auf ihn.«

»Haben Sie ihn einmal getroffen?« Fett wollte die Nachricht von der Ermordung Dieudonnes so lange wie möglich rauszögern. Anscheinend hatte Anja Hübinger nichts von dessen Tod erfahren.

»Einmal, da habe ich Andor an der Tür abgeholt. Andor hatte sich den Fuß verstaucht bei einem Auftrag für RWE. Er war in Hambach bei den Demonstrationen und wurde von den Waldbesetzern gejagt. Da ist er hingeschlagen. Darum konnte er nicht allein zu Dieudonne. Ich habe ihn gefahren und den Anwalt nur kurz gesehen«

»Was wissen Sie sonst über Dieudonne?«

»Nichts. Kann er mich nun verteidigen oder nicht?«

»Dieudonne wurde ermordet.«

»Ach«, Anja Hübinger war verwirrt. »Wer war das?«

»Sie könnten uns helfen, wenn Sie endlich alles sagen würden.« Fett blieb ruhig.

»Mehr weiß ich wirklich nicht. Andor wollte nicht, dass ich mehr weiß.«

»Wovon mehr weiß?«

»Keine Ahnung, wirklich nicht.«

»War Dieudonne mit Andor im *Fellini*?« Conti stellte die Frage.

»Ich weiß nicht mehr.«

»Wo könnte Andor Dateien versteckt haben? Wäre eine Lebensversicherung für Sie.«

»Nein. Warum?«

»Andor hat vermutlich Fotos gemacht, mit denen Leute erpresst wurden.«

»Das glaube ich nicht.«

»Wir möchten seinen Mörder finden, Frau Hübinger. Darum verfolgen wir alle Spuren. Sie können gehen. Wenn Ihnen noch etwas einfällt, melden Sie sich. Wir kümmern uns darum, dass die Beerdigung rasch stattfinden kann.«

Sie hatte ihren Gefährten verloren. Fett wollte den Schmerz nicht vergrößern. Anja Hübinger war auch ein Opfer und wusste nicht alles. Davon war Fett überzeugt.

35

ASCHE AM KREUZ DER VERLOBTEN

Dienstag und Mittwoch verliefen ruhig. Das Wetter wirkte unentschlossen, kein richtiger Sommer, bewölkter Himmel, ab und an ein Regenschauer. Chantal Kalumba rief Fett an, bestätigte den Kontakt zwischen Andor Heines und Dieudonne, berichtete über die Fälle aus der besseren Gesellschaft, ansonsten mauere die gute Simone de Deyne. Meneer van God habe sie in Ostende nicht getroffen.

Ab Donnerstag änderte sich das Wetter, der Juni stand vor der Tür. Auf die Tiefdruckgebiete folgten Hochdruckgebiete, die Wetterfrauen und -männer frohlockten, die Moderatoren versuchten, spaßig zu sein und erschienen in kurzärmeligen Hemden vor der Kamera. Der »Liebestöter« der 70er-Jahre tauchte im Straßenbild auf: die Caprihose. Dreiviertel lang, schlabberig, die Füße steckten in Badelatschen, Sandalen oder Sportschuhimitaten, mitgebracht vom letzten Urlaub an irgendeiner Mittelmeerküste.

Der Kommunalwahlsieg der Grünen im Herbst 2020 und die guten Prognosen der Spitzenkandidatin für die Bundestagswahl im Herbst 2021 motivierte viele Frauen aus der alternativen Szene, endlich wieder Batikröcke oder umgenähte Tischdecken und Vorhänge als Kleidung in der Öffentlichkeit zu tragen. Der diversen Vielfalt waren geschmacklich keine Grenzen gesetzt. Ästhetisch war es nicht mal eine Grenzwanderung oder Grenzerfahrung, schlichtweg eine Grenzüberschreitung, männlicherseits mit der erwähnten Caprihose beantwortet. Das verhieß für den aufkommenden Sommer nicht unbedingt Augenfreude, sondern Bekenntniskleidung, Haltung zeigen, Betroffenheit und Achtsamkeit artikulieren, stets auf der richtigen Seite stehen, schön formlos bleiben. Immer mehr junge Männer trugen einen Dutt, manche liefen in rockähnlichen Beinkleidern durch die Stadt. Im Kommissariat dominierten karierte Hemden bei den Kollegen in Zivilkleidung. Manche Muster erinnerten an die Testbilder aus der Frühzeit des Fernsehens. Fett wunderte sich über die Bekleidungseskapaden im Kommissariat, nur Conti blieb stilsicher, auch im Sommer, auch bei über 30 Grad. Das verband sie mit Chantal Kalumba, die lange Zeit nichts mehr von sich hatte hören lassen, aber Fett war sicher, dass sie den Aachener Fall im Blick hatte.

Die Beerdigung von Dieudonne hatte den testamentarischen Verfügungen entsprechend stattgefunden. Er wurde eingeäschert, seine Asche im Hohen Venn verstreut. Dieudonne flog an einem wolkenverhangenen Tag im Juni 2021 als grauer Staub über die Hochebene. Manches Ascheteilchen mag in ein Rinnsal gelangt sein, das wiederum in einem Bächlein mündete, dieses floss zur Rur und mit der Rur in Richtung Roermond, wo die Rur in die Maas mündete. Irgendwann erreichten die aufgelösten Ascheparatikel die Nordsee.

Chantal Kalumba begleitete die Verstreuung der Asche. Dieuprend und Meneer van God waren außer dem Bestatter die einzigen Anwesenden. Die beiden Herren waren wie aus dem Nichts im Venn aufgetaucht. Chantal Kalumba und Inspektor Reynders beobachteten sie, getarnt als Wanderer und ausgerüstet mit Gummistiefeln und Poncho, denn der Wetterbericht hatte für das Venn an diesem Tag Niederschlag und tief hängende Wolken angekündigt. Scharf pfiff der Wind aus Richtung Westen, wenige Krähen taumelten wie betrunken in der Luft. Kalumba hakte sich bei Reynders unter, was ihn überraschte und nicht lange gut ging. Zerbrochene Latten der Holzstege zwangen sie dazu, hintereinander zu gehen. Links und rechts vom Steg gluckste das Moor, der Sumpf, die schwarzen Tümpel. Plötzlich rutschte Reynders aus, brach in ein Loch des Stegs, Chantal konnte ihn im letzten Moment auffangen, sonst wäre er mit dem rechten Bein im Tümpel versunken. Einen Fluch unterdrückte er, dankte Chantal mit einem Kopfnicken, dann wanderten sie weiter, stets auf Abstand zum Trauerzug bedacht.

Die kleine Prozession wanderte in Richtung *Kreuz der Verlobten*. So hatte es Dieudonne testamentarisch festgelegt. Der Bestatter, in Schwarz gekleidet, trug Gummistiefel zum Anzug und einen Zylinder. Mit weißen Handschuhen balancierte er die glänzende Urne über die Holzstege in Richtung Erinnerungsort für die im Schneesturm gestorbenen Verlobten. Mehrfach konnte auch er sich gerade noch fangen, bevor er in einen sumpfigen Tümpel fiel oder in ein Loch des

Stegs trat. Sicher folgten ihm Dieuprend und Meneer van God, die ebenfalls schwarz gekleidet waren, allerdings keine Gummistiefel trugen. Die Wolken rauschten wie die Wilde Jagd von West nach Ost. Eine dunkle Front im Westen kündigte Regen an. Chantal und Reynders blickten durch ihre Ferngläser zu den drei Männern im Venn, denen etwas Unheimliches anhaftete. Wanderer mit schwachen Nerven hätten eine Herzattacke beim Anblick dieses düsteren Trios bekommen. Endlich erreichten sie das *Kreuz der Verlobten*. Der Bestatter hielt inne, prüfte die Windrichtung, damit niemand von Dieudonnes Asche bedeckt wurde. Dieuprend und Meneer van God nickten zustimmend. Der Bestatter öffnete die Urne und hielt sie mit der Öffnung nach unten in den Wind. Chantal und Reynders sahen, wie die Asche von Dieudonne verwirbelt wurde und alsbald im Venn zwischen Bulten und Schlenken in Wassertümpeln und im hohen Gras verschwand. Danach gingen Dieuprend und Meneer van God zurück. Der Bestatter folgte. Chantal bekam eine Gänsehaut, als die drei Männer auf dem Hintergrund der Regenfront nach *Baraque Michel* zurückkehrten. Dieuprend übergab dem Bestatter einen Umschlag. Sie verabschiedeten sich kurz voneinander, stiegen in ihre Autos und fuhren davon.

Chantal hatte nichts in der Hand, um gegen einen der beiden Trauergäste zu ermitteln. Dass die drei aus dem Waisenhaus weiterhin Kontakt gehalten hatten, war offensichtlich.

In Aachen erhielt Conti endlich Auskunft von der Deutschen Botschaft in Bangkok über das Waisenhaus, das Dieudonne unterstützt hatte. Es sei ein tadellos geführtes Haus mit Waisenknaben, meist Opfern von europäischen Sextouristen. Das Personal stamme aus Thailand, die Finanzen seien in Ordnung, das pädagogische Konzept sei eine Mischung von Janus Korczak und Jesper Juul, falls das den Kommissaren etwas sage. Warum es nur Jungens seien? Dies sei bei der Gründung vor gut zehn Jahren so vertraglich festgehalten worden. Jungens könnten schneller auf die schiefe Bahn geraten. Männliche Waisen würden von den Banden bevorzugt rekrutiert. Einmal in deren Händen, sei kein Entkommen mehr möglich. Der zuständige Konsul in der Deutschen Botschaft namens Fritjof Steiner hatte Contis Fragen detailliert beantwortet.

»Ein guter Mensch?«, murmelte Conti.

»Was?« Fett steckte fest, versuchte, die Gedanken zu sortieren und hatte noch immer keinen Anwohnerparkausweis für den alten Peugeot 404, den er Contis Nachbar abgekauft hatte.

»Dieudonne. Das Waisenhaus, zu dem er regelmäßig geflogen ist, saubere Sache. Keine Beschwerden, keine Pädophilie, kein Verkauf von Kindern.«

»Waren die beiden anderen dort?«

»Keine Aussage darüber.«

»Was schreibt er zu den Finanzen, zu den Spenden?«

»Dieudonne war ein Wohltäter. Jedes Jahr eine sechsstellige Summe. Er finanzierte das komplette Personal und die Lehrer, die die Jungen im Waisenhaus unterrichteten. Quasi eine Privatschule.«

»Da war nichts mit Pädophilie?«

»So wie es aussieht. Ach, noch etwas.«

»Ja?« Fett wurde aufmerksam.

»Mein Nachbar machte mich darauf aufmerksam und auch der Kollege Kilimandscharo. Beide sagen, dass seit Montag oft ein schwarzer Audi auf der anderen Straßenseite von meiner Wohnung parkt. Er gehört einem Stefano Soro, der auf der Lohnliste von Rizzo steht. Kilimandscharo-Zlob kennt den Burschen von diversen Festnahmen und Gerichtsverhandlungen. Als er ihn gestern ansprach, habe er gesagt, Zlob solle mir schöne Grüße ausrichten. Mehr nicht.«

Fett versuchte, ruhig zu bleiben. Erst Kosslowski und nun Daniela Conti, seine Partnerin im Kommissariat.

»Danke für die Info. Das sind Rizzos Spielchen. Er übertreibt, kommt sich vor wie ein Capo in Kalabrien oder Sizilien. Einfach blöde. Möchten Sie bei mir auf der Couch schlafen? Ich meine nur.«

»Quatsch. Die sollen lieber nicht mit mir sprechen. Könnte sein, dass meine Hand ausrutscht. Nein, nein. Alles okay. Sie sollten es aber wissen. Für alle Fälle.«

»Danke. Für alle Fälle. Nehmen Sie mich heute mit. Ich lass den Peugeot hier und morgen früh komm ich mit dem Rad zu Ihnen. Ihr Espresso ist der beste.«

»Abgemacht.«

36
REMINGTON 870 KALIBER 12/70

Am nächsten Tag überraschte Fett seine Kollegin mit der Nachricht, dass er zum Schießtraining müsse. Er habe es schlichtweg vergessen. Conti wunderte sich, aber warum sollten alte weiße Männer nicht vergesslich sein.

Sie brachte Fett zum Schießkino und verabredete sich mit ihm am Abend in der Innenstadt.

Bevor Fett zum Schießkino ging, schaute er in der Waffenkammer vorbei. Er kannte Kommissar Josef Kudelka, den Hüter der Waffen, seit über 30 Jahren und hatte ihm bei einem Einsatz an der Landeszentralbank das Leben gerettet. Kudelka war von einem Geiselnehmer angeschossen worden und Fett hatte ihn im Kugelhagel in Sicherheit gebracht. Kudelka wurde so schwer verwundet, dass er nur noch im Innendienst arbeiten konnte. Er leitete die Waffenkammer für das Präsidium. Er war verantwortlich für die schweren Waffen. Fett hatte einen Kollegen aus dem SEK-Team 1 aus Köln auf dem Parkplatz getroffen. Sie waren von Donnerstag bis Dienstag in Aachen und übten in der Stadt und an der Grenze. Abends brachten sie ihre Sonderwaffen zu Kudelka.

»Josef, ich muss mit Conti zu einem speziellen Kunden. Es geht um den Mord an diesem Journalisten. Dafür brauche ich eine Pumpgun vom Kölner SEK, die ich heute ausleihe und die du pünktlich am Sonntagmorgen zurückbekommst.«

»Anweisung hast du.«

»Ja, im Büro.«

»Im Büro?«

»Ja, Josef, im Büro. Und ich benötige 20 Schrotpatronen. Mehr nicht.«

»Damit kannst du fünfmal das Patronenlager füllen.«

»Ich weiß. Wenn alles gut geht, bekommst du die Lieferung Sonntagmorgen retour; ohne Verschleiß und mit allen Patronen.«

»Michael, du weißt, was du verlangst?«

»Ja, Josef. Vertrau mir. So wie damals.«

»Du musst mich nicht daran erinnern. Warte eine Minute.«

Josef Kudelka verschwand hinter einer Panzertür und kam mit einer Schachtel Patronen und einer Pumpgun an die Ausgabetheke, die durch Gitter und Panzerglas gesichert war.

»Sonntagmorgen, Michael.«

»Okay, Josef. Alles wird gut.«

Fett verstaute die Pumpgun und die Munition in einer Sporttasche. 20 Schrotpatronen hatte er bereits bei Waffen *Schumacher* in Düren durch Toni Holz besorgen lassen. Toni Holz war passionierter Jäger. Er war froh, dass Michael Fett den Fall Andor Heines übernommen hatte, und fragte nicht, wozu und warum er die Munition kaufen sollte. Holz besorgte mehr als 20 Patronen Kaliber 12/70, er würde auch einige für die Jagd benötigen. Mit Fett war er für Samstagnachmittag verabredet. Zuvor stand die Beerdigung von Andor Heines am Freitagnachmittag an.

37

SCHWEIGEN

Fett und Conti trafen am Westfriedhof ein, als der Trauerzug auf dem Weg zum Grab war. Anja Hübinger schritt hinter den Messdienern. Monsignore Vincken war aus dem Ruhestand zur Trauerfeier geeilt; er hatte stets einen guten Draht zu Andor Heines gehabt. Es folgten ferne Verwandte mit wackeligem Gang; eine Cousine aus Bautzen; danach Paul Schnigge, der Chefredakteur des Medienhauses. Im Anschluss die Kollegen Hallmanns, Krämer, Standl, Lachmeier und Ruger. Sie waren die Nachhut des langsamen Trauerzugs, denn Monsignore Vincken war nicht mehr der jüngste Vertreter der katholischen Kirche. Zudem hatte das Urnenbegleitkommando die falsche Abzweigung genommen, sodass der ganze Trauerzug eine Ehrenrunde drehen musste. Manche bemerkten es, andere nicht. Fett und Conti beobachteten die Trauergemeinde und das Umfeld. Nichts fiel ihnen auf. Die Sonne kachelte aus Richtung Dreiländerpunkt erbarmungslos auf den Westfriedhof. Conti trug ihre *Armani*-Sonnenbrille. Sie hätte sofort in einem Film mit Marcello Mastroianni und Michel Piccoli mitspielen können. Nun stand sie im Westen der Republik mit dem alten Fett in seinem grünen Sommermantel auf dem Westfriedhof an einem Freitagnachmittag und nichts, gar nichts wies auf den Mörder von Andor Heines hin.

»Friede seiner Asche. Hier gibt es nichts zu holen.« Conti sprach aus, was Fett dachte.

»Wir brechen ab. Schluss für heute. Ein Sundowner am *Elisenbrunnen*? Draußen geht ja wieder.«

»Einverstanden.«

Um 18 Uhr am Freitagabend saßen beide schweigend auf der Terrasse des Restaurants *Elisenbrunnen*. Der kalte Crémant perlte, der Park war rappelvoll.

Fetts Handy klingelte.

»Paul hier. Schön, dass du mit deinem italienischen Schatten auf der Beerdigung von Andor warst. Leider haben wir uns verpasst. Schade! Ich hätte gerne den oder die Mörder.«

»Lieber Paul, mein Beileid. Der Rest ist Schweigen.«

»So kommst du mir nicht davon. Profimord an einem Journalisten und die Polizei findet nichts, aber auch gar nichts heraus. Tolle Schlagzeile.«

»Mach, Paul, mach. Sonst noch was?«

»Mehr hast du nicht zu sagen?« Schnigge wurde laut.

»Schöne Grüße von meinem italienischen Schatten. Sie hat immer noch kein Abonnement für deine Zeitung, und wenn du weiter so einen Druck aufbaust, kündige ich meins.«

Fett legte auf.

»Paul Schnigge? Der Chefredakteur?«, wollte Conti wissen.

»Ja. Er will berichten. Hat jedoch nichts. Sonst wäre er nicht so scharf auf eine Story.«

Fett bestellte Kaffee und eine Flasche Mineralwasser.

»Ein zweites Glas wäre drin«, sagte Daniela Conti verspielt.

»Für Sie ein zweites Glas, für mich den Kaffee. Ich habe Kopfschmerzen. Wetter, Frust, Druck. Keine Ahnung. Ich werde morgen ausschlafen. Wir sollten nächste Woche unbedingt mit Chantal sprechen.« Fett schien unleidlich und mürrisch, gereizt und unausgeglichen. Kein Wunder bei der Ernährung und dem diffusen Privatleben, dachte Conti.

Fett ging gegen 21 Uhr nach Hause. Er nahm den Weg über Münsterplatz und Markt. Ende Juni würde die Regenbogenfahne vom Rathaus wehen. Für die israelische Fahne hatte der Mut nicht gereicht, als die Raketen der Hamas im Mai auf das Land prasselten. Nur für einen Tag, so der Vorschlag der Freunde Israels: für den Gründungstag des Staates am 14. Mai. Wurde abgelehnt. Nun das Bekenntnis zum Regenbogen. Haltung zeigen. Immer wieder Haltung zeigen. Er war müde, müde von diesem »Wir müssen ein Zeichen setzen«. Er dachte an den Anfang des Märchens *Das tapfere Schneiderlein*:

An einem Sommermorgen saß ein Schneiderlein auf seinem Tisch am Fenster, war guter Dinge und nähte aus Leibeskräften. Da kam eine Bauersfrau die Straße herab und rief: »Gut Mus feil! Gut Mus feil!«

Wohlfeil wie das Mus der Bauersfrau, so kam ihm diese Zeichensetzerei vor. Wohlfeil, wohlmeinend, mit dem Zeitgeist schwimmend. Fett fühlte sich nicht angesprochen. Er wusste, dass viele seiner Kollegen den Kopf schüttelten, nicht über ihn, sondern über die Realitätsausblendung und die Verbannung von Humor durch selbstgefällige Weltverbesserer. Die Sprachgenderei hasste er, besonders, wenn sie mit der schrillen Attitüde der moralischen Überlegenheit vorgetragen wurde. Er war aufgewachsen mit Mundart und Hochdeutsch, kannte die Regeln, sprach, wie er sprach, und war in seinen Worten zu Hause. Er empfand es als anmaßend und übergriffig, geradezu als Verstoß gegen Artikel 1 des Grundgesetzes, dass ihm jemand vorschreiben wollte, wie er zu sprechen und zu schreiben habe. Er war aus der Zeit gefallen oder hatte ihn die Zeit ausgespuckt? Glücklich ist das Land, das keine anderen Sorgen hat, dachte er und erreichte seine Wohnung am Templergraben. Der würde demnächst als Verkehrsversuchslabor gesperrt werden. Wieder ein Reallabor. Lieblingswort der Stadtentwickler. Wer die Worte prägt, der hat die Macht. All das lenkte ihn davon ab, dass der Samstag für ihn möglicherweise das Ende seiner Laufbahn bedeuten könnte. Aber es musste sein.

38

FETT AUSSER KONTROLLE?

Michael Fett hielt mit seinem Wagen Samstagnacht gegen 23 Uhr abseits in einer Parkbucht auf dem Weg nach Hauset. Die Sonne war gegen 21.40 Uhr untergegangen. Die Villa von Oscar Rizzo, von einer dichten Hecke umgeben, lag im Wald vor Hauset in Ostbelgien, nahe an der Grenze zu Aachen. Keine direkten Nachbarn; Dunkelheit; Fluglärm der Frachtmaschinen, die bei Westwind von Osten aus den Flughafen Lüttich anflogen. Boeing, Airbus, McDonnell Douglas: Maschinen im Landeanflug, im Zweiminutentakt. Die alten Triebwerke heulten, wenn die Piloten mehr Schubkraft gaben. Fett trug den dunklen Trenchcoat, der etwas aus der Mode gekommen war. Die Pumpgun passte perfekt darunter. Er erinnerte an die Männer mit den langen Mänteln in *Spiel mir das Lied vom Tod*. Niemand hörte den Schuss der Pumpgun, mit dem Fett die Kamera am Seiteneingang zum Grundstück in Einzelteile zerlegte. Kurz zischte es, ein Funkenregen ging auf die Pflastersteine nieder. Eine Krähe flatterte davon, irgendwo bellte ein Hund. Mit dem zweiten Schuss flog das schmiedeeiserne Tor auf. Die Pumpgun wurde von den SEK-Teams und der Bundeswehr eingesetzt, um Türen rasch zu öffnen. Dies war nur ein Gartentor. Zielstrebig steuerte Fett die Schiebetür zum Wohnzimmer an. Ein herabgelassener Rollladen verwehrte den Blick ins Innere. Aus einer Entfernung von fünf Metern feuerte Fett zwei Schrotpatronen ab, als eine McDonnell Douglas MD-11 Schub gab. Das entstandene Loch war groß genug, um ins Wohnzimmer zu gelangen. Fett lud nach, füllte wieder vier Patronen in das Magazin der Pumpgun Remington 870 mit Kaliber 12/70. Die Alarmanlage wurde mit einem Schuss in ewige Ruhe versetzt. Es würde ungefähr sieben Minuten bis zum Eintreffen des Sicherheitsdienstes dauern. Fett war im Wohnzimmer. Die nächste Patrone zerlegte einen *Balloon Dog Orange* von Jeff Koons aus Porzellan und Chrom in tausend Einzelteile. Das war ein Lieblingskunstwerk der Hauslady, Signora Rizzo. Zwei Schüsse fegten mehrere Gemälde aus der Abteilung Nairobi-Airport-Ästhetik von den Wänden und zwei Skulpturen von Jonathan Meese in das Ledersofa, dessen herausplatzende Sprungfedern den Rest der Skulpturen zur Decke katapultierten. Leise rieselte der Deckenputz auf das Durcheinander. Die Skulpturen waren Fälschungen. Der Hausherr wusste es nicht. Er hatte den vollen Preis bezahlt. Der letzte Schuss dieser Magazinladung krachte in die Minibar, in der durch die Schrotkugeln ein besonderer Cocktail gemixt wurde. Likör, Wodka, Cognac, Grappa mischten sich zu einer brennbaren Flüssigkeit, die in die *Bang & Olufsen* Soundanlage tropfte. Bevor die ganze Chose in Flammen aufging, schnappte Fett den Feuerlöscher aus dem Flur und setzte alles unter Schaum. Dann lud er nach: wieder vier Patronen ins Patronenlager. Mit einem Blick prüfte er das Chaos in diesem geschmacklosen neureichen Ambiente ohne Stil, ohne Geschichte und ohne Zukunft. Mit schnellen Schritten war er im Keller, wo er Sauna und Pool vermutete. Natürlich besaß Oscar Rizzo einen Pool. Noch vier Minuten. Ein Schuss setzte die Filteranlage des Pools außer Kraft sowie die gesamte Elektrik. Die nächste Schrotladung galt der Steuerungseinheit der Sauna, die in ihre Einzelteile zerbröselte. Fett sprang die Treppe nach oben ins Erdgeschoss, hoch in die erste Etage. Im Schlafzimmer ein Wasserbett. Wieder ein Schuss. 800 Liter Wasser schossen aus dem Schlafzimmer in den Flur. Mit einem Sprung ins Badezimmer rettete Fett sich und seine Füße vor den Wassermassen. Dort fand er eine Batterie von Lippenstiften. In Großbuchstaben schrieb er drei Wörter in kyrillischer Schrift auf den Spiegel: ›ноли мит тангере‹. Es war die russische Schreibweise von: ›Noli me tangere!‹ Rizzo sollte die Warnung erkennen und die Richtung, aus der sie kam. »Berühre mich nicht!«, so die deutsche Übersetzung dieses lateinischen Zitats von Jesus aus dem Evangelium nach Johannes. Wage es nicht, du Drecksack, auch nur einen Kollegen oder Daniela Conti anzurühren. Du wirst den Jüngsten Tag und das Jüngste Gericht erleben. Fett hatte keine Familie, niemanden, der auf ihn wartete. Er hatte mehr als die Hälfte des Lebens hinter sich und nichts zu verlieren außer sich selbst. So hatte er den Entschluss gefasst, diesem Mafia-Arschloch Angst einzujagen, ihn abzulenken von den Drohungen gegen Conti und Kosslowski. Angriff ist die beste Verteidigung, hatte sein Vater ihm in der Kindheit beigebracht.

Bis auf eine leere Patronenhülse hatte Fett alle einge-sammelt. Die letzte Hülse steckte er als Überraschung in Rizzos *Illy*-Kaffeedose.

Fett verließ das Haus über den Weg, auf dem er her-eingekommen war. Er hörte auf der Eynattener Straße Reifen quietschen, schritt zügig durch den Wald paral-lel zur Zufahrtsstraße und gelangte zu seinem Peugeot 404, zog die Motorradsturmhaube aus, als die beiden in schwarz gekleideten Securitymänner das Haupttor erreichten und mit ihren *Maglite*-Taschenlampen das Grundstück ausleuchteten. Sie stürmten ins Haus, sahen das Chaos und riefen Marcel Creutz in der Zentrale in Eupen an.

»Leck mich effektiv am Arsch! Ausgerechnet bei Rizzo. Was? Auf den Spiegel geschrieben? In einer Sprache, die ihr nicht lesen könnt? Wofür bezahle ich euch Hornochsen, um Karten zu spielen und *Netflix* zu gucken? Los, Fotos von dem Spruch auf dem Spiegel. Was? Ja, Klappe halten. Schnauze. Kein Wort zu irgend-jemandem. Schöne Scheiße. Ich muss Rizzo informieren. Und schickt das Foto rüber. – Nein, du Idiot, nicht mit der Post! Mit deinem Handy, du Riesenarschloch. Und Fotos von dem Chaos. Besser, dass der Kunde es direkt sieht.« Er knallte den Hörer auf. Eine Riesenschwei-nerei. Er rief Rizzo an, berichtete über das Chaos und die aus seiner Sicht arabischen Wörter auf dem Spiegel im Badezimmer.

39

STUPIDO COME UN ASINO –
DUMM WIE EIN ESEL

Oskar Rizzo kochte. Er kochte fast über, aber er zwang sich, Ruhe zu bewahren, den Schein zu bewahren, das Gesicht zu bewahren.

»Franca, du bleibst in Tropea! Ich nehme morgen den ersten Flieger nach Brüssel.«

Franca schaute ihn irritiert an, wollte gerade protestieren, als Oscar ihr ein Bild vom Wohnzimmer zeigte.

»Santa Maria! Mein Koons!«

»Am Arsch, dein Koons. Keine Fragen. Du bleibst hier. Ich muss die Scheiße da klären.« Diesen beknackten Koons-Hund hatte Oscar nie leiden können. Die beste Tat dieser Arschlöcher, diesen Ballon-Hund zu zerlegen. Sie würden einen Preis bezahlen. Wer kam in Betracht? Dieser Volltrottel Creutz konnte Kyrillisch nicht von Arabisch unterscheiden. Das war Kyrillisch! Oscar ließ Vittorio kommen, von dem er wusste, dass er einige Brocken Russisch beherrschte.

»Was heißt diese Scheiße?« Er sprach überdeutlich, schrie Vittorio beinahe an.

»Noli mi tangere.«

»Noli mi tangere? Bist du bekloppt, oder was?«

»Noli mi tangere. Das heißt es, Oscar.«

»Latein? Berühre mich nicht?«

»Genau.«

»Auf Russisch. Eine Warnung? Oder lenkt jemand einen Verdacht auf die Russen? Was meinst du, Dottore?«

Gar nicht so blöd, der Oscar, dachte Vittorio. »Halten wir fest, du hast ein Problem. Jemand ist sauer auf dich. Warum? Was hast du getan? Wem bist du mächtig auf die Füße getreten? Onkel Alberto mag so etwas nicht, er mag es überhaupt nicht. Denk nach und zieh deine Konsequenzen, Oscar.«

Wem war er auf die Füße getreten? Oscar dachte nach. Die verdammten Motorradbanden in den Niederlanden machten ihm zu schaffen. Die mischten immer stärker im Drogengeschäft mit. Aber so richtig auf die Füße? Eigentlich hatte er nur den Bullen etwas Angst gemacht. Dieser Schnüffler von der Mordkommission mit seiner italienischen Schlampe. Aber die Deutschen machen so etwas nicht. Die Deutschen doch nicht. Was nun? Erst mal renovieren, diesen Marcel Creutz zusammenscheißen und einen seiner Jungs ständig im Haus halten.

»Denkst du noch nach oder schläfst du, Oscar?«

»Sehe ich so aus? Ich werde rausbekommen, wer das war. Kyrillisch. Die Russen sind im Ruhrgebiet, nicht bei uns.«

»Vielleicht Ausweitung der Kampfzone. Wir beobachten das in mehreren Ländern. Sei auf der Hut, Oscar.«

Vittorio war das Gehirn, das Brain in Tropea. Er hatte Geschichte und romanische Sprachen studiert, als Kellner in einer Bar gearbeitet, in der alte Onkels der 'Ndrangheta regelmäßig verkehrten. Sie waren auf ihn aufmerksam geworden. Er war redegewandt, besaß Humor und beherrschte mehrere Sprachen. Eines Tages erhielt er die Nachricht, dass Onkel Alberto ihn sprechen wolle. Alle kannten Onkel Alberto. Er war der Pate von Tropea. Nach dem Gespräch kehrte Vittorio mit 10.000 Euro zurück zu seiner Mama, die den dementen Vater pflegte. Vittorio beendete sein Studium, danach begab er sich zu Onkel Alberto, um das Aufnahmeritual zu vollziehen: indem er etwas Blut von seinem Abzugsfinger auf ein Bild der Jungfrau Maria tropfen ließ, das Bild anbrannte, in die Hände nahm und dabei einen Eid ablegte und auf die sogenannte Omertà, die Schweigepflicht, schwor. Vittorio wurde aufgenommen und hieß fortan nur noch Dottore.

Dottore betreute Oscar Rizzo in Tropea. Onkel Alberto wollte keinen Kontakt zu Rizzo, er hatte schlechte Erinnerungen an Aachen. Immer wieder erzählte er eine Geschichte von Printen, Schokolade, klebrigem Zeug an seinen Schuhen und von einem Milchmann namens Pippo la bocca. Die Geschichte ging allen auf den Sack, aber sie lachten immer wieder, als ob Alberto sie zum ersten Mal erzählte. Kurzum: Diese Geschichte mit den Printen hatte zur Verhaftung einiger Onkels geführt. Alberto war übrig geblieben, nippte an einem kalten Cappuccino am Lido von Gioia Tauro und wollte nichts, aber auch gar nichts von diesem Oscar Rizzo hören oder sehen. Stupido come un asino – dumm wie ein Esel. Alberto übersah die Klugheit dieser Tiere. Aber solange die Geldkuriere regelmäßig eintrafen, war alles gut. Es wird Zeit, dass diese Flasche Oscar endlich grenzüberschreitend arbeitet, dachte Onkel Alberto, der zusammen mit Vittorio darüber diskutiert hatte, wie optimal diese Grenzlage sei: Belgien, Deutschland, Niederlande. Man konnte schnell untertauchen und die Geschäfte von der anderen Seite der Grenze betreiben. Oscar hatte irgendwas von einem Netzwerk gefaselt, aber Oscar war ein Trottel, der diesen verrückten Pippo la bocca ersetzt hatte. Alles Esel in der Region da oben bei Karl dem Großen, dachte Onkel Alberto, schaute den langen Beinen von zwei Bikinischönheiten hinterher und griff schließlich zur La Gazzetta dello Sport. Die Fußball-Europameisterschaft stand vor der Tür. Auch daran verdiente die 'Ndrangheta. Sie vertrieb Tickets auf dem Schwarzmarkt, und in den Wettbüros saß sie eh drin. Alberto dachte an all die schönen Geldscheine, die wie in einem Märchen auf ihn herabregnen würden, er dachte an seine Macht, an die Zukunft, an neue Geschäftsmodelle. Die alten Zeiten waren vorbei. Diese bescheuerte Abschlachterei, die Entführungen, die Raubüberfälle, die Erpressung der kleinen Gemüsehändler. Er, Alberto, er hatte immer groß gedacht. Wer hatte den Hafen von Gioia Tauro gebaut? Wer? Onkel Albertos Baufirmen natürlich. Wir übernehmen einfach den Staat, schwelgte er, die Kommunen, die Regionalparlamente, die Abfallentsorger, die Hafenbehörden, die Schifffahrtslinien. Wir übernehmen alles, alles. Alberto war im Zukunftsrausch. Dann tauchte die Frage auf: Wozu? Er hatte alles, was er brauchte. Ab und zu so ein junges Ding wie da vom

Strand, ansonsten Ruhe, Familie, Enkelkinder und ein Cappu am Lido. Brauchte er noch mehr? Nein. Aber Stillstand bedeutete stets Verlust des Ansehens. Wer stillsteht, der ist tot. Das hatte bereits der alte Corleone erkannt. Stillstand ist nicht Rückschritt, Stillstand ist Tod. Wenige hatten das erkannt. Wenige hatten danach gehandelt. Er, Alberto, er gehöre zu den wenigen, und darum saß er unbehelligt am Lido. Sein Leibwächter durfte sich im Jaguar SUV die Zeit mit einem Computerspiel vertreiben, denn hier, hier war die Heimat, hier war sein Reich, Albertos Reich.

Sein Handy klingelte. Vittorio war dran.

»Der Cousin fährt zurück zur Cousine.«

»Wirklich? Wir wollten doch ein wenig plaudern.«

»Sie ist krank. Die Cousine. Ciao.«

Wieder irgendein Mist mit diesem Oscar. Alberto winkte den Kellner zu sich, bestellte noch einen Cappuccino sowie ein Krabbenomelette und sagte, dass die beiden jungen Frauen, die dort drüben gerade ihre Decke ausbreiteten, am Nachmittag zu ihm kommen sollten. Er habe Geschenke für sie. Sie seien Augenbalsam für ihn. Dafür wolle er sich auf seine Art bedanken. Kellner Franco nickte mit versteinertem Gesichtsausdruck, der deutlich machte, was er von dem Wunsch des alten Mafioso hielt, und empfahl sich, um die Botschaft zu überbringen. Alberto fasste in die Seitentasche seines Sakkos. Die kleine Metalldose mit Viagra führte er stets mit sich. So ein kleiner Helfer für zwei Schönheiten hat noch nie geschadet, dachte er. Vielleicht sollte er zwei Pillen nehmen, es waren ja zwei wunderschöne junge Frauen.

Franco, der Kellner, kam mit einem frischen Cappu sowie Brot und Besteck. Unter dem Tablett hielt er eine alte *Beretta*, die Wirt Mario für alle Fälle hinter der Kasse aufbewahrte. Mario holte gerade frische Cornetti, Hörnchen mit Pudding gefüllt, drei Stammgäste dösten auf der Terrasse mit Blick aufs Meer, Alberto freute sich auf den Cappu mit Omelette. Franco stellte die Tasse vor Alberto, der ein »Grazie, Franco« murmelte, in die Seitentasche zum Viagra-Döschen griff und sich auf das Verwöhnprogramm mit den beiden Schönheiten freute. Eine Dreier-Kombination, während seine Frau ein Tennisturnier der Seniorinnen absolvierte. Das würde er sich gönnen. Plötzlich spürte Alberto Metall am Hinterkopf – und das war es. Wie eine explodierende Supernova schoss etwas ins Gehirn und Alberto kippte kopfüber in die Tasse. Der extra heiße Cappuccino floss auf Albertos weiße *Armani*hose und verbrühte das Körperteil, das ihm diesen Abgang beschert hatte. Davon bekam er nichts mehr mit. Die rechte Hand umfasste die Viagradose; es war, als wollte er eine letzte Botschaft hinterlassen.

Die drei Stammgäste standen rasch auf, keiner von ihnen blickte sich um, stumm verließen sie die Terrasse. Alfredo, der Leibwächter, saß im Auto und hatte im dröhnenden Computerspiel das nächste Level erreicht. Franco blickte zu den beiden Bikinischönheiten, die er seit Kindheitstagen kannte. Er war unsterblich in die blonde Marina verliebt, aber sie stammte aus einer feinen Familie und er, Franco, war der uneheliche Sohn einer Putzfrau, die vor Jahren gestorben war. Seinen Vater hatte er nie kennengelernt. Er kannte Alberto, er wusste, dass er sich Mädchen zuführen ließ, sie benutzte und danach wegwarf. Es war ein offenes Geheimnis. Jetzt war finito mit Alberto, finito mit diesem Mafiadrecksack. Er schob den Lauf der *Beretta* in seinen Mund und drückte ab. Keine Spur sollte zur verehrten Marina führen, niemand sollte wissen oder aus ihm herausfoltern, warum er den Paten von Tropea erschossen hatte. Einige einheimische Gäste betraten das Café, sie schlugen flüchtig ein Kreuzzeichen angesichts dieses blutigen Schaubildes und suchten das Weite. Niemand hatte die beiden Schüsse gehört. Überall dröhnten die Sommerschlager des Jahres aus Lautsprechern oder die Menschen hatten Kopfhörer im Ohr stecken, zumeist ein Produkt der Firma *Apple*. Erst als Mario, der Wirt, zurückkehrte, wurde es ungemütlich, auch für den Leibwächter von Onkel Alberto. Man fand ihn einige Tage später auf einer Müllkippe hinter Reggio Calabria mit Knieschüssen und einem Kopfschuss. Die Carabinieri nahmen die Ermittlungen in Tropea auf. Ein Fall für die Antimafia-Direktion aus Reggio Calabria, die einen Paten weniger observieren musste, aber es würde nicht lange dauern, bis jemand in die Fußstapfen des niedergemetzelten Onkels trat. So war es.

Der Dottore wurde umgehend vom Crimine di Polsi, dem obersten 'Ndrangheta-Rat, als neuer Crimine bestätigt, der die Aufsicht über Oscar führen sollte. Der Dottore erklomm die Treppe der kalabrischen Mafia. Er war jung, sein Ehrgeiz ungebrochen und die Versorgung des dementen Vaters in einem der besten Heime Süditaliens gesichert bis zu dessen Tod.

Oscar Rizzo erfuhr kurz vor dem Rückflug nach Brüssel von Albertos gewaltsamem Ableben und konnte sich erstens keinen Reim darauf machen und zweitens dachte er, besser dieses Arschloch als ich. Jetzt habe ich eine Zeit lang freie Hand. Da können die Nachfolger sehen, was er, Oscar Rizzo, alles konnte. Sein Glück war von kurzer Dauer. Schon ein paar Tage später ereilte ihn die Information, wer sein neuer Chef sei und er wusste, dass er dem Dottore nicht gewachsen war.

Am Sonntagmorgen säuberte Fett die Pumpgun, sprühte sie mit *Ballistol*-Waffenspray ein und packte die Patronenhülsen in eine Plastiktüte. Er brachte die leeren Hülsen später zu Toni Holz, der am Vorabend auf der Dürener Schießanlage am Wibbelrusch einige Schüsse abgegeben hatte. Er müsse üben, hatte er den Kollegen erzählt. Fett gab die Pumpgun gegen Mittag in der Waffenkammer ab, dazu die gesamte Munition. Es habe keinen Zugriff gegeben, darum sei alles sauber und vollständig. Josef Kudelka nahm das Material entgegen, löschte die Eintragung. Es war so, als habe die Pumpgun die Waffenkammer nie verlassen. Der Munitionsbestand war korrekt. Kein Schuss abgegeben. Das SEK-Team brauchte die Waffe erst am Dienstagmorgen für eine besondere Übungslage mit Geiselbefreiung. Am Montag wollte das Team nach Jülich, um in der Firma von Maximilian Jankowski den optimalen Umbau von getunten Pkw für MEK, SEK zu besprechen.

40

AD SOLE! ZUR SONNE!

»Herr Dieuprend lässt bitten.« Die Sekretärin hielt für Chantal Kalumba und Inspektor Reynders die Tür auf. Sie betraten ein Arbeitszimmer, das eher einer Bibliothek glich, in der die Regale bis zur Decke reichten. In Leder gebundene Bücher, sortiert nach Klassikern der Weltliteratur, Nachschlagewerke, Sachbücher, Klassiker der Juristerei. Dazu Ölgemälde aus dem 19. Jahrhundert, schwere englische Ledersessel, ein riesiger Schreibtisch, hinter dem Dieuprend über Akten brütete oder so tat, als ob er Akten studieren würde. Ein Duft von Leder, Zigarren, Rotwein und Papier lag in der Luft. Dieuprend blickte aus kleinen Äuglein kurz auf, die Glatze glänzte, mit der Hand zeigte er auf zwei Ledersessel neben einem Kaffeetisch. Gemächlich klappte er den Vorlageordner zu, verschraubte den exquisiten Füllfederhalter und erhob seine massige Gestalt aus dem Chefsessel. Noch hatte er kein Wort gesagt. Er küsste Chantal Kalumba die Hand, nickte Inspektor Reynders zu, dessen ausgestreckte Hand er ignorierte.

»Kaffee, Tee, Portwein, Champagner?«, fragte er mit dunkler Stimme.

»Wasser gerne.« Chantal Kalumba war fasziniert von diesem massigen Mann, der eine eigenwillige Ruhe und Gelassenheit ausstrahlte.

»Spa rot oder Spa blau?«

»Spa rot, danke.« Chantal antwortete für Reynders. Sie hatte sofort bemerkt, dass es ein Fehler war, ihn mitzunehmen.

Dieuprend telefonierte kurz, und die Sekretärin erschien mit dem Mineralwasser und einem Glas Portwein für Dieuprend.

»Sie waren auf der Beerdigung von Herrn Dieudonne.«

»Ja, Frau Kommissarin, ja.« Sie kommt sofort auf das Thema, dachte er. Eine beeindruckende Frau, zweifellos auch mit einer ganz eigenen Geschichte. »Warum? Ist es verboten, einem Freund die letzte Ehre zu erweisen? Ist es ein offizielles Verhör, brauche ich einen Anwalt?« Dieuprend lächelte sie an und war fasziniert von ihrem schwarzen Haar, ihrer aparten Erscheinung, dem wunderschönen Gesicht.

»Nein. Es liegt nichts gegen Sie vor. Wir wollen nur verstehen und den Kollegen in Aachen helfen.« Chantal konzentrierte sich.

»Verstehen und den Kollegen helfen. Nun gut. Sie wissen, dass wir uns kannten.«

»Aus dem Waisenhaus.«

»*Marie l'espoir*. Maria – die Hoffnung.« Er lächelte nun weniger freundlich, eher maliziös und bitter, hob das Glas. »Auf Ihr Wohl, Frau Kalumba. Sie machen einen guten Job. Chapeau!«

»Hatten Sie in letzter Zeit Kontakt zu Dieudonne?«

»Wir, Sie kennen ja Meneer van God, den Sie auch beschatten lassen, wir haben nie den Kontakt verloren. Nie.« Er nahm einen Schluck Portwein.

»Wie haben Sie sich kennengelernt?«

»Als Waisenknaben. Wir sind zusammen aufgewachsen. Jean Dieudonne war der Älteste, dann ich, dann Pierre, der die niederländische Staatsbürgerschaft angenommen hat und seither Peter van God heißt.«

»Sie blieben stets zusammen? Haben die Behörden sie nie getrennt?«

»Nein, nie.« Warum haben sie uns nie getrennt? Darüber haben wir viel nachgedacht und gesprochen. Dieuprend erinnerte sich an die ersten Versuche, sie mit Beginn der Pubertät zu trennen. Doch Dieudonne hatte dies stets verhindert. Es blieb sein Geheimnis, wie er das geschafft hatte. Der Abt muss dabei eine Rolle gespielt haben. Warum sonst hätte Dieudonne damals den Plan ausgearbeitet? Er schob die Gedanken beiseite. Chantal fragte zweimal.

»Warum? Warum, Monsieur Dieuprend?«

»Keine Ahnung.«

»Sie waren Blutsbrüder?«

»Freunde, Freunde fürs Leben. Immer füreinander da. Immer.« Seine Antworten wurden einsilbig und in seinem Gesicht verflüchtigte sich die Gelassenheit, als ob er in einem Sumpf voller Vergangenheit versinke.

»Wie konnten Sie die Ausbildung und das Studium finanzieren?«, fragte Chantal Kalumba, während Reynders die Regungen auf dem Gesicht von Dieuprend nur oberflächlich registrierte.

»Wir erhielten mit unserer Volljährigkeit Geld. Wir wissen nicht, vom wem. Einmalig. Damit wir ins Leben aufbrechen konnten. Wir haben es gut genutzt.«

»Sie wissen nicht, von wem?«

»Ich sagte es bereits.« Er wurde ungehalten. Die Erinnerungen, immer wieder die Erinnerungen, die Vergangenheit, die nie vergeht.

»Es hat Sie nie interessiert?«

»Nein. Wir wollten nach vorne schauen, nicht zurück.« Wir leben bis zum Tod mit der Erinnerung, dachte er. Was erzähle ich da eigentlich? Wir sind als Todgeweihte ins Leben getreten. Dieser Schatten begleitet uns bis ans Ende.

»Warum?«

»Ach, Frau Kalumba, bohren Sie in der Vergangenheit vom Kongo, dem Land, aus dem Ihre Eltern stammen? Drehen Sie die Geschichte um, wälzen Sie die Bücher, die Quellen, die Akten? Sie sind Polizistin geworden. Gut, Sie müssen ein Motiv finden. Vielleicht liegt es in der Vergangenheit, vielleicht in der Gegenwart oder der Zukunft. Wir haben nach vorne geschaut: Jean, Pierre und ich. Immer zur Sonne! Ad sole! Das war unser Wahlspruch. Nie zum Mond. Unsere Seelen waren schon lange und für immer tot, als wir draußen waren.«

»Was haben Sie erlebt, Monsieur Dieuprend?«

»Zu viel. Mehr werden Sie nicht von mir erfahren. Das haben wir uns geschworen. Jean, Pierre und ich. Lesen Sie die Berichte, Studien, Gutachten über Kinderlandverschickung, Waisenhäuser, Kinderheime, Besserungsanstalten in den 50er-Jahren bis heute. Sie werden nie mehr gut schlafen.«

»Was werden wir finden, wenn wir die Akten des Heims ausgraben?«

»Sie werden keine Akten finden. Sie werden nichts finden. Es ist so, als ob *Marie l'espoir* nicht existiert hätte.«

»Sie waren nie verheiratet?« Chantal wechselte das Thema.

»Themenwechsel. Lernt man das auf der Polizeiakademie? Nein. Wir haben nicht geheiratet. Wir waren uns genug. Über Frauen haben wir den Mantel des Schweigens gebreitet. Jeder von uns hatte seine Affären. Halten Sie uns nicht für asexuelle Wesen. Das waren wir nicht, und das sind wir nicht. Aber die Würde, mit der wir Frauen begegnet sind, bewahren wir nach der Trennung. Niemand von uns wollte mehr einen Menschen verlieren, eine Seele verletzen. Darum hat niemand geheiratet. Sie können mit Ihrer Polizeiküchenpsychologie alles auf unsere Kindheit zurückführen. Bitte, nur zu. Nehmen Sie Ihr Raster aus dem Handbuch der Kriminologie, machen Sie Ihre Kreuzchen und stecken Sie uns in eine Schublade. Fertig. Schon können Sie wieder gut schlafen oder träumen von Afrika, vom Kongo, vom Blutbad, das das belgische Königshaus während der Kolonialzeit dort angerichtet hat. Ihre Sache. Wir stehen am Ende des Lebens, Frau Kalumba. Der Sensenmann klopft an unsere Tür, die schwarze Kutsche mit den Rappen steht bereit. Jean Dieudonne ist bereits aufgebrochen.«

»Unfreiwillig aufgebrochen. Darum sind wir bei Ihnen. Sie sollten uns helfen.« Chantal Kalumba machte noch einen Versuch.

Dieuprend stand auf. Ein Zeichen; er wollte Schluss machen. Er war älter geworden im Verlaufe des

Gesprächs, keine Leichtigkeit, keine Jovialität mehr im Gesicht, in den Augen. Auf der Oberlippe und der Glatze waren Schweißperlen zu sehen, er atmete tief, schwer, als sei er im Kampf mit sich selbst, seiner Vergangenheit, als hielten ihn Dieudonne und Dieuleseigneur gefangen, oder die Geschichte, die unbekannte Herkunft, die Vergangenheit ohne Licht.

»Ihr Freund Dieudonne hatte eine merkwürdige Angewohnheit. Er kaute auf Papiertaschentüchern.« Chantal Kalumba beobachtete Dieuprend. Jetzt hätte sie gerne den Kollegen Raymond Didier zur Seite gehabt, nicht diesen wortkargen Inspektor Reynders.

Dieuprend streifte mit dem linken Zeigefinger die Schweißperlen von der Oberlippe. Er verschwand vollkommen in den Erinnerungen, er zog sich komplett in seinen massigen Körper zurück. Reynders räusperte sich, Kalumba hätte ihn dafür ohrfeigen können.

»Ja, er kaute auf Papier. Er war der Älteste. Er musste oft Strafen übernehmen. Er hatte oft Angst. Immer steckte ein Stück Papier in seiner Hosentasche, wenn die Aufseher kamen, wenn der Abt kam oder der Besuch. Dann stopfte er ein Stück Papier in den Mund. Es gab keine Kaugummis damals. Jean kaute, bis die Situation vorbei war. Dann spuckte er es aus. Irgendwo, wo Kerzen standen oder eine Marienfigur, wo ein Kreuz hing. Er lächelte, wenn er die Kügelchen wiederendeckte. Manchmal stieß er uns an und zeigte darauf. Er hat am meisten von uns gelitten. Bitte entschuldigen Sie mich. Ich habe einen Arzttermin, den ich nicht versäumen darf.«

»Für wen musste er Strafen übernehmen?«

»Für uns drei und für Georges.«

»Wer war Georges?«

Dieuprend zögerte. »Ein Waisenjunge mit Down-syndrom. Georges hatte es sehr schwer. Wir haben versucht, ihn zu beschützen.« Dieuprend wandte sich ab. Es sah aus, als ob er eine Träne abwischte.

Chantal Kalumba war ein Stück durch den Panzer gedrungen, unter die Hornhaut, die ihn vor der Vergangenheit schützte.

»Merci, Monsieur. Das reicht für heute. Wir werden uns noch sprechen.«

41

OSCAR UND PLAN B

Oscar Rizzo blickte auf das reine Chaos. Marcel Creutz von der Sicherheitsfirma hielt Abstand. Er hatte in der Vergangenheit mehrere Wutausbrüche des Mafioso über sich ergehen lassen, nur weil die Alarmanlage nicht funktionierte. Aber dieser Anblick würde Oscar kochen lassen wie den Vesuv kurz vor der gewaltigsten Explosion. Erstaunlicherweise blieb Oscar Rizzo ruhig. Er schritt mit versteinerter Miene durch die Zimmer, lachte innerlich über den zerschossenen Hund von Jeff Koons. Diese Scharlatanerie hatte er nie gemocht. Um das Schwimmbad und die Sauna trauerte er. Dort hatte er schöne Stunden verbracht, oft mit jungen Frauen aus Moldawien, Nordmazedonien, Niger und der Ukraine. Sie hatten ihn in die Massagekunst ihrer Länder eingeführt, und er hatte sie nach der Behandlung mit billigem Sekt beschenkt, bevor er sie in ein Billigbordell nach Dortmund abschob.

»Verschwinden Sie, Creutz. Ihre Leute waren zu spät hier. Keine Spur, keine Täter. Alles große Scheiße. Sie werden mir keine Rechnung mehr schicken. Capito! Sie sind eine Scheißfirma. Wie viel habe ich jeden Monat bezahlt? 1.000 Euro? VIP-Service? Wir kommen sofort. Drei Autos und sechs Mann. Wo waren Ihre Männer? Zwei betrunkene Discotürsteher, die den Weg nicht gefunden haben. So eine Scheiße. Hauen Sie ab. Mein Capo meldet sich.«

Marcel Creutz hatte Schlimmes erwartet und schlich unter irgendwelchen Murmeleien davon. Hätte schlimmer ausgehen können, dachte er. Die zwei lahmen Trottel, die zu Oscar gefahren waren, würden demnächst Kuhställe bei Bütgenbach oder den Campingplatz bewachen. Marcel Creutz stieg in seinen Audi Q7 und donnerte frustriert zurück nach Eupen. Er brauchte dringend ein Bier oder zwei oder drei.

Als Oscar Rizzo im Badezimmer die Klospülung zog,

klingelte sein Handy, das nur für die Gespräche mit Onkels reserviert war. Der Dottore war dran.

»Keine Alleingänge. Keine übereilten Reaktionen. Ich sende drei Aufräumer. Deine Alte bleibt in Italia. Du nimmst die Wohnung überm *Fellini*. Die Aufräumer kommen am Abend aus Duisburg mit einem Lkw. Dein Krempel wird verschrottet. Jetzt nimm die SIM-Karte raus, wirf sie ins Klo und steck eine neue rein!«

Oscar wagte nicht zu fragen, woher der Dottore seine Kenntnisse über die Schweinerei in Aachen hatte. Er war der Dottore. Klüger als Onkel Alberto selig, kannte sich mit moderner Technik aus und hatte beste Kontakte zu den Onkels im Ruhrgebiet. Was blieb Oscar übrig? Er musste seine Jungs zurückpfeifen. Finito mit Conti und Kosslowski. Im Moment zu heiß. Wenn es Russen oder Tschetschenen waren, durfte Oscar keinen Zweifrontenkrieg riskieren.

»Si, Dottore. Habe verstanden. Grazie mille. Immer treu ergeben.«

Der Dottore legte auf und stieg in seinen schwarzen Alfa Romeo, den er am Ortsausgang von Tropea kurz verlassen hatte. Seinem Fahrer Michele sagte er nur »Casa«. Damit war klar, wohin der Dottore gefahren werden wollte. Er war nun die Nummer eins von Tropea bis Reggio Calabria. Der Crimine di Polsi baute auf ihn, auf die junge Generation, auf smarte Geschäfte ohne Kalaschnikow und Säurebäder.

Oscar packte das Wichtigste zusammen. Neben den Papieren und dem wenigen Bargeld aus dem Tresor im Keller, den die Schweine nicht entdeckt hatten, steckte er seine *Walther PPK* in die Reisetasche. Er schwor auf die Waffe, es war die Waffe, die James Bond benutzte. Die Dose mit dem *Illy*-Kaffee passte noch ins Gepäck. Musste sein; bloß keinen deutschen Bohnenkaffee.

Während er sich am Abend in der kleinen Wohnung über dem Restaurant einrichtete und darüber nachdachte, welche Perle aus der Antoniusstraße er antanzen lassen wollte, wurde seine zerschossene Villa fachgerecht entmüllt. Drei kräftige Kalabresen waren mit einem Müllwagen aus Duisburg eingetroffen. Das gesamte Interieur wurde verschrottet; die Reste von Jeff Koons Hund landeten neben Tiefkühlpizza und den Scherben diverser Flaschen *Ramazzotti*, *Fernet Branca* und *Martini*. Die Aktion wäre fast geräuschlos abgelaufen, wenn Kommissar Fett nicht über eine Druckverstärkung nachgedacht hätte.

Der Anruf in der Leitstelle von Eupen traf exakt in dem Moment ein, als die Tatortreiniger aus Duisburg ihre Arbeit beendeten.

»Schussgeräusche in einer Villa in Hauset. Im Wald gelegen. Eigentümer Oscar Rizzo.« Dann wurde aufgelegt, und der diensthabende Polizeibeamte Karl-Heinz Keuchen ordnete eine sofortige Überprüfung an. Ein VW-Bulli mit den Beamten Weykmans und Wimmer fuhr mit Blaulicht und Martinshorn in Richtung Hauset. Die Tatortreiniger warfen derweil eine italienische Designercouch in den alten Müllwagen der Stadtwerke Duisburg. Sie freuten sich auf einen Abschlussgrappa, da tauchte plötzlich, ohne Blaulicht und nur mit Standlicht, der VW-Bulli wie aus dem Nichts auf. Wimmer und Weykmans konnten sich keinen Reim auf diese Säuberungsaktion machen. Während die drei Italiener mit gespreizten Beinen am Müllwagen standen, bewacht von Weykmans, inspizierte Wimmer das Haus. Es war fast leer geräumt. Im Schein seiner Taschenlampe entdeckte er die Einschusslöcher der Schrotpatronen. Hier war geschossen worden, aber nicht an diesem Abend. Im Badezimmer entdeckte er einen verschmierten Spiegel. Irgendwelche kyrillischen Buchstaben waren noch erkennbar. Weykmans fragte über Funk, wo der Kollege bleibe. Wimmer verständigte die Zentrale in Eupen und forderte Verstärkung an. Noch am Abend ging eine Infomail an das Polizeipräsidium Aachen, da das Haus Oscar Rizzo gehörte, Inhaber des Restaurants *Fellini* in Aachen. Und so gelangte Oscar Rizzo, der sich über seinem Restaurant eingerichtet hatte, offiziell in die Ermittlungen der Aachener Polizei.

42

HEISSE BOHNEN

»Was war denn los in Ihrem schönen Haus in Belgien?«
Fett fragte mit argloser Miene, Conti stand neben ihm.
Rizzo war am nächsten Tag ins Präsidium einbestellt
worden. Er saß vor dem Schreibtisch in Fetts Büro.

»Verhör, oder was?«

»Ich stelle die Fragen. Wer hat das Chaos in Ihrer
Luxusbude angerichtet?«

»Ich nicht. War sich Unfall von meine Leute. Haben
probiert neue Flinte. Bums. Schöne Wohnzimmer
kaputt.«

»Bums. Einfach Bums. Mehrmals Bums. Wer hat
Bums gemacht?« Fett schlug mit der Hand auf die Tisch-
platte. Der Locher machte einen Satz, und der Tacker
landete auf dem Boden.

»War ich in *Fellini*. War eine junge Kollege. Ist sich
schon in Kalabrien. Stupido. Dummkopf.« Oscar
kochte innerlich, hatte sich aber im Griff. Er lächelte
Daniela Conti an, als ob er gleich eine Einladung zum
Abendessen aussprechen wollte.

Auf Italienisch sagte Conti. »Lieber Onkel Rizzo, wir
kennen deine Kontakte zur 'Ndrangheta nach Duisburg
und Kalabrien. Unsere Infos bekommen auch die Kollegen in Belgien. Die werden deinen Garten umgraben,
das Haus abreißen, deine Konten beschlagnahmen. Wir

werden das *Fellini* schließen und alles, was wir wissen, an das Landeskriminalamt geben. Die Steuerfahndung und das Gesundheitsamt nehmen dich unter die Lupe. Also, ich frage noch mal: Wer hat geschossen?«

»Ich nicht wissen. Junge Kollegen haben Angst vor Onkel Rizzo. Darum sie sagen scusi, scusi und sind gefahren in Heimat. Ich schwöre bei Jungfrau Maria und die zwölf Apostelo, dass nichts ist passiert. Eine Unfall. Keine Verletzte. Ich mache Renovierung mit Freunde aus Duisburg.« Er sprach Deutsch und schaute abwechselnd zu Fett und Conti.

»Die Freunde aus Duisburg haben ein schönes Vorstrafenregister.« Fett ließ Rizzo nicht aus den Augen.

»Alles dumme Jungens, haben keine lavoro, keine Arbeit. Machen dumme Sachen. Bitte Kommissar, ich nur habe *Fellini*, ich gebe Arbeit an viele Leute, an die Metzger, an die Putzfrauen, an die Getränkelieferanten, an die Kellner. Ich immer zahle Steuer an die Stadt Aachen. Sono, ich bin eine brave Mann. Können fragen Kollege Sembritzki. Er mich kennen. Glaubt ich Mafia. Quatsch. Alles Quatsch. Ist sich Rassismus contre Italiano. Ich arme Italiano kommen aus Kalabrien und habe gearbeitet hart. Warum immer auf die Italiano? Sind sich viele Russen und Türken hier in dunkle Geschäfte. Immer Italiano. Ist sich ungerecht. Ich sage Sembritzki.«

»Sembritzki ist in Urlaub. Ihr Freund führt übrigens eine dicke Akte über Sie.« Fett hatte erreicht, was er erreichen wollte. Vor ihm schrumpfte das Großmaul gerade zusammen. Die Warnung zeigte Wirkung.

»Eine Liste von deinen Jungs brauchen wir sofort. Alle. Kellner, Putzfrauen, Aufpasser. Alle. Verstanden?« Conti stellte ihre Forderung auf Italienisch.

»Si, si.« Rizzo schwitzte. Er war nicht so klug wie der Dottore. Der sollte von diesem Käse nichts hören. Aber Oscar fehlte Bargeld, er brauchte dringend Bargeld. Während er teilnahmslos durch das Fenster schaute, weil er einfach keinen Bock mehr auf Fett und Conti hatte, kam ihm eine Idee, wie er rasch an Bargeld kommen könnte. Andor Heines hatte ihm einen USB-Stick mit einigen Dateien zur Prüfung überlassen. Den hatte er im *Fellini* versteckt, nicht in seinem Tresor. Fett und Conti beendeten ohne greifbares Ergebnis die Befragung. In einem Punkt stimmten sie überein: Rizzo würde Fehler machen.

Am Nachmittag, als Rizzo ins *Fellini* zurückgekehrt war, öffnete er die *Illy*-Kaffeedose und zuckte zusammen, als er die Hülse der Schrotpatrone in den Bohnen entdeckte. »Figlio di puttana! Verdammter Hurensohn! Wenn ich dich kriege, du pezzo di merda! Verdammtes Stück Scheiße!«

43

DAS EINSEHEN DER WINDGÖTTER

Die Sonne brach durch. Mitte Juni schickten die Wind-
götter der Äolischen Inseln einige Hochdruckgebiete
Richtung Deutschland. Die Öffnung des Freibads Han-
geweiher wurde ebenso diskutiert wie ein Sommerkul-
turprogramm für die gesamte Stadt. Die große Ausstellung mit Werken von Albrecht Dürer rückte näher.
Der Sommerbend, die Aachener Kirmes, blieb wegen
Corona abgesagt. Das Reitturnier und der Karlspreis
waren in den September und Oktober verlegt worden.
Die Inzidenzzahlen rauschten wie durch ein Wunder in
den Keller. Politiker überschlugen sich mit Öffnungs-
strategien, Lockerungen, Erleichterungen, allein die
Schüler schauten in die Röhre. Aus irgendeinem Grund
klaffte eine riesige Diskrepanz zwischen den Sonntags-
reden über die Bildungsrepublik und dem Handeln der
politisch Verantwortlichen. Für manche Branchen wurden Milliarden lockergemacht, für die Luftfilteranlagen
in den Schulen reichte es noch nicht. Erst als der Druck
der Eltern größer wurde, knickten einige Bundeslän-
der ein. Siehe da, was gestern galt, war heute Makula-
tur. Das Durcheinander in Nordrhein-Westfalen war
besonders groß. Die gelernte Rechtsanwaltsfachange-
stellte, die dort als Schulministerin Verantwortung trug,
zeichnete sich vor allem durch Pressekonferenzen und

wenig nachvollziehbare Entscheidungen aus, die einige Tage später vom Ministerpräsidenten kassiert wurden. Der Bundestagswahlkampf warf seine Schatten voraus. Ein neuer Lockdown wurde kategorisch ausgeschlossen. Die grüne Spitzenkandidatin veröffentlichte ein Buch: weder Sachbuch noch Autobiografie noch Wissenschaft. Eine Mischung aus Plagiaten und Plattitüden, wie kurz nach der Veröffentlichung herauskam. In Aachen stockte der Verkehr an allen Ecken und Enden. Die lokale SPD forderte Mülleimer mit rechteckiger Öffnung für leere Pizzakartons, die überall auf der Straße landeten.

Fett juckelte nur bei Regen mit seinem Peugeot 404 vom Templergraben zum Polizeipräsidium. Ansonsten düste er mit dem Klapprad zur Kollegin Conti in die Promenadenstraße, wechselte ein paar Worte mit dem neuen Inhaber des Restaurants *Justus K.*. Justus war mit Ehefrau nach Italien verzogen. Demnächst würde Dario sein Restaurant öffnen. Es sollte *Dario* oder so ähnlich heißen. Conti hatte ihm davon erzählt. Beide fuhren mit Contis Fiat 595 zum Präsidium und von dort aus zum ehemaligen Grenzübergang Köpfchen. Chantal Kalumba hatte sich mit ihnen am Kulturzentrum *Kukuk an der Grenze* verabredet.

Chantal kam pünktlich. Diesmal mit einem Peugeot 308. Fett und Conti warteten im dunkelgrünen VW Passat auf sie.

»Es wird Zeit, dass diese konspirativen Treffs endlich legal werden. Bonjour, mes amis. Schön, euch zu sehen.«

Sie begrüßten sich mit den Ellenbogen. Noch wurde von Umarmungen und Wangenküssen abgeraten.

»Chantal, wir haben nicht viel, außer einer Beziehung zwischen Dieudonne, dem toten Fotografen Andor Heines und Oscar Rizzo, dem lokalen Capo der 'Ndrangheta. Andor Heines kannte beide. Vielleicht arbeitete er für beide. Beweise haben wir nicht. Einen direkten Kontakt zwischen Dieudonne und Oscar Rizzo haben wir nicht gefunden. Rizzo wird von unserem Dezernat Organisierte Kriminalität observiert. Wir haben denen ins Handwerk gepfuscht. Außerdem hat Rizzo die alte Mafiamasche versucht. Er hat Druck ausgeübt. Seine Jungs standen bei Daniela Conti vor der Tür. Einschüchterung, du kennst das.«

»Bon oder auch nicht gut. Wir haben Dieuprend befragt und uns ein peu, ein wenig in seine Geschichte eingegraben. Alte Zeitungsartikel, Gerichtsakten und all der Kram. Seit Jahren beschäftigt er dieselben Mitarbeiter. Sie sind verschwiegen wie ein Grab. Seine Mandanten kamen ab einem bestimmten Zeitpunkt aus der Politik und der Geschäftswelt. Oft Skandalprozesse. Fast immer hat er gewonnen. Unter seinen Mandanten all die Politiker, die sich umgebracht haben oder die zurückgetreten oder verschwunden sind. Bei Petro, mit dem ich gestern telefoniert habe, ist der Sachverhalt genauso. Meneer van God hat auch Mandanten aus dieser Szene. Meneer van God, früher Dieuleseigneur, muss in seiner Zeit als junger Rechtsanwalt ein Casanova gewesen sein. Er habe die Langeweile wohlhabender Frauen ausgenutzt. Casanova von Maastricht soll sein Spitzname gewesen sein. Petro hat mit einigen von ihnen gesprochen. Sie lobten den Loverboy van God, aber er muss sie ausgenutzt haben. Viele berichteten über spätere Probleme, Probleme ihrer reichen Ehemänner. Als ob Meneer van God sie erpresst hätte. Die Frauen waren hin- und hergerissen zwischen den Erinnerungen an den Liebhaber und den Problemen, die nach der Affäre auftauchten. Einige der Ehemänner waren oder sind Kabinettsmitglieder der Regierung von Südlimburg, die nun zurückgetreten ist.«

»Folge der Spur des Geldes.« Conti sprach vor sich hin. »Was wollten die drei Waisenknaben, die drei Juristen von denen, die sie in der Hand hatten? Dieudonne hat Geld nach Thailand zu einem Waisenhaus transferiert. Wenn Dieuprend und van God Erpresser sind, was haben sie bekommen? Aktienpakete, Fondsanteile, Grundstücke, Schmuck oder auch Geld? Die Rede war von kleinen Summen, die über Jahre regelmäßig bezahlt wurden. Wohin floss dieses Geld?«

»Petro hat eine vage Spur bei van God gefunden. In einem alten Zeitungsartikel taucht er als Förderer eines Theaters in Rotterdam auf, das ausschließlich aus Schauspielern mit Downsyndrom besteht. Auf einem Foto wird er von den Schauspielern auf Händen getragen. Mittlerweile hat die Intendanz gewechselt. Sie kennen ihren Sponsor nicht, aber sie erhalten regelmäßig mehrere Tausend Euro jeden Monat von einem unbekannten Spender. Nur so kann das Theater überleben, gerade in der Corona-Krise. Dazu passt indirekt, dass die drei, Dieudonne, Dieuprend und Dieuleseigneur einen Jungen namens Georges mit Downsyndrom im Waisenhaus beschützt haben. Ich habe die Aussage prüfen lassen. Ja, es gab damals einen Georges Blanc. Er war ebenfalls ein

Waisenjunge. Seine Spur verliert sich, als er 16 Jahre alt war. Verschwunden. Einfach disparu. Und niemanden hat es interessiert.« Chantal blickte zu Fett und Conti.

»Wie bei den Kindern der Ureinwohner Kanadas. Plötzlich verschwunden, gestorben, vergraben. Kommt jetzt alles raus.« Conti biss auf ihre Unterlippe.

Fett war klar, dass sie keine handfesten Beweise hatten, sondern nur lose verknüpfte Bruchstücke.

»Bei Dieuprend beißen wir auf Granit. Ob er ein Wohltäter war, wissen wir nicht. Er ist Mitglied mehrerer angesehener Vereinigungen, aber niemand kennt ihn wirklich. Als ob er ein Phantom wäre«, sagte Chantal in die aufgekommene Stille hinein.

»Also, bei Meneer van God wieder ein soziales Projekt, wie das Waisenhaus in Thailand.« Conti sprach das aus, was die beiden anderen dachten.

»Wir brauchen einen Kaffee drüben im *Café Kukuk*. Außerdem kommen wir hier im Auto nicht weiter. Keine Stellwand, keine Akten, keine Unterlagen. Wir treffen uns wie Geheimagenten an der Glienicker Brücke. So sieht Polizeiarbeit im Jahr 2021 aus. Herzlichen Dank.« Fett war sauer. Sauer auf die Ergebnisse und gereizt wegen der unprofessionellen Arbeitsweise, in die sie hineingezwungen wurden. Zu viele Hindernisse.

»Sollen wir Interpol einschalten?«, fragte Chantal auf dem Weg zum Café.

»Nein!«, riefen beide Aachener Kommissare wie im Chor. »Bloß nicht dieses Bürokratiemonster. Wir sind den Fall los, alles bleibt unter Verschluss, die Akten wandern zum Landeskriminalamt und wir haben vergeblich gearbeitet.« Fett öffnete die Tür zum Café. Sie waren die ersten Gäste, hatten freie Platzwahl und nahmen einen Tisch mit Blick auf ihre Dienstwagen. Sie atmeten den Duft von frisch gebackenem Kuchen ein. Die gut gelaunten jungen Leute hinter der Theke machten ihnen Mut.

44
ZWEIMAL IST EINMAL ZU VIEL

Oscar Rizzo plagten Sorgen. Er brauchte Geld und besaß den USB-Stick von Andor Heines. Heines wollte aufhören und sich mit Anja zur Ruhe setzen. Er kannte Oscar, ahnte mehr, als er wusste, von dessen mafiösen Geschäften und bot ihm eines Abends im *Fellini* das Geschäft seines Lebens an. Belastendes Material der High Society von Aachen für ein lukratives Erpressergeschäft. Über Jahre gesammelte indiskrete Fotos der Reichen, Schönen, Mächtigen. Allerdings verschwieg Andor, dass er dieses Material auch an Johannes Dieudonne verkauft hatte, der damit jahrelang die feine Gesellschaft erpresste und Andor mit einem Handgeld abgespeist hatte. Oscar ging weniger diskret mit dem Material um als Johannes Dieudonne. Oscar schickte zwecks Geldbeschaffung die Brüder Soro, Fratelli Soro genannt, zum Projektentwickler Porschen am Hasselholzer Weg in Aachen. Carlo und Stefano, ansehnlich tätowiert an den Unterarmen, machten nicht viel Aufhebens, legten Ono Porschen die Fotos vom Saufgelage auf der Immobilienmesse in Cannes vor drei Jahren auf den Tisch, wo Ono am Ende in den Händen von drei Escortgirls gelandet war.

»Ich zahl doch schon«, sagte Ono zur Überraschung von Carlo und Stefano, die nicht verstanden, was der Immobilienfuzzi meinte. Sie hatten den Auftrag, 50.000 Euro anzuschleppen. Für die Summe sollte Ono die Speicherkarte erhalten. Ansonsten würde er die Fotos im Internet finden und Onos Ruf als seriöser Projektentwickler sei am Arsch, hatte Rizzo ihnen eingebläut.

Auf Italienisch sagte Carlo zu Stefano: »Der will uns verarschen. Glaubt, wir seien zwei kalabrische Dorftrottel. Wir sollten ihm die Schnauze polieren.«

»Nicht hier im Büro. Wir schneiden ihm das blitzsaubere Verdeck von seinem gelben Porsche mit dem Kennzeichen OP auf. Machen wir subito.«

Auf Deutsch sagte Stefano: »Liebe Ono, morgen 50.000 und alles ist vergessen. Wenn nicht, viel Freude in die Internet mit die Fotos. Wir nicht blöde. Von wegen schon bezahlt. An wen und wie?«

»Ich überweise seit drei Jahren.« Ono biss sich auf

die Zunge. Die Itaker mussten nicht wissen, wie viel er bereits gezahlt hatte. Ono Porschen gewann den Eindruck, dass die beiden Italiener nichts mit der laufenden Erpressung zu schaffen hatten. Als die beiden Männer sein Büro verlassen hatten, grübelte er: Zweimal für die Nutten von Cannes zahlen, das war eindeutig zu viel.

Stefano beugte sich über den gelben Porsche Boxster, zog sein Springmesser aus der Hosentasche und schnitt ein Zickzackmuster in das Verdeck. Das war hinüber. Er steckte das Messer ein, folgte Carlo zum schwarzen Audi A5, und sie verschwanden mit quietschenden Reifen.

Als Ono Porschen von einem Mitarbeiter auf das zerstörte Verdeck seines Wagens angesprochen wurde, rastete er aus. Er hatte die Nummer des Audi A5 notiert und rief seinen Tenniskameraden Sembritzki an, den Schatzmeister des Tennisklubs Lousberg e.V..

»Du musst mir einen Gefallen tun. Audi A5, Kennzeichen simse ich gleich. Sie wollen mich erpressen.«

»Haben sie was in der Hand?«

»Fotos.«

»Schlimm?«

»Unanständig. Zu viel Wodka und Wein. Dazu drei Puppen.«

»Da wird sich deine Frau nicht freuen.«

»Wäre ich nicht draufgekommen.«

»Was stellst du dir vor?«

»Hör zu, Sembritzki, das sind zwei italienische Arschlöcher, die haben mir meinen Porsche perforiert. Bist du bei der Polizei oder ich? Tu was. Sonst kannst du den Neubau des Vereinsheims vergessen.«

»Das Kennzeichen.«

»Hast du schon.«

»Ich kann nichts versprechen.«

Ono Porschen legte auf. Immer diese Saufereien auf den Messen, diese anderen Idioten, die immer wussten, wo die Girls aufzutreiben waren, immer dieser Fotograf, der die Delegationen begleitete. Wie hieß der noch? Heines, Andor Heines. Der ist doch ermordet worden, erinnerte er sich schwach. Er googelte Heines und fand die Artikel über dessen Ermordung in der Eifel. Ono Porschen wurde blass. Er ahnte, wozu die beiden Besucher fähig waren.

Sembritzki fand mit zwei Suchbefehlen heraus, dass der Wagen auf Oscar Rizzo angemeldet war. Natürlich, dachte er, Oscar. Jetzt pack ich dich an deinen Eiern. Dann las er in den internen Protokollen, dass Oscar erneut von Fett verhört worden war. Irgendwas mit Rizzos Villa in Belgien. Die Belgier hatten Amtshilfe angefordert. Dieser grenzüberschreitende Scheiß ging ihm auf den Senkel. Fett sprach Französisch und Niederländisch und erhielt prompt Infos von den Kollegen hinter der Grenze. Sembritzki überlegte kurz, nahm sein dunkelbraunes Sakko und verabschiedete sich von seinen Kollegen zu einem Arztbesuch. Rezept abholen für Frau Irene.

Nach wenigen Minuten erreichte er den Templergraben. Überall Durchfahrtverboten-Schilder. Soeben öffnete Kellner Paolo die Tür für die Abendgastronomie, als Sembritzki leicht verschwitzt in das Restaurant stürzte und sofort losbrüllte:

»Oscar!«

»Oscar auf Etage uno.« Paolo ahnte Ärger und setzte seine dienstbeflissene und servile Mimik auf. Er nickte mit dem Kopf Richtung Theke, wo eine Treppe nach oben führte. Sembritzki stürmte ins erste Stockwerk, riss zwei Türen auf, hinter der dritten Tür kniete eine junge Frau mit falschen blonden Haaren vor Oscar und fummelte unten an ihm rum, bis Oscar angesichts von Sembritzki irgendetwas von der Jungfrau Maria, allen Heiligen und Eseln auf Italienisch losbrüllte. Die junge Frau aus Nordmazedonien schluckte kurz, wischte sich die Lippen, raffte die wenigen Kleidungsstücke zusammen, mit denen sie gekommen war, und huschte an Sembritzki vorbei in den Flur.

»Porca miseria. Kannst du nicht klopfen an?« Oscar zog die Hose hoch, ging kurz in die Knie, um sein bestes Stück zu richten, da bekam er einen Leberhaken von Sembritzki, der nicht von schlechten Eltern war. Oscar sank japsend auf die Knie, stammelte und stöhnte etwas von Aposteln, Jesus und dem Heiligen Vater, da spürte er wieder die harte Faust von Sembritzki im Solarplexus, und Sterne umkreisten seinen Kopf und die Goldzähne im Oberkiefer.

Sembritzki kniete neben ihm, zog seinen Kopf am rechten Ohr in die Höhe und flüsterte: »Oscar, wir kriegen dich. Lass die Scheiße mit der Erpressung von Ono Porschen, sonst geht hier alles hoch. Und du mittendrin. Wir liefern dich aus an die Antimafia-Direktion. Dein Laden wird beschlagnahmt. Du wirst verschwinden, irgendwo in einem Drecksgefängnis auf Sizilien oder Kalabrien oder am Arsch der Welt. Das ist die letzte Warnung. Fett ist an dir dran, zusammen mit der italienischen Tussi. Hast du das verstanden? Ich warne dich. Meine Geduld ist am Ende, und deine Tortellini steck ich dir so lange in den Hals, bis dir die Luft ausgeht. Onkel Sembritzki hat die Schnauze voll.«

Oscar Rizzo hustete, atmete Sembritzkis billiges After Shave ein, japste nach Luft und nickte. Sembritzki ließ das Ohr los, Oscars Kopf knallte auf den Boden. Sembritzi stand auf, wischte die Hände an einem Kleenex ab, warf es auf Oscar und verließ das stickige Büro. Er schwitzte. Auf dem Templergraben richtete er sein Sakko, blickte sich kurz um, dann fuhr er zurück zum Präsidium.

Vittorio, der smarte Vittorio, der studierte Vittorio, Dottore genannt, hatte Oscar Rizzo im Blick. Vittorio wollte Capo von Nordrhein-Westfalen werden und von Aachen aus grenzüberschreitend die Geschäftsfelder erweitern. Er dachte mehr an die Infiltration legaler Geschäfte, das Waschen von Schwarzgeld, Lohndumping auf dem Bau, Drogenverkauf in Kiosken, Prostituierte aus Afrika, minderjährige Intensivtäter, Müllentsorgung und all die Dinge, die mit dem Alltag der Menschen zusammenhängen. Vittorio erfuhr umgehend von den Schwierigkeiten, die Oscar Rizzo in Aachen verursachte. Bereits die Zusammenarbeit mit Andor Heines hielt der Dottore für einen Fehler. Einerseits habe Heines zu lange gelebt, andererseits sei er nicht fachgerecht entsorgt worden. In den Augen vom Dottore war Oscar Rizzo ein Stümper, ein zweitklassiger

Aufsteiger, mit dem die Organisation keine Zukunft haben würde. Da Oscars Frau noch in Tropea ausharrte, sich dort langweilte, abgesehen von ein paar Schäferstündchen mit einem Damenfriseur aus Catania, beschloss der Dottore, Oscar Rizzo zu entsorgen.

»Oscar ist ein alter Mann. Er muss in die Rehabilitation.«

»Si, si, Dottore. Oscar ist krank. Wenn man alt wird, kommen die Krankheiten. Er soll sich zur Ruhe setzen. Gute Idee. Für immer zur Ruhe setzen.«

Das war der Inhalt des Gesprächs, das der Dottore mit einem verantwortlichen Sekretär des Crimine di Polsi führte. Der Dottore erhielt grünes Licht. Zuvor schaute er sich nach einem Ersatz für Oscar um. Er dachte an eine Frau: Franca Rossi. Die Tochter eines Capo, sie hatte mit Vittorio studiert, eine Zeit lang zusammengelebt und eine erstaunliche Erfahrung im Umgang mit diversen Handfeuerwaffen. Zudem war sie entschlussfreudig, sprach leidlich Deutsch und schreckte nicht vor erforderlichen Maßnahmen zurück. Franca hatte einst Luisa, eine Konkurrentin um die Gunst von Vittorio, so zugerichtet, dass sich Luisa nur nach mehrfachen Schönheitsoperationen wieder in die Uni traute. Franca Rossi würde Oscar ersetzen und die Kampfzone erweitern, erweitern über Aachen hinaus. Und er, Vittorio, würde in die Geschichte der 'Ndrangheta eingehen, als der Förderer für Emanzipation und Gleichberechtigung. Er lächelte und steckte sich ein Zigarillo an.

45

AM ACHTEN TAG

Der Juni plätscherte dahin, und Oscar hielt sich zurück. Vittorio bereitete seine Ablösung akribisch vor. Fett und Conti warteten auf Rückmeldungen von Chantal Kalumba und Petro van den Burg, die beide auf Lehrgängen und Spezialeinsätzen waren. Die Unruhe im Dreiländereck wuchs. Der Rücktritt des Kabinetts in Südlimburg wurde durch die wechselhafte Corona-Politik der Regierung in den Hintergrund gedrängt. Auf deutscher Seite sanken die Inzidenzwerte täglich, die Fußball-Europameisterschaft brachte Abwechslung; die deutsche Nationalmannschaft versagte kläglich.

Für den 9. Juli 2021 hatte Chantal ein Treffen in Aachen vorgeschlagen. Beide, Petro und Chantal, fühlten sich beobachtet. Die Restaurants waren wieder geöffnet. Ein Coronatest wurde nicht mehr verlangt. Die Impfkampagne nahm Fahrt auf.

Sie trafen sich in einem Besprechungsraum des Hotels *Buschhausen* in Aachen: Fett, Conti, Calumba und Petro van den Burg.

»Alle Getränke und das Essen gehen auf mich. Keine Widerrede«, bestimmte Fett, sodass die drei Kollegen nicht auf die Idee kamen zu protestieren. Fett empfahl die Wildgerichte, Chantal nahm Fisch, Conti einen Salat und Petro van den Burg ein Steak.

»Chantal, du hast das Treffen angeregt. Wir trinken auf dich.« Fett hob sein Glas Mineralwasser, die anderen ihr Glas Riesling von der Ahr.

»Auf den Sieg der Gerechtigkeit!« Chantal stieß mit allen an.

»Voilà. Ein letztes Mosaiksteinchen haben wir in Belgien gefunden. Dieuprend hat mich darauf gebracht, und Petro. In unserem letzten Gespräch erwähnte Dieuprend einen Jungen mit Downsyndrom: Georges. Das ließ mir keine Ruhe. Als Petro erzählte, Meneer van God sei auf einem Foto zu sehen mit einer Theatertruppe bestehend aus Schauspielern mit Downsyndrom, da habe ich recherchiert. Georges, so hieß die Hauptfigur in einem Film, den ich nie vergessen werde: *Le huitième jour*, der deutsche Titel lautet *Am achten Tag*, der Regisseur heißt Jaco Van Dormael. 1996 kam er ins Kino. Damals habe ich ihn in Brüssel gesehen. Er geht unter die Haut. Ein berührender Film über die große Freundschaft zwischen einem ausgebrannten Manager und Georges, dem Jungen mit Downsyndrom, der zusammen mit einem Hund aus seinem Heim weggelaufen ist und seine Mama sucht.«

Atemlos hörten die drei zu. Als das Essen serviert wurde, unterbrach Chantal ihren Bericht. Dann fuhr sie fort.

»Filme sind teuer. Das Thema war speziell. Folglich ein großes Risiko für die Produktionsfirma. Sie brauchte Geld. Gesamte Produktionskosten rund neun Millionen Euro. Als jemand ein Viertel der Kosten spendete, war der Film gesichert. Über zwei Millionen Euro. Zwei Bedingungen: Die Hauptfigur musste Georges heißen, der Spender anonym bleiben.« Sie schwieg und die Kollegen ebenfalls.

»War es Dieuprend?« Fett fragte in die Stille.

»Ich nehme es an. Ich habe eine Quelle beim Filmstudio. Die Gendarmerie Fédérale hat überall V-Leute. Mein Informant aus der Filmbranche weiß nur, dass ein Kontakt nach Lüttich bestand und absolute Diskretion vereinbart wurde. Die einzige Bedingung: der Name Georges.«

»Dann hebben wir die ondersteuning, die Unterstützung von eine Waisenhaus in Thailand für die Kinder von die Sextouristen, eine Theatergruppe mit Downsyndrom in Rotterdam und eine Film über eine Georges, der genauso heißt wie der Kamerad aus dem Waisenhaus, in dem Dieudonne, Dieuprend und Dieuleseigneur waren.« Petro trug die Fakten zusammen, bevor er herzhaft in sein Angussteak schnitt, medium gebraten.

»Drei Wohltäter? Drei caritative Erpresser?« Conti blickte in die Runde. »Drei Männer erpressen die Happy Few, um mit Geld etwas Gutes zu bewirken. Ob die Erpressten sich umbringen oder ihr Leben scheitert, ist ihnen egal. Sie ziehen ihr Ding durch bis ins hohe Alter?«

»Oui, es sieht so aus.« Chantal entfernte gekonnt die Gräten aus der gebratenen Forelle, träufelte Zitrone über den Fisch und etwas zerlassene Butter über die Heinsberger Kartöffelchen.

»Und wer hat Dieudonne umgebracht?« Fett, der sich in letzter Sekunde zu Sauerbraten entschlossen hatte, tunkte einen halben Knödel in die Soße.

»Rizzo«, sagte Conti. »Andor Heines hat die Erpresserfotos gemacht. Andor Heines wollte mehr verdienen. Er ging zu Rizzo, bot ihm die Fotos an. Rizzo wollte die Originale, wollte das Geschäft alleine machen. Heines, ganz Amateur, erzählte ihm, dass Dieudonne weitere Fotos habe. Rizzo will sie beschaffen, schickt seine Jungs, die werden gestört, bringen Dieudonne um und hauen ab.« Conti stieß die Gabel in den Rucolasalat mit Croutons.

Fett nickte. »Und Andor, wer hat den auf dem Gewissen?«

»Am Sonntagmorgen haben Rizzos Jungs Dieudonne umgebracht, am Sonntagabend Andor. Sie hatten genug Material für weitere Erpressungen. Sie brauchten Andor nicht mehr, der natürlich seinen Anteil am Geschäft forderte, darum weg mit ihm.« Conti gabelte eine Cocktailtomate mit Gurke auf.

»Michel, so könnte es gewesen sein.« Chantal hob das Glas: »Auf Daniela Conti. Passt alles zusammen. Formidable.«

Sie stießen an, aber den vier Kommissaren blieb ein schaler Geschmack im Mund. Als Kaffee und Espresso serviert wurden, kam Chantal auf das weitere Vorgehen zu sprechen.

»Wir müssen Dieuprend und Meneer van God mit unserem Wissen konfrontieren. Wir können nicht zulassen, dass sie weiter die Politik destabilisieren. Wahrscheinlich wollen sie sogar aufhören. Dieuprend machte so einen Eindruck. Un instant.« Sie erhielt einen Anruf von einer Nummer, bei der sie immer an den Apparat ging. Es war ihr wichtigster Vertrauensmann, nicht Reynders, sondern Raymond Didier, ihr alter Partner aus der Zeit in der Mordkommission von Lüttich.

Chantal hörte aufmerksam zu. Sie sagte nur »Oui, merci. Salut.«

»Ich habe es geahnt.« Chantal blickte aus dem Fenster. »Dieuprend hat sich erschossen. Mein alter Kollege Raymond Didier von der Mordkommission Lüttich hat mich gerade informiert.«

»Wir brechen auf. Jeder in seine Stadt. Petro kümmert sich um Meneer van God, wir werden uns Oscar Rizzo vorknöpfen. Vielleicht finden wir bei ihm sogar die Erpresserfotos oder anderes Material.« Fett winkte der Kellnerin. Er zahlte.

46

DER TAG, ALS DER REGEN KAM

Regen setzte ein. Starke Schauer, dunkle Wolken. Fett und Conti fuhren nach Hause. Sie wollten ein Wochenende ohne die Toten verbringen. Fett suchte nach dem Film *Am achten Tag*, fand jedoch nur die französische

Fassung. Die DVD würde erst in einigen Tagen eintreffen. Der Film konnte weder gestreamt noch online gekauft werden. Am Sonntag regnete es den ganzen Tag. Am Montag ebenfalls, und auch am Dienstag ging niemand ohne Schirm vor die Tür.

Fett und Conti bereiteten einen Schlag gegen Oscar Rizzo vor, sie trugen Beweise zusammen und warteten auf den Durchsuchungsbeschluss.

Sie prüften, ob sie ein SEK-Team aus Köln für den Einsatz brauchen würden. Währenddessen war der Dottore aus Tropea nach Aachen gereist und hatte Oscar Rizzo und die Fratelli Soro zu einem Abendessen in den Golfklub *Mergelhof* in Belgien, unweit von Aachen, eingeladen. Zusammen mit Franca Rossi wollte er Oscar und den Brüdern im Namen des Crimine di Polsi danken. Der Golfplatz war gesperrt an diesem 14. Juli 2021. Der Starkregen hatte den Platz aufgeweicht. Nur wenige Golfer und Gäste waren in der Gastronomie; niemand bemerkte, wie Franca Rossi, während der Dottore die drei Aachener Mafiosi ans Fenster führte und ihnen den Ausblick zeigte, etwas in deren Gläser kippte. Der Dottore zahlte für alle, gab ein opulentes Trinkgeld und lud die heftig angetrunkenen Männer in seinen Mercedes ein.

Auf der Rückbank von Vittorios Wagen fielen Oscar, Stefano und Carlo in einen tiefen Schlaf ohne Wiederkehr. Benito, ein Helfer des Dottore, wartete mit einem geklauten Opel Insignia auf einem Parkplatz nahe dem kleinen Bach Geul. Der schlafende Carlo wurde auf den Fahrersitz platziert, Stefano auf den Beifahrersitz und Oscar auf die Rückbank. An einer tiefen Stelle des

Baches, der durch den Dauerregen zu einem reißenden Fluss angeschwollen war, rollte der Wagen seinen letzten Weg. Er verschwand in den Fluten der sekündlich ansteigenden Geul. Die drei ertranken im Schlaf, denn Francas K.-o.-Tropfen wirkten lange. Es dauerte einige Tage, bis das verunglückte Fahrzeug gefunden wurde. Die Waffen hatte ihnen Benito abgenommen.

Der Audi A5, mit dem die drei zum *Mergelhof* gefahren waren, stand mehr als zwei Wochen auf dem Golfplatz, bis der Caddiemaster in Absprache mit dem Wirt die Polizei verständigte. Das Nummernschild des Audi A5 war gestohlen, das stellten die Beamten der belgischen Polizei bei der Halterabfrage sofort fest. Es war der A5, mit dem Andor Heines auf der Straße von Bergstein nach Zerkall gestoppt wurde. Doch auch dieses Geheimnis verschwand mit den drei Mafiosi in der Geul.

»Wir wissen nicht, wo sich Oscar Rizzo aufhält. Keinen Schimmer. Ich habe bei Sembritzkis Kollegen gefragt, sie haben ihn aus den Augen verloren.« Conti schüttelte den Kopf über den anhaltenden Regen am Donnerstag, dem 15. Juli 2021. Erste Katastrophenmeldungen liefen ein. Städte und Dörfer standen unter Wasser; Kornelimünster musste evakuiert werden; Gemünd, Kall, Zülpich, Stolberg und Eschweiler meldeten Land unter. Die Fluten stiegen im Minutentakt.

»Haben keine Sirenen geheult?« Fett blickte auf seinen Peugeot 404, der neben Contis Fiat im Regen auf dem Parkplatz des Präsidiums stand.

»Sirenen wurden abgeschafft.« Conti hatte solche Wassermassen vorher nie gesehen.

»Warum sind Feuerwehr und Polizei nicht mit Lautsprecherwagen durch die Orte gefahren?«

»Keine Ahnung.«

»Die Leute saufen ab, die verlieren alles. Bei mir wird der Keller volllaufen. Immer läuft der Keller am Ende vom Templergraben voll.«

Beide Kommissare wunderten sich, dass das öffentliche Fernsehen und Radio keine Sondermeldungen ausstrahlten. Nur über die sozialen Medien, einige private Radiosender und den Ticker der Zeitung erfuhren sie von der Katastrophe in der Eifel und an der Ahr.

»Es heißt Katastrophenschutz und nicht Katastrophennachsorge. Schutz bedeutet schützen, vor etwas schützen, und nicht danach aufräumen. Ich verstehe das nicht. Im letzten Jahr ging die nationale Übung in die Hose, und der Präsident vom Katastrophenschutz musste seinen Hut nehmen. Wie heißt gleich der neue Mann. Schuster, stimmt, Schuster, ein Politiker. Und wo ist der?« Fett kochte, er ärgerte sich über die fehlenden Warnungen. Jeder ohne Maske wurde vor wenigen Wochen im Park vom Ordnungsamt angemahnt. Schüler ohne Maske mussten Bußgeld berappen. Hier rollte eine Wasserflut auf die Region zu und niemand hatte »Alarm!« geschrien. Die Autos blieben vor der Tür stehen, nirgendwo Sandsackbarrieren, Politiker noch auf Wahlkampftour.

»Das Wasser darf uns nicht von Rizzo ablenken. Wenn wir nicht wissen, wo sich Rizzo mit seinen Laufjungen aufhält, können wir keinen Einsatz planen.« Conti schaute auf die leere Autowaschanlage.

»Stimmt. Was nun?«

»Eine letzte Idee. Ich fahre nochmals zu diesem Kunstsammler, diesem Ed van Uien. Sein Sohn war nicht im Haus, als ich das Ehepaar befragte. Der Sohn ist nachts losgefahren an die Nordsee. Vielleicht hat er was bemerkt. Wollte ich längst erledigt haben. Sorry.«

»Machen Sie das. Achten Sie auf Aquaplaning mit Ihrem PS-Bolzen. Und nicht durch das Frankenberger Viertel, steht unter Wasser.« Fett ärgerte sich über das Versagen der Krisenstäbe bei diesem Hochwasser. Was er nicht ahnte: Es sollte schlimm werden, sehr schlimm.

47

WO SIND DIE PATRONEN?

Conti quälte sich durch die Baustellen und die wegen Überflutung gesperrten Straßen. Vor der Wohnung von Ed van Uien parkte ein weißer TESLA mit Aachener Nummernschild. Conti zog die Lederjacke über den Kopf und rannte zur Tür.

»Frau Kommissarin, Sie noch einmal. Haben Sie etwas vergessen?« Aufgekratzt, im selben sackartigen Kleid wie vor etlichen Wochen, öffnete Inge van Uien. Die Kommissarin schaute überrascht. Inge war ungeschminkt. Mit den hochgesteckten grauen Haaren und den riesigen Augen erinnerte sie Conti an Marge aus der TV-Serie *Die Simpsons*. Conti biss sich auf die Lippen, unterdrückte einen Lachanfall. Hoffentlich verspreche ich mich nicht und nenne sie Marge, dachte Conti, als sie Inge van Uien ins Wohnzimmer folgte, wo Ed in einem Freischwinger laut schnarchte. In der Luft lag ein Hauch von gebratenen Zwiebeln, die zu lange in der heißen Pfanne geblieben waren.

»Ist Ihr Sohn zu Hause? Er war an der Küste, als ich Sie zuletzt besuchte.«

»Ed junior. Ja, der ist oben. Ich ruf ihn eben. Warten Sie.« Sie verschwand über eine Holztreppe in die erste Etage. Ed van Uien schnarchte ungerührt weiter und träumte von naiven Schönheiten der Südsee, von einem Scheich auf der *TEFAF*, der alles aufkaufte, dann wieder von den Jongens, die bei ihm einbrechen wollten, und im Traum riss er die Schublade mit der *Smith & Wesson* auf, zielte auf die Jongens, aber es war keine Patrone in der Trommel. Ein Albtraum, ein cauchemar, er schwitzte und schnarchte und machte sich auf die Suche nach der Munition.

»Kommen Sie hoch, Frau Conti!« Inge rief von der obersten Stufe. Ihr war es unangenehm, dass Ed nicht wach wurde. Deshalb führte sie die Kommissarin in das Arbeitszimmer von Ed junior.

An der Tür erwartete sie der Altstudent. Mit einem

offenen Blick und lächelnd bot er Conti den Ellenbogen zur Begrüßung. Er war aufgekratzt.

»Nur kurz, Herr van Uien. Ach, lassen Sie uns bitte allein, Frau van Uien. Für einen Augenblick.«

Indigniert nickte Inge mit dem Kopf, die Marge-Simpson-Frisur wackelte bedenklich: Sie ging hinunter zu Edilein, der mittlerweile im Traum die Patronenschachtel gefunden hatte, den Revolver lud und den Jongens brüllend hinterher schoss.

»Sie sind an dem Sonntag im Mai, als Herr Dieudonne umgebracht wurde, an die Küste gefahren? Abends?«

»Nein, am Morgen. Ich hatte noch etwas vergessen. Nein, es war so. Inge wollte mir abends etwas Reisegeld geben. Mein Vater ist ziemlich knauserig. Ich bin am Abend kurz in die Stadt gefahren, zurückgekommen, und Mutter hat mir das Geld gegeben. Weil es zu spät war, habe ich hier übernachtet und bin erst losgefahren, als mein Vater sich nach dem Frühstück wieder hingelegt hat. Er sollte das alles nicht mitbekommen. Er findet, ich studiere zu lange, und damit nervt er ständig meine Mutter und mich. Gegen 10.30 Uhr bin ich los zu meiner Freundin Katja in die Monheimsallee, und dann sind wir nach Domburg gefahren.«

»Womit sind sie gefahren?«

»Mit Vaters TESLA. Der steht draußen vor der Tür. Er braucht ihn eh nicht. Mama lässt alles liefern. Ich durfte ihn benutzen. Ist ja umweltfreundlich.« Er lächelte wie ein Schuljunge, der etwas Kluges gesagt hatte.

»Ist Ihnen am Haus von Herrn Dieudonne etwas aufgefallen? Nachts oder morgens?«

»Wenn Sie mich so fragen. Nachts ist mir nichts aufgefallen. Morgens? Ich weiß nicht mehr. Doch. Die Putzfrau öffnete die Tür und ging rein. Als ich mit dem Auto vorbeirollte. Sie schloss auf und ging rein. Aber dann war ich weg. Ich habe mir nichts dabei gedacht.«

»Sind Sie sich sicher?«

»Ja. Weil alles so leer war, kein Mensch auf der Straße. Nur die Putzfrau. Die schloss auf und verschwand. Da war ich weg. Der Tesla beschleunigt so gut.«

Ed junior erzählte flüssig und direkt. Conti war elektrisiert. Sie glaubte dem jungen Mann, der in einem unaufgeräumten Zimmer voller Kunstbücher saß, ihr mit hellen Augen ins Gesicht schaute, eine Jugendlichkeit ausstrahlte, die für einen 30-Jährigen unpassend wirkte. Ein ewiger Student.

»Ihre Aussage muss ich zu Protokoll nehmen. Sie ist wichtig für das, was an diesem Sonntag nebenan passiert ist.«

»Bekomme ich Schwierigkeiten?«

»Nein, Herr van Uien, Sie nicht. Ich melde mich bei Ihnen. Wir nehmen das zu Protokoll.« Conti hatte es eilig. Inge saß neben dem schnarchenden Ed, der nun von boterham met kaas träumte und zwischendurch den Revolver nachlud, um diesmal Löcher in den Käse zu schießen. Er schoss und schoss, und immer mehr Löcher entstanden im Käselaib.

Conti winkte beiden kurz zu und verschwand rasch. Inge war mittlerweile alles egal: Ed, Ed junior, der Käse, die Kunst, der Mord. Inge ging in die Küche. Im Schrank mit Sirup, Hagelslag und Puderzucker wartete eine Flasche Genever auf sie. Ihr kleiner Tröster. Sie öffnete die Flasche, nahm ein Limonadenglas, füllte es zur Hälfte. Auf den Schnarchsack, der sie stets unterdrückte, der sie stets mit den Hostessen auf der *TEFAF* betrogen hatte, der um die Welt reiste, während sie den gescheiterten Ed junior bekochte.

Ed zuckte kurz, öffnete wie aus einer Hypnose aufwachend die Augen und brummte »Inge, boterham met kaas!«. Dann schlief er wieder ein.

48

TÖDLICHER IRRTUM

Um 17 Uhr standen Fett und Conti im strömenden Regen bei Yvonne Reinartz vor der Tür im Aachener Ostviertel. Sie waren durchnässt. Fett trug zum Glück die *Scarpa*-Halbschuhe aus Goretex, Conti die grünen Sneaker, die klitschnass waren.

Yvonne Reinartz öffnete. Als sie Fett und Conti sah,

schwand das Blut aus den Wangen, die Augen trübten sich ein, der Glanz, den Fett vor Wochen an ihr bemerkt hatte, verwandelte sich in graues Licht.

»Sie wissen, warum wir zu Ihnen kommen?« Conti setzte einen Fuß in die Tür, Fett öffnete sie sofort.

»Kommen Sie rein.« Sie ging vor. Fett legte die rechte Hand auf die Dienstwaffe, er wollte keine Überraschung erleben.

Yvonne Reinartz öffnete die Tür zum Wohnzimmer. Dort saß ein Mann im Rollstuhl und lächelte Fett und Conti zu.

»Ich bin Josef Reinartz, kommen Sie herein.«

Fett und Conti schluckten.

»Mein Mann hatte vor zehn Jahren einen Arbeitsunfall bei den Stadtwerken. Er sitzt seitdem im Rollstuhl und braucht teure Medikamente gegen die Schmerzen. Die Kasse zahlt nur die billigen Medikamente, die ihm kaum helfen.« Yvonne Reinartz schob ihren Mann Josef in die Küche. »Die Kommissare müssen mit mir noch ein paar Details klären, Josef. Weil es um Mord geht, darf niemand zuhören. Verstehst du doch.« Josef nickte und ließ sich in die Küche rollen. Conti folgte.

»Wir melden uns gleich, Herr Reinartz.« Conti schloss die Tür. Yvonne Reinartz ging zurück ins Wohnzimmer. Sie setzten sich an den niedrigen Tisch, Conti direkt neben Frau Reinartz, Fett gegenüber.

»Sie haben uns nicht gesagt, dass Ihr Mann im Rollstuhl sitzt. War er nicht am Todestag von Dieudonne auf Wallfahrt?«

»Mit ehemaligen Kollegen. Die kümmern sich um

ihn und entlasten mich ab und zu. Sie mieten manchmal einen Wagen, der für Rollstühle geeignet ist, und unternehmen eine Tour mit ihm. In der Zeit kann ich mal durchatmen.«

»Sagen Sie uns die Wahrheit, Frau Reinartz. Das ist einfacher für uns alle und hilft Ihnen.« Conti sprach mit einer warmen und einfühlsamen Stimme.

»Und was wird aus meinem Mann?«

»Für den wird gesorgt. Bestimmt. Ich will nicht drumherum reden. Als Konsequenz Ihrer Tat wird er vermutlich in ein Heim kommen. Dort wird er betreut.« Fett wollte ihr nichts vormachen.

Yvonne Reinartz zögerte, knetete ihre Hände, schaute die Bilder auf der Anrichte an, auf denen sie und ihr Mann Hand in Hand zu sehen waren. Bilder aus der Zeit vor dem Unfall.

»Der Dieudonne hat Kinder in Thailand missbraucht. Der flog jedes Jahr dahin und kam immer gut erholt zurück. Dann stellte er wieder neue Fotos von den Jungen ins Regal. Da weiß man doch, was so ein alleinstehender Mann mit den Jungen macht. So jemand muss bestraft werden. Wir haben keine Kinder, aber was der gemacht hat, ist abscheulich.«

»Erzählen Sie uns den Ablauf«, sagte Conti.

»Ich hatte am Samstag meine Jacke vergessen. Deshalb ging ich am Sonntag zu Dieudonnes Haus, klingelte, niemand öffnete. Da habe ich aufgeschlossen. Ich hörte das Knallen der Gartentür und bin leise ins Haus geschlichen, zuerst ins Arbeitszimmer. Auf dem Boden lag das Bargeld aus dem Safe. Es war viel Geld. Und Dieudonne saß auf einem Stuhl, gefesselt, hatte eine Augenbinde um. Dann sah ich die Fotos von ihm und den Waisenknaben auf dem Regal. Es ging alles so schnell. Der blöde Buddha stand da rum. Dieudonne hatte was im Mund und ruckelte auf dem Stuhl hin und her. Da ist es passiert. Er hat mich weder gesehen noch gehört. Ich wollte ihn nicht töten.« Tränen liefen über ihre Wangen.

»Und weiter?«

»Ich habe das Geld in meine Handtasche gesteckt, habe die Daunenjacke geholt, habe den Buddha abgewischt und bin vor die Tür gegangen. Niemand hatte mich reingehen sehen. Was sollte ich machen? Wenn mich jetzt jemand gesehen hätte, wäre ich verdächtig gewesen. Darum bin ich vor der Tür stehen geblieben und habe die Polizei angerufen.«

»Sie wurden beobachtet. Ein Elektroauto fuhr vorbei. Das haben sie nicht bemerkt. Der Fahrer hat gesehen, dass Sie die Tür aufgeschlossen haben und reingegangen sind.«

»Ein Elektroauto?« Ihr Blick wurde starr.

»Wo haben Sie das Geld?«, fragte Conti.

»Auf dem Speicher. Es ist für die Medikamente.«

»Dieudonne war kein Pädophiler. Er hat das Waisenhaus finanziert, weil er selbst als Kind missbraucht wurde.«

Yvonne Reinartz versteinerte. Sie atmete schwer.

»Das ist nicht wahr«, stöhnte sie verzweifelt.

»Es ist die Wahrheit«, sagte Conti. »Herr Dieudonne hatte eine fürchterliche Kindheit. Er wollte anderen Kindern ein ähnliches Schicksal ersparen. Deshalb kümmerte er sich um die Waisenknaben der westlichen Sex-touristen, die jedes Jahr nach Thailand einfallen.«

Conti griff zu ihrem Handy und rief die Leitstelle an. Sie schilderte den Fall. Eine Betreuung durch das Rote Kreuz wurde für Josef Reinartz angefordert. Sie bat um einen Polizeiseelsorger, weil sie wusste, dass Fett es nicht übers Herz bringen würde, dem Mann in der Küche die schreckliche Wahrheit zu überbringen.

Mit dem Tod von Dieudonne, dem Selbstmord von Dieuprend, dem Tod von Oscar Rizzo und der Ermor-dung von Andor Heines hörte die Erpressung zahl-reicher Spitzen der Gesellschaft auf. In den Tagen der Hochwasserkatastrophe ging die Meldung über die Auf-klärung des Mordes an Dieudonne unter. Gefunden wurde einige Zeit später der Opel Insignia mit den Lei-chen von Oscar Rizzo und den Gebrüdern Soro. Alle drei in den Fluten ertrunken. Die belgische Polizei ent-deckte keine Hinweise auf Fremdverschulden: Flutop-fer. Oscars Frau wurde in Tropea von der Nachricht nicht überrascht. Sie hatte das Ableben von Oscar kom-men sehen und die Zeichen der Zeit oder die Zeichen der Onkels vor Ort richtig gedeutet. Sie tröstete sich längst nicht mehr mit dem Damenfriseur aus Catania, der immerhin eine Kette von Salons besaß, sondern mit einem Tennislehrer, dem Kontakte zur 'Ndrangheta nachgesagt wurden.

Die Erpresserfotos von Andor Heines wurden nicht gefunden. Andor Heines' Name blieb unbefleckt, nie-mand sagte gegen ihn aus, er hatte zunächst an Dieu-donne geliefert, später an Rizzo. Der hatte die Gebrüder Soro beauftragt, bei Dieudonne die Originale zu beschaffen. Er hatte ihnen freie Hand für ein robustes Vorgehen gelassen. Von Mord war nicht die Rede gewesen. Das hätte zu viel Aufsehen erregt. Andor Heines musste aus dem Weg geschafft werden, er wusste zu viel und hatte seine Klappe nicht gehalten.

Sembritzki atmete auf. Seine stillen Kontakte zu Oscar Rizzo blieben unentdeckt. Sorgen bereitete ihm das Auftauchen eines gewissen Vittorio und einer Franca Rossi. Das LKA hatte ihm eine Info zugespielt, die von den Kollegen der Antimafia-Direktion in Reggio Calabria stammte.

Am Sonntag nach dem verheerenden Unwetter kochte Fett für Daniela Conti. Sie brachte eine Flasche Rosso di Montalcino 2015 mit. Er hielt den eiskalten Crémant d'Alsace bereit und als Nachspeise weiße *Leonidas* ohne Nüsse.

49

GOTT GIBT. GOTT NIMMT.

Irgendwann fängt jede Geschichte an. In der Vergangenheit, manchmal in der Gegenwart. Oft gibt es eine Verbindung. Nichts ist einfach so da. Es gibt eine Vorgeschichte, wie es eine Vorlust gibt. Die Lust vor der Lust. Die Verbindungen liegen ab und an offen oder sind versteckt, verschüttet, unauffindbar. Aber sie sind da. Personen mit gutem Gedächtnis erinnern sich, in alten Zeitungen findet man Artikel. Hin und wieder gibt das Internet Auskunft.

Drei Waisenjungen wollten Gutes durch Böses schaffen, so wie ihnen Böses von angeblich Guten widerfahren war. Sie hatten eine Mission, die sie bis zum Tod aneinanderband. Jean Dieudonne, Pierre Dieuleseigneur und André Dieuprend. Sie waren die unehelichen Kinder eines belgischen Adligen, der immer wieder das Küchenmädchen vergewaltigte, so wie es ihm gerade gefiel. Nach der dritten Geburt und der Weggabe des Babys ging sie mit einem Messer in das Arbeitszimmer des Adligen, sagte ihm, dass er sie gerne nehmen könne und er, der anfing seine Hose aufzuknöpfen, erhielt mit dem Tranchiermesser einen Stich in die Milz, dann in die Leber, in die Lunge und zum Schluss in den Hals. Es war eine riesengroße Schweinerei, doch niemand bekam davon etwas mit, denn die gnädige Frau war nicht daheim, die verzogenen Kinder im Internat, der Rest des Personals döste an diesem Nachmittag in den engen Kemenaten. Die Küchenmagd ging zum Schlossweiher, blickte einmal zurück zum Schloss, dann schritt sie ins anfangs seichte Wasser, in den Morast, immer tiefer und tiefer, das Kleid sog sich voll Wasser, es reichte bis zum Hals, bis zum Mund, und schließlich waren nur noch einige Luftblasen auf der Wasseroberfläche. Es hieß, der Graf habe einen Blutsturz erlitten, sei kollabiert und gestorben. Die Witwe arrangierte alles mit dem servilen Gutsverwalter und einem befreundeten Arzt, die beide zeitlebens für ihre Kooperation entlohnt wurden. Die Küchenmagd wurde nicht vermisst. Sie war ein Waisenkind. Die Witwe wusste um die Exzesse ihres Mannes und dass es drei uneheliche Knaben gab. Sie behielt sie im Blick, konnte sie aber nicht vor den Perversitäten im Heim *Marie l'espoir* schützen. Als die drei volljährig waren, erhielt jeder von ihnen, allerdings anonym, mehrere Tausend belgische Francs. Einmalig für den Start in ein neues Leben. Das war ihre Chance. Sie nutzten sie und versprachen einander, nie im Leben zu vergessen und der Gesellschaft das heimzuzahlen, was man ihnen angetan hatte. Sie besiegelten diesen Schwur mit dem Mord am Vorsteher von *Marie l'espoir*.

Die DVD mit dem Film *Am achten Tag* traf eine Woche nach der Verhaftung von Yvonne Reinartz ein. Originalversion mit englischen Untertiteln. Gemeinsam schauten Fett und Conti die Geschichte von Georges, die sie berührte. Am Ende des Films folgt

Georges seiner toten Mutter. Gott nimmt ihn. Fett und Conti gingen mit feuchten Augen auseinander.

In der Nizzaallee in Aachen hörte man immer häufiger »Inge, boterham met kaas!« Zudem verzählte sich Ed van Uien täglich bei der Kontrolle seiner Kunstwerke.

ENDE